講談社文庫

# ムカシ×ムカシ

REMINISCENCE

森 博嗣



講談社

目次

*Reminiscence*

*by*

*MORI Hiroshi*

*2014*

*PAPERBACK VERSION*

*2017*

森　博　嗣

MORI Hiroshi

# ムカシ×ムカシ

REMINISCENCE

やうやう世に名をしられ初てめづらし気にかしましうもてはやさるゝ　うれしなどいはんはいかにぞや　これも唯めの前のけふりなるべく　きのふの我れと何事のちがひかあらん　小説かく文つくるたゞこれ七つの子供の昔しよりおもひ置つる事のそのかたはしをもらせるのみ　などことごと敷はいひはやすらん　今の我みのかゝる名得つるが如くやがて秋かぜたゝんほどはたちまち野末にみかへるものなかるべき運命あやしうも心ぼそうもある事かな

（樋口一葉）

## 登場人物

百目鬼《どうめき》　悦造《えつぞう》 ---------- 資産家
百目鬼《どうめき》　多喜《たき》 ---------- 悦造の妻
君坂《きみさか》　妙子《たえこ》 ---------- 悦造の娘
君坂《きみさか》　靖司《やすし》 ---------- 妙子の夫
君坂《きみさか》　一葉《かずは》 ---------- 妙子の娘
上野《うえの》　雅直《まさなお》 ---------- 悦造の甥
上野《うえの》　真由子《まゆこ》 ---------- 雅直の妻
高間《たかま》　雄一郎《ゆういちろう》 ---------- 庭師
内藤《ないとう》　政巳《まさみ》 ---------- 弁護士

椙田《すぎた》　泰男《やすお》 ---------- 美術鑑定業
小川《おがわ》　令子《れいこ》 ---------- その助手
真鍋《まなべ》　瞬市《しゅんいち》 ---------- 芸大生
永田《ながた》　絵里子《えりこ》 ---------- 芸大生
鷹知《たかち》　祐一朗《ゆういちろう》 ---------- 探偵
橋本《はしもと》 ---------- 刑事
大津《おおつ》 ---------- 刑事

# プロローグ

見るに気の毒なるは雨の中の傘なし、途中に鼻緒を踏きりたるばかりは無し、美登利は障子の中ながら硝子ごしに遠く眺めて、あれ誰れか鼻緒を切つた人がある、母《か》さん切れを遣《や》つても宜う御座んすかと尋ねて、針箱の引出しから友仙ちりめんの切れ端をつかみ出し、庭下駄はくも鈍《もど》かしきやうに、馳せ出でゝ、椽先の洋傘《かうもり》さすより早く庭石の上を伝ふて急ぎ足に来たりぬ。

東京近郊の住宅地で金持ちの老夫婦が刺殺されるという痛ましい事件が報道された。近所の住人たちの証言によれば、この老夫婦は滅多《めった》に街に出てこなかったという。たまに歩いているのを目撃される程度だった。資産家であることは以前から広く噂《うわさ》が流れていたが、はっきりとした家柄、仕事、そして家族についても知られているわけではなかった。つき合いがある者、親しい者がいなかったからだ。

邸宅は、一万平米に近い広大な敷地で、周囲からは鬱蒼《うっそう》とした森にしか見えない。どこに入口があるのかもわからないほど、正門は目立たなかった。照明なども樹々に遮《さえぎ》られて漏《も》れないほどだが、ただ、秋には葉が落ちる。事件があった時期には、家の明かりが微《かす》かに見えたという。それで、夜に火が上がっているのを近所の者が見つけ、消防に通報した。消防署がすぐ近くだったこともあり消火活動は迅速《じんそく》で、玄関付近の庇《ひさし》が燃えた程度で消し止められた。ところが、その家の中から二人の死体が発見されたのである。

数日の間、ワイドショーで話題になったものの、事件捜査の進展はなく、その後、誰も話題にさえしなくなった。

＊

小川令子《おがわれいこ》は時計を気にしていた。まもなく午後三時。約束をしている人物が事務所へ訪ねてくる時刻だった。壁の時計を見たあと、隣のデスクにいる真鍋瞬市《まなべしゅんいち》に視線を移すと、彼もこちらへ眼差《まなざ》しを返した。言葉の発声による会話はなかったものの、二人はこのようなやりとりをしたのである。

「もうすぐじゃない。お客さんが来るのに、椙田《すぎた》さん、遅いわね」

「どういうつもりでしょうね」

「椙田さんがいないとなると、待ってもらうしかないよね」

「さあ……」

事務所にいるのは二人だけだった。真鍋は、バイトでここにいるのだから気楽である。一方の小川は、正社員だ。責任がある。ボスがいなければ、代わりを務《つと》めなければならないのは、明らかに彼女の方だ。普通の客であれば、用件を聞くだけで良く、それならばもう仕事にも慣れている。しかし、今日の客はそうではない。

ここはもともとは探偵事務所である。しかし現状では、仕事の半分以上は、古美術品の鑑定や売買だった。社名も〈SYアート&リサーチ〉といい、リサーチよりもアートが前にある。この名称になったのはつい最近のことだ。どうして、古美術品が探偵と関係があるのかわかりにくいが、ようするに椙田が、古美術に詳しい、あるいはその人脈を持っている、ということから、そちら方面の仕事が舞い込む機会が多い。それで、名前もそれに合わせた、ということらしい。

事務所に来客など、滅多にない。振りの客が来ることは皆無《かいむ》といっても良い。表通りに面しているわけでもなく、大きな看板を出しているのでもない。ネットで宣伝はしているので、客はまずメールか電話で連絡をしてくる。そのあと、ほとんどは、こちらから出向いていく。

用件をとにかくじっくりと聞く。それが仕事の始まりで、この内容をボスに報告し、依頼を引き受けるかどうかを決めてもらう。そろそろ自分でも判断ができると小川は考えていたが、しかし、見込みがあるのか、解決が可能か、儲《もう》けが出るのか、といった観測は、たしかに単なる想像でしかない。ボスの椙田は、その計算ができるようだ。計算の精度が違う、ということである。

ただ、もうすぐここへやってくる客は、話を聞いておけば良いというわけにはいかない。そもそも、客ではない。この事務所で雇《やと》うかどうか、就職の面接に来るのである。こんなことは、小川がここに勤めて以来、初めてだった。人物を見て判断をしなければならないのだ。もちろん、その判断の結果を知らせるのはあとでも良いが、ボスの椙田に人物を見てもらわなければ話にならない。

椙田という男は、約束をすっぽかすことに対して、大きな罪悪感を持っていない。これは、彼の一番の難点だと小川は常々考えていた。ほかのことでは、頼りになるし、判断は明快だし、人を見る目もある。小川よりもずっと歳上で、もう老年といっても良い年齢だが、男性として充分に魅力的だ。だから、ほかに難点はないといっても良い。さらにつけ加えるなら、難点がないということが彼の特徴ではなく、もっと普通ではないなにかを感じさせる。言葉にするのは難しいのだが、どことなく危険な香りとでもいうのか、そんな鼓動《こどう》を早くさせる機能を持っているのである。もちろん、だからこそ、小川はここの社員になったのだ。

若い女性が来る、とだけ聞いている。若いというのは、つまり自分よりも歳下だという意味だろう。絶対的に若いなんてことはありえないのだから、そう解釈するしかない。もう三時まであと一分だった。まさか、面接に臨《のぞ》む人物は遅刻はしないだろう。椙田は来ない。電話もない。どうしたら良いだろうか。

足音が近づいてきた。明らかに女性の靴音である。ノックがあった。

「はい、どうぞ」小川は返事をした。

ドアが開き、女性が入ってくる。長身でスマート。モデルのような美人だと一瞬でわかった。

「こんにちは」彼女は、お辞儀をして頭を下げる。「あの、面接に参りました。こちらでよろしいでしょうか？」

「はい、あ、えっと、どうぞ、こちらへ」小川は立ち上がり、応接セットの方へ出ていった。「お掛けになって下さい」

「あの、私……」彼女は、座るまえに、また頭を下げる。

「いえ、その、まだ、社長が来ていないんです」小川は、両手を前に出して広げた。

「面接の相手は、私ではなくて……」

「社長様が、いらっしゃらないのですか?」

「そうそう。そうなんです。申し訳ありません」

「はい……、どうしたら、良いでしょうか?」小首を傾《かし》げ、困った顔になる。

「とにかく、お掛けになって、ええ、ちょっと待っていて下さい」

「わかりました」

彼女が腰掛けるのを見てから、小川は、真鍋の方をちらりと振り返った。彼は、デスクに向かいパソコンのモニタを見つめている。こちらを向いていない。忙しく仕事をしている振りをしているようだ。もっとも、今は実際に忙しい。引き受けたものが、予想外に仕事量が多いとわかったからだ。彼は今、その資料を作っている。今回、バイトを急募したのも、この仕事のためだった。

とりあえず、客にお茶を出すことにした。その間に、椙田が現れることを願った。シンクで作業をしながら、ソファに姿勢良く座っている彼女を観察したが、どこかで見たことがあるように思えた。髪はストレートで肩に届いている。整った顔立ちで、多少化粧が濃いのは気になるものの、入室してからの短い問答、ソファに腰を下ろすまでの仕草《しぐさ》も、今どきの若者にしては落ち着いている。ただ、こんな事務所で短期のバイトをするには、美人すぎるのではないか、という気がしてならない。別の言葉でいえば、こんなところでバイトをしなくても、もっと稼《かせ》げる仕事があるのではないか、という意味だ。どこかのホテルとか、ちょっとした企業で受付にいそうな感じなのである。見たことがあると思ったのも、そういった典型的な雰囲気《ふんいき》のせいかもしれない。

結局、椙田は現れなかった。お茶を彼女の前に置き、自分は対面の椅子《いす》に座った。

「ごめんなさいね、呼び出した側が遅刻だなんて……」

「いえ、お忙しいのですね」

「ええ、まあ……」忙しいわけではなく、単にすべての行動が無秩序で怪しいだけだ、と小川は思う。「えっと、なにか、ききたいことがありますか?」

「どんな仕事なのでしょうか?」

「えっとね、半分は事務処理。ワープロを打ったりとか……」小川は、椙田と話したことを思い出して説明をする。「あとの半分は、あの、オークションを一カ月後に行うことになりそうなので、そのときの会場の受付とか」

「オークションというのは？」

「うーん、遺産の美術品を売るために」

「ああ、はい、わかりました。どなたかが、亡くなったのですね？」

「あ、そう、そうです」小川は頷《うなず》く。実は、亡くなったというよりも、殺されたといった方が正確なのだが、間違いではないし、あまりディテールを話さない方が良い。怖がらせてもいけないだろう、と思ったからだ。「うちは、もともとは探偵事務所なんです。ええ、だから、事件の調査なんかもしているんですよ」

「浮気の調査とかもですか？」

「ええ、そういうのは、あまり多くはないけれど、ときどき」

「私、どちらかというと、そんなお仕事の方が興味があります。いえ、そんな希望を言える立場ではありませんけれど……」

「いえいえ、いいのよう。希望はしっかりと言っておかないとね。そう、探偵に興味があるの？」

「はい、少しですけど。張り込みとかするんですか？」

「ああ、そういうイメージ？　ええ、しますよ。やってみたい？」

「テレビでしか見たことがないので、よくわかりませんけれど、でも、ちょっとわくわくします」

「ま、そうかもね」と答えながら、小川は壁の時計を見た。どうしようか、こんな世間話をしている場合かな、と思う。椙田の代理として、面接をした方が良いだろうか。しかし、何を尋《たず》ねれば良いのか。そもそも、履歴書を事前に送ってきているのだ。その履歴書は椙田が持っていて、小川は見せてもらっていない。

そこで、十数秒の沈黙があった。溜息《ためいき》をついてしまったし、相手も緊張しているようだし、気まずい雰囲気になりそうだったので、思い切って質問することにした。

「えっと、もう、連絡済みというか、履歴書に書いたことをきいて、申し訳ないんですけれど、あの、お名前と、年齢と、だいたいの住所、どこらへんかだけを教えてもらえますか？」

「はい、私は永田絵里子《ながたえりこ》といいます。年齢は……」

「わ、やっぱ、永田さんじゃん」突然背後で真鍋の声が上がった。

小川は振り返る。デスクの椅子を回転させ、真鍋が立ち上がったところだった。

「なんか、声が似てるなって思ったけど、なんだぁ、本人？」

「あれ、真鍋君？　どうしてこんなところにいるの……」彼女はそう言ってから小川と目が合った。「あ、いえ、こんなところって、失礼しました。べつに、その、変な意味で言ったのではありません。彼、私の大学の友達なんです。あ！　小川さんですよね？　まえに一度、お会いしましたよね？」

「あ、嘘！」小川は口を開けたまま、何度も頷いた。「永田さん？　うっわ、びっくりした。髪型変わった？」

「ちょっと、伸びたかも」

「今まで、真鍋君、気づかなかったの？」小川はまた真鍋を見る。

「だって、じっくり見てなかったから」真鍋が小川たちの方へ出てきた。「永田さん、いつもと顔が違うじゃん。メガネしていないし」

「そりゃあ、ちょっと気合い入れて化粧をしてきたから」永田は答える。しかし、また小川を見る。「いえ、えっと、その、何て言っていいのか……。私も、最初に、なんか、どこかで会ったことがあるなって、少し思ったんですけど、でも、そんなこと言えないし……」

「いいからいいから。何なの、これって、偶然？　どうして真鍋君のガールフレンドがうちへ面接受けに来るわけ？」

「あの、ちょっと待って下さい」永田が眉《まゆ》を寄せる。「ガールフレンドっていうのは」

「僕、そんなこと言った覚えないですよ」真鍋が言う。「小川さん、挑発的な言動は控《ひか》えて下さいよ」

「いや、そんなつもりは……。あらら、まあまあ、じゃあ、わざとじゃないの？　本当に偶然なの？」

「偶然ですよ。今の今まで気づかなかったんだから」

「私だって、真鍋君がそこに座っているなんて、思ってもみなかった」

「ふうん。そう、面白いね」小川は笑った。「これは、なかなか愉快《ゆかい》じゃない？　そう、そうなんだぁ。良いわ。ね？　知合いがいたら、心強いでしょう？」

「まあ、はい、そうですけれど」永田は小さく頷いた。「でも、社長様に会わないと、採用してもらえるかどうか……」

「真鍋君の友達だって言ったら、無条件で採用ですよ、きっと」

「え、そうなんですか？」

「うん、僕ね、けっこう信用されているというか」

「冗談で言ったの」小川は、真鍋を睨《にら》みつける。「君みたいなか細い縁故《えんこ》が通るわけないでしょう」

　ドアが開いた。

「いやあ、ごめんごめん」椙田が入ってくる。「そこの交差点でさ、タクシーが事故ってねぇ」

また嘘を言っているな、と小川は思った。その理由は、過去に二度も聞いているからだ。

「えっとぉ、永田さんだったっけ?」

「はい、永田と申します。よろしくお願いします」ソファから立ち上がり、椙田に向かって永田はお辞儀をした。

「永田、なんていうの?」

「絵里子です」

「じゃあ、えりちゃんでいいかな」

「あ、はい」

「あのぉ」小川は一歩前に出た。自分は、令子ちゃんとか、れいちゃんなんて呼ばれたことは一度もない。

「もう、話とかした?」椙田は、ようやく小川の顔を見た。

「ええ、少しだけですけれど、仕事の内容はお話ししました」

「じゃあ、採用」椙田は言った。

「は？」小川は驚いた。椙田はまだろくに彼女を見ていないのではないか。「あの、真鍋君のガールフレンドなんですよ」

「それは違います」真鍋がすぐに否定した。

「じゃあ、誰のガールフレンドなの？」椙田は、永田に近づいて、じっと彼女の顔を見た。

「あ、あの……」目を見開いて永田は言葉に詰《つ》まる。しかし、一瞬だけ視線を逸《そ》らせたあと、椙田の視線を受け止めて答えた。「募集中です」

「おお、レトロな表現だなあ」椙田が口を窄《すぼ》める。そして、小川を見て言った。「はい、採用」それから、また目の前の永田をじっと見据《みす》える。「今夜、時間空いてる？」

「え？　どうしてですか」永田が後ろへ下がった。

「ちょっと、あの……」小川は逆に一歩近づいた。

「いや、今から、みんなで、現場へ行こう。大した用事はないが、見てもらった方が良いし、仕事のこともイメージできる。そのあとは、永田さんの歓迎会。イタリアンでも食べてね。心配しないでも大丈夫、八時か九時には終わる。送っていったりしないから。どう？」

「社長の奢《おご》りですよね？」真鍋がきいた。

「お、なんだ、真鍋、いたのか」椙田が振り返った。

「いたのかって、しゃべりましたよ、僕」

「しかたがないなあ」椙田は舌打ちをする。「じゃあ、四人で行こう。こういうのをな、四面楚歌《しめんそか》っていうんだ」

「いいませんよ」小川と真鍋が同時に訴えた。

# 第１章　河童《かっぱ》の祟《たた》り

我れは何故に君の慕はしきかを知らず、何故に君の恋しきかを知らねど、一日は一日より多く、一時は一時より増《まさ》りて、我が心は君が胸のあたりへ引つけらるゝやうにて、明《あけ》くれ御姿を見御声をきゝ、それに満足せば事なかるべけれど、唯々心は火の燃ゆるやうにて、我れながら分らぬ思ひに責めらるる果々《はてはて》、静かに顧みれば勿躰なや恥かしき思ひの何処やらに潜みて、夫故《それゆゑ》の苦とさとりたる今、此身を八ツ裂にして木の空にもかけたきは、今日の夕ぐれの御使ひを君が御縁の方よりと知りてなり、申まじき事なれど我れは誠に妬《ねた》しと思ひぬ、

# 1

「あのさ、きいてもいい？」電車に乗っているとき、隣の永田絵里子が耳打ちしてきた。「小川さんって、結局、何？　社長との関係は？」

それは、当然の質問かもしれないな、と思いつつ、真鍋は、彼女の耳許《みみもと》で囁《ささや》いた。

「表向きは、助手かな、あ、秘書かも。それ以上は、僕も知らない」

永田は、小さく頷いた。その向こうに小川が、そして、さらにその向こうに椙田が座っている。四人が座るとき、椙田と永田の間に小川が割り込むようにして入ったのを、真鍋は見逃さなかった。なにか、女の戦いがあるのだな、と軽く受け流しただけだが。彼は、毎日沢山《たくさん》のことを軽く受け流す。

「あとさ、さっき、何て言った？」今度は、耳打ちではない。普通に聞こえる声だった。「えっと、これから行く家の名前だけど」

「百目鬼《どうめき》」真鍋も、普通に答える。

「どうめき？　どうめき？　どういう字を書くの？」

「えっとね、百の目の鬼」

「百の目がある鬼？　ふうん、なんで、それがどうめきになるわけ？　えっと、ひゃくめきとか、ももめきなら、わかるけどさ」

「鬼のように目が沢山あるってことだね」

「ああ、ふうん……。微妙だね。ひょっとして、八岐大蛇《やまたのおろち》みたいなやつ？」

「やまたのおろち？　何それ」

「え、知らないの？」永田が口を尖《とが》らせる。「頭が沢山ある蛇《へび》じゃん」

「キングギドラみたいな？」

「え、きんぐぎどらって何？　わかんないこと言わないでよ」

そっちがさきに言ったんじゃないか、と思ったが黙っていた。こういうやりとりは、既に一万回くらい、彼女との会話で経験しているところだった。

その百目鬼の家を訪ねることになった。真鍋はこれが四回めだし、小川はもっと何度も行っているはずだ。しかし、椙田も一緒に、みんなで行くようなことは過去になかった。真鍋は、いつも小川と二人である。椙田が一緒だからタクシーかなと期待したが、なんの迷いもなく歩きだった。駅からの距離は二キロほどあって、三十分は優にかかる。ごちゃごちゃとした細い道が多く、商店街を通り抜け、住宅地に入り、その先にちょっとした森が見えてくる。そこだけ建物がない。公園か墓場に見えるが、そこが百目鬼家の敷地なのである。

歩きながら、小川が永田に説明をしていた。百目鬼悦造《えつぞう》という名の資産家が死んだので、その遺品の整理を依頼されている。相続税を納めるためには、骨董品《こっとうひん》、美術品の類《たぐい》を売る必要があるかもしれない。そのためにオークションが開催される可能性が高い。遺産は、わかっているものだけでも百五十億から二百億円といわれている。これらには、宝飾品や美術品等が含まれているが、遺産のうち半分以上が不動産で、都内に数箇所のビルを所有しているらしい。特に敷地面積が広いのが、彼が住んでいた自宅のある、この森で、坪数でいうと三千坪以上。時価で六十億円ともいわれている。

小川は肝心の説明を省いたが、死んだのは、悦造だけではなく、その妻多喜《たき》も一緒に殺害されて見つかった。したがって、遺産は、二人の一人娘のものになる。この人物には、真鍋は会ったことがない。君坂妙子《きみさかたえこ》という名の女性で、ブティックを経営しているらしい。悦造が七十八歳だったので、娘は五十代ではないか、と想像していた。

老夫婦が健在だった頃には、屋敷には二人しか住んでいなかった。ただ、すぐ近所のアパートに、悦造の孫娘がいて、真鍋たちが出向くときには、いつもこの女性が出迎えてくれた。二十代後半か三十代前半の小柄な女性で、名は君坂一葉《かずは》という。

「かずはっていうのは、一葉って書くのよ」歩きながら、小川が永田に言った。「いちよう？

「いちよう、ですか？」永田は首を傾げてから、真鍋の方を向く。

あ、もしかして、いちょう？」

「違うよ。ほら、小説家のさ」真鍋が助け舟を出す。

しかし、永田はわからないようだった。

「ああ、若い人は知らないんだ」小川が微笑《ほほえ》んだ。ちょっと嬉《うれ》しそうである。「五千円札になっている人」

「五千円札になっている人？」永田はますます首を傾ける。

「魔法で五千円札に姿を変えられたってわけじゃないよ」真鍋が言う。

「わかってるわよ、そんなこと」永田は小声で言い返した。しかし、どうもぴんと来ないようだ。「五千円札、五千円札、どんなだったかなぁ」

偉そうなことは言えない。真鍋も、樋口《ひぐち》一葉という人物を知らなかった。五千円札なんてじっくり見たことがない。そんな話をすれば、千円札の人物は誰なのか。名前を小川から聞いたが、まったく心当たりがなかった。

とにかく、君坂一葉という人物も、明治時代の女流作家と同じく小説家である。ただ、それほど有名ではないらしい。この「それほど」というのは、小川が使った表現だが、真鍋には、それがどれくらいなのかレベルがよくわからなかった。なにしろ、小説家で今生きている人物の名を挙げろと言われても、三人くらいしか思いつかない。となると、それ以外の小説家は、みんな有名ではないということだ、少なくとも真鍋瞬市にとっては。

この百目鬼家の事件は、わりと大きく報道されたはずである。真鍋でも知っていた。もちろん、ニュースを見たときには、ぼんやりと受け止めただけで、詳しい地名や被害者の名前も記憶しなかったから、仕事の依頼があって小川と一緒にここへ訪ねたときも、道中でその事件のあった家だと聞かされ、大いに驚いたのである。

たぶん、永田はニュースのことを覚えているだろう。意外にも、そういった事件関係に詳しかったりする。新聞を読むのが趣味だと話していたこともある。ただ、新聞を取っているのではなく、行きつけの喫茶店で読むらしい。その光景は、彼女の外見とどうもマッチしない、と真鍋は感じたし、趣味と言って自慢するほどのことでもない、と思う。彼女は、モデルの仕事をしている。そういう事務所があって、そこから派遣されていろいろな短期のバイトをしている、という意味でのモデルだ。今回、椙田の事務所に応募をしてきたのも、事務所を通してのことだったらしい。だから、何をもって「モデル」というのかは、判然としない。ただ、平均的な若い女性よりは、多少は見た感じが良好、という点は認めざるをえない。教室でときどき見かけることがあったし、男子はたいてい彼女のことを気にしていた。真鍋は、これまで女性には縁がなかったので、関心もなかったのだが、ちょっとした切っ掛けで話をするようになった。それまでは、お金持ちのお嬢さんだと勝手に認識していたが、そうではない。江戸っ子で、下町に親と同居している。性格は、思いのほか気さくで、外見とは反対に、非常におやじ臭いタイプなのである。

真鍋は、どのタイミングで、百目鬼家の殺人事件について話そうか、と考えていた。小川はどうやら言うつもりがないらしい。それは、やはりフェアではないだろう。話したら、永田は仕事を辞退してしまうかもしれない。それは五分五分だ。たぶん、小川もそう考えていて、正式に契約を結んだあととか、仕事にある程度慣れた段階でとか、そんなつもりなのだろう。椙田は、たぶんなにも考えていないにきまっている。彼が永田の前にいるのは、今日一日のことにちがいない。このボスは、事務所には滅多に現れないのである。

前方に森が近づいてきた。時刻は四時半。今日は、何のために出向いたのかな、と真鍋は考えた。椙田はそんな説明を一切してくれなかった。

## 2

その森の全体像というものは、どこか近くの高いビルの屋上にでも立たなければ、見ることができないのだが、近づく道の途中、ときどき黒い樹々が部分的に見える。駅から歩いてくる道は、密集した建物、商店街のアーケード、看板、そんな人工物ばかりなので、景色は、道の先の僅《わず》かな空間だけ。空は見えるし、遠くの高層マンションくらいは、たまに姿を見ることができるものの、大きな樹はどこにもない。住宅も沢山あるが、どの家の庭も狭く、樹を植える余裕はない。だから、樹が密集した場所というだけでも、そこは異質な空間だった。

同じ路線の次の駅の近くには、ちょっとした緑と池のある公園があって、そこは都民の憩いの場として有名だった。週末には家族連れやカップルで賑《にぎ》わう。実は、真鍋は、つい先日一人でそこへ行ってきた。池でボートにも乗った。平日だったので、特に恥ずかしくもなかったが、その話を小川にしたら大笑いされた。若い男が一人で行くところではない、という意味らしい。それは、たぶん彼女の年代の勝手な思い込みというものだろう。

その公園は、こちらからは見えない。平地だからだ。逆に、その公園からは、池のボートからでも、この森が見えた。ここが見えるのは、その敷地が高く盛り上がっているためだ。どうして、そこだけ小さな山になっているのかはわからない。古墳みたいな人工的なものかもしれない、と真鍋は想像している。実際、百目鬼家の敷地の中には、同家の墓もあるという。

この森に接する道は、車がどうにか通れるほど細く、それに急な坂道だった。その傾斜の途中に電信柱が立っていて、樹の枝が道に覆い被《かぶ》さるように伸びている辺りに、百目鬼家の正門がある。道の反対側は高い石垣で、その上に二階建てのアパートらしき建物があるが、道からは屋根《やね》と窓のない壁しか見えない。あとは、倉庫か工場のようなスレートの建物が二棟続いている。車はほとんど通らない。人も滅多に歩いてはいない。ひっそりとした道だ。夜は、電信柱の電球一つが光る。その明かり以外にない。門の近くには照明がなく、ほとんど暗闇といっても良い。

苔《こけ》が生えているコンクリートの階段を数段上がり、奥へ入ったところに鋼製《こうせい》のがっしりとしたゲートがある。その支柱に取り付けられたインターフォンのボタンを、小川が押した。しばらく待つと、返事があり、小川が名乗る。ゲートが微かなモータ音とともに内側へ開いた。ここから、さらに五十メートルほど坂道を上らなければならない。

インターフォンの声は、君坂一葉である。いつも彼女だ。約束があるときには、こちらへ彼女が来ているのか、それともずっとこちらにいるのか、それはわからない。しかし、こんな不気味《ぶきみ》なところに、若い女性が一人で泊まれるはずがない、というのが小川の意見だった。真鍋としては、自分ならば泊まれると思ったし、女性の場合も、若い方がむしろ怖がらないのではないか、と感じた。真鍋が知っている一番の怖がりは、小川なのである。

「凄《すご》いところですね」永田が、社交モードで話している。息を吸ってしゃべっているような感じだ。普段はもっと、野太い声である。

建物までの道は、切通しというのか、両サイドがコンクリートの壁で、ときどき上に橋が架《か》かっている。その壁がだんだん低くなってくると、建物が前方に見える。

たいして大きな屋敷ではない。広大な敷地に建つ資産家の住まいにしては、ごく普通の木造住宅である。事件のときは、玄関付近で火が上がったのだが、よくそれが見えたものだと真鍋は思った。道からは無理だ。おそらく、近くのマンションのベランダではないか。それから、消防車はあのゲートを通れない。前の道だって大型車は進入が難しかっただろう。ホースを長距離引いてきたのだろうか。どうしたのかは知らないが、日本の消防署は優秀だ、ということだけは確かだ。

その玄関は、ブルーシートやベニア板で応急処置がされている。もう事件から半年になるのに、そのままということだ。玄関は、ドアの部分も塞《ふさ》がれていて出入りができない。庭先へ回って、ウッドデッキからリビングへ直接上がることになっている。そちらへ回っていくと、ウッドデッキで君坂一葉が待っていた。

小川が挨拶《あいさつ》をし、みんなで立ち止まり、頭を下げる。

「今日は、大勢なのですね」君坂が言った。微笑むということが苦手なのか、いつも眉を顰《ひそ》めているような、そんな顔だ。身内が殺害されたのだから、無理もないかもしれないが、しかし、たぶんもともとそういう顔だったのだろう。眉が隠れる長さで前髪が切り揃《そろ》えられている。長さは肩に届くくらい。そういえば、今の永田絵里子のヘアスタイルと似ているが、もちろん印象はまるで違う。君坂一葉は、いつも黒い服を着ている。例外は今までない。今日は、膝下《ひざした》までの黒いスカート。靴下も黒い。小柄で華奢《きゃしゃ》。遠目には少女のような雰囲気である。

離れの倉庫の鍵を彼女から受け取り、四人は庭の奥へ進んだ。君坂は、デッキから家の中に入っていった。

「あの人が、いちようさん？」永田が真鍋にきいた。

「うん。でも読み方は、かずはさんだよ」

「面倒くさいね」永田は小声で囁いたが、小川にも聞こえたようだ。

「なんか暗い雰囲気だったでしょう？」小川が話しかけてきた。「小説家なのか、小説家志望なのか、よくわからないけれど……、そういう人っぽいよね」

どういう意味なのかわからないが、でも、まったくわからないというほどでもない。

「同人作家なんじゃないですか」真鍋は言う。「ほら、コミケとかで本を売ってる」

「そんな話だったね」小川が頷く。

「芸術家の家系なんだよ」真鍋は永田に説明をする。「なんかね、お祖父《じい》さんのお母さんかな、つまり曾祖母《ひいおばあ》さんだよね、その人が作家だったんだって」

「ほかにもいるの？」永田がきいた。

「え、何が？」

「ほかにも、家系に作家さんがいるの？」

「いや、それは知らない」

「三代も遡《さかのぼ》ったら、誰だって一人くらいいるんじゃない？」永田が言った。

「なかなか科学的な分析だね」椙田が振り返った。

そういう科学的なことを口にするのは、彼女には非常に珍しいことだ。今のは、むしろ自分がいつも彼女に話しそうな物言いだった。やはり、バイトの初めなので気合いを入れて取り繕《つくろ》っているのだろう。なかなかしたたかである、と真鍋は心の中で星四つ、と評価した。

母屋《おもや》から二十メートルほど奥に、白い壁の建物がある。倉庫と呼ばれているが、外見は明らかに蔵である。ただ、こちらは木造ではなく、鉄筋コンクリート造だ。空調も常に全自動で効いている。夏は涼しく、冬は暖かい。湿度も調整されている。人間のためではなく、中に収納されている品物のためらしい。小川と真鍋は、君坂一葉に誘われて、母屋のリビングに上がって、紅茶とケーキをご馳走《ちそう》になったことが一度だけあるが、そのとき、部屋がとても寒かった。エアコンがあってランプは点《つ》いていたがあまり効いていない。倉庫の方がずっと快適だ、と思った。

この倉庫で、品物の箱を一つずつ開けて、写真を撮り、リストを作る作業をしている。おおっぴらに飲み食いはしにくいが、禁止されているわけではないので、弁当を買ってきて食べることもある。トイレもある。外へ食事に出るとなると、ゲートを開けてもらわなければならないし、近くに店がないので、面倒なのだ。

ステップを上がり、小川が鍵を開けた。重くて厚い扉を引き開ける。この場合、重いというのは、鉄製でいかにも重量がありそうだ、という推測である。ドアを開けるための力はさほど必要ではない。倉庫はそれほど古い建築物ではなく、木造の母屋に比べれば、むしろ立派に見える。

「ここの裏の道をずっと下っていくと、古い井戸があるんだよ。一度見にいくといい」椙田が言った。

「古井戸ですか。なにか、珍しいものなんですか？」永田がきいた。

「うん、河童《かっぱ》が出るそうだ」椙田が言った。

「凄い。河童が出る井戸なんですか」

会話はそこで終わった。真鍋は気が気ではない。

倉庫の中に全員が入って、ドアを閉めた。窓がないため、室内は昼間でも照明が必要だった。入ったところは吹抜けのホールになっていて、左手の壁に階段がある。二階と三階を見上げることができる。部屋の中に柱は何本かあるが、壁は周囲にしかなく、部屋は仕切られていない。ただ、天井に届くほど高いスチール棚《だな》がぎっしりと並んでいるため、見通しはとても悪い。どの階にも、階段の近くに大きなテーブルが置かれているので、そこでパソコンを広げて仕事をしている。

小川が、そんな説明を永田にした。

「骨董品って、どんなものが多いのですか？」永田が尋ねた。

「うーん、いろいろね。壺《つぼ》とか、器とか、掛《か》け軸《じく》とか、小物、人形、刀、えっと、装飾具、そんなところかな。日本のものが三階。その下の二階は、西洋のもので、新しい絵とか、ガラスの置物とかね。この一階は、主に書物。ここは、私たちの管轄外《かんかつがい》」

真鍋は、一階の書棚もざっと見て歩いたことがある。七割は日本のもので、古そうなものはほんの少ししかない。三割は洋書で、主に画集か、美術品関係の写真集のような類だった。

「その、先祖の作家さんの遺品もあるんですか？」

「さあ、どうかな」小川は首を傾け、真鍋の方を見る。「あった？」

「いえ、僕は知りません。まだ開けていない棚がありますから、もしかしたら、その中かもしれません」

「まあ、だいたい、ここで仕事をする、ということ」椙田が言った。「僕は滅多に来ないからね。顔を合わせるのは、小川君と真鍋の二人だけ。誰かが訪ねてくることもほぼないから、人の相手はしなくて良い。こんな仕事。どう？」

「あ、ええ、もちろん。大丈夫です」

「もっと、賑やかで、大勢と接する仕事が良かったんじゃない？」

「いいえ、そんなことありません。落ち着いた静かなところの方が、私好きです」永田は答えた。

そうかな、逆だと思うけれどな、と真鍋は思った。もっとも、彼女も真鍋と同じく芸大生なのだ。モデル事務所もそれがあったので、永田に今回のバイト募集を紹介したのではないか。芸大生だから、美術に興味がある、あるいは腕に覚えがある、と思うのが普通の感覚だが、永田の場合、そのいずれでもない。それらしい気配《けはい》がまったくといって良いほどないのである。

どうやら、彼女の採用はもう決定事項になったようだ。さっそく、少しだけ続きの仕事をすることになった。椙田は、珍しく倉庫の中を歩き回り、いろいろ品物の箱を持ってきて中身を確かめていた。写真を撮るのとパソコンに入力するのは真鍋の役で、小川が品物を開けて調べ、棚から持ってくる役である。永田は、今日のところは様子を見ているだけだ。

「こんな高そうなものばかりなのに、第三者を入れるなんて、信頼されているんですね」永田が言った。

「え、僕たちが、なにかくすねるかもしれないっていう意味？」

「そうじゃないけれど、でも、一つや二つなくなっても、誰もわからないんじゃない？」

「わからないわね」小川が頷いた。「何があるのか、把握《はあく》している人がいないんだから。持ち出したって、誰にも気づかれないと思う」

「ま、そういうときにこそ、誠実な仕事をして、信頼を築く。そういうチャンスなんだ」椙田が言った。「信頼さえ築けば、あとでずっと大きな儲け話が転がり込んでくる。こっそり持ち出したりするよりも、そっちの方がリスクがないし、断然得だ、ということ」

それは、椙田のようにその商売を長く続けている者、すなわち経営者の立場での話だろう。単なるバイトでここへ来ている真鍋や永田の場合、そんな将来の期待には無縁といえる。それよりも、ちょっと持ち出したものが現金に換わったら儲けものではないか。近頃はネットのオークションもある。こっそり売っても見つからないのではないか。もっとも、真鍋自身はそんな気持ちは全然ないし、たぶん、それは永田も同じだろう。ただ、そう考える人間がいることを全然想定していないとしたら、ちょっと無防備な気がするのである。

あの君坂一葉という女性が、椙田に仕事を依頼したのではない。遺産相続の関係で、百目鬼家で雇われていた弁護士が、直接の依頼主である。もちろん、椙田はこの業界で信頼されているのかもしれないが、世の中、特に大人の世界というのは、そんなに甘い関係で回っているとは、真鍋には思えないのだった。たぶん、少々の漏れというか、無駄はつきものだろうと諦《あきら》めている、というのが本当ではないか。他人事《ひとごと》だし、余計な心配をしてもしかたがない。自分の腹が痛むわけではない、といった投げやりな態度が、基本的なところであるような気がする。その弁護士は、二度ほど顔を見た。四十くらいの真面目《まじめ》そうな男だったが、なんとなく、あまり良い印象を受けなかったのだ。何だろう、向こうがこちらを見る目が、どことなく見下しているような、威圧的なものだったためかもしれない。

椙田は、倉庫の中を歩くのに厭《あ》きたのか、外で煙草《たばこ》を吸ってくる、と言って出ていってしまった。たぶん、どこかへ電話をかけるつもりだろう。

「椙田社長、おいくつくらいなんですか？」永田が、そのチャンスに小川に質問した。

「さあ、私は知らない。まあ、見た感じなんじゃない」

「五十歳くらいですか？」

「もうちょっと上だと思うけれど……」

「なんか、素敵ですよね」永田が言う。「品があって」

パソコンのモニタを見ながら、真鍋はそれを聞いていた。そういうことを軽々しく口にするのはいかがなものか、という気がしたが、永田としては、小川に気に入られたいという気持ちがあって、わざとそんな話を振ったのかもしれない。

「上品ってこと？」小川がきき返す。「そうかなぁ……。私は、もうちょっと品があったら良いのにって、常々思いますけれどね」

小川の口調もなんかいつもと違う。こういうときは、口を挟まない方が良いな、と真鍋は思うのだった。

「もう、バイトは決めた？」小川は永田に顔を少し近づけた。

「あ、ええ、もちろんです。どうかよろしくお願いします」

「じゃあ、社長が話さないから、私が説明するけれど……。貴女《あなた》、ここの事件、知らない？」

「事件？　いえ、何のことですか？」

「今、遺産のことで調査をしているわけでしょう。で、亡くなったのは、百目鬼悦造さん、それから、その奥様だった方も同時に亡くなったの」

「同時に？」

「ほら、テレビでやっていたでしょう？」

「え、どんな事件ですか？」

「二人ともね、この家で殺されていたの。資産家殺人事件って、半年くらいまえに、けっこうテレビや新聞で取り上げられていたわよ」

「ああ、なんとなく、そんなの、ありましたね。えっと、そうだ、放火したんじゃないですか？」

「そうそう。さっき、玄関を見たでしょう。シートが張ってあったところ」

「あ、あそこ？ 燃えたんですか？」

「うん、そういうこと」

「うわぁ、凄い。凄いじゃないですか」永田は、椅子をくるりと回して真鍋の方を向いた。「真鍋君、どうして黙っていたの。こんな凄いところでバイトしてたのに」

「あのね、なんでもぺらぺら話さないっていうのが、この仕事の鉄則なんだよ。永田さん、ツイッタは駄目だよ」

「あ、ああ……、そうなんだ。駄目なんですね」

「当たり前よ」小川がすぐに言った。慌てて、永田はまた彼女の方へ向きを変える。「それはね、契約書にも書いてある事項です。仕事を引き受けるからには、その義務が生じるの。わかった？」

「はい、肝《きも》に銘《めい》じます」

肝に銘じるとは、また古い言い回しを使うものだ、と真鍋は吹き出しそうになった。何だろう、肝に銘じるっていうのは。具体的にどんな動作なのだろうか。

「で、その、犯人って、もう捕《つか》まったんですか？」

「いいえ、全然。ときどき、刑事さんが来てね、話もあれこれきいたりしたんだけれど、なんか全然駄目みたい」小川は説明する。「まあ、私たちに本当のところを教えてくれるはずもないんだけれど」

「そうなんですか。えっと、どうやって殺されたんですか？　刺殺でしたっけ？」

「そうそう。刃物だったみたい。凶器は現場に残っていて、詳しい場所とかは知らないけれど、この敷地内で見つかったみたい。それよりも、動機がね、わからないの。家の中も荒らされていなかったし、金目のものが取られた様子もなかったから」

「なるほどなるほど、となると、エンコですね？」

「怨恨《えんこん》じゃない？」真鍋が口を出す。「就活じゃないんだから」

「あるいは、借金をしていて、返せなくなったとか」小川は続ける。「いろいろな人にお金を貸していた、という話もあって」

「高利貸しなんだ」永田が言う。「そうですか。それで、殺しちゃったんですか。凄いなあ。でも、そうじゃないかもしれないんですね？」

「そうじゃないかもしれない。うーん、たとえば、身内の犯行かもしれない」

「身内っていうと？」

「ほら、遺産が欲しかったからとか」

「おお……、なるほどぉ。そういうのって、アガサ・クリスティですよね」

「よく知っているわね」

「けっこう、私、読書家なんです」

違うだろう。映画を見ただけじゃないのか、と真鍋は思った。映画の話は、何度かしたことがあったからだ。ミステリィを読んでいるなんて、一度も聞いたことがない。

「でさ、そういうことがあったわけなんだけれど、大丈夫？」小川が尋ねる。

「大丈夫って、何がですか？」

「ここで殺人があったんだよ。そういうの、恐くない？」

「いいえ」永田は首をふった。「夜に、ここへ一人で来いと言われたら、ちょっと、真鍋君を連れてこようって考えますけれど」

「良かった。なら、ＯＫね」小川は微笑む。

「だって、探偵事務所なんですから、それくらいのスリル、じゃなくて、えっと、覚悟っていうんですか、必要なんじゃないかと」

「そうなの。以前もね、えっと、やっぱり資産家の家に美術品を調べにいっていたんだけれど、そこで殺人事件があってね、私、もの凄い恐い目に遭《あ》ったんだよ。もうね、暗闇で怪物に追いかけられるみたいな、そんな感じ」

「うわぁ、ゾンビですか？」

「そうそう、そんなふう」

「私、ゾンビを愛しているんです。ゾンビが大好き」

「あ、そう……」小川は小さく溜息をついた。「そういうの、流行《はや》っているのかな」

「ゾンビのどこが好きなの？」真鍋が代わりにきいてやった。

「もうね。全部。あの動きとか、あのスタイルとか」

「ああ、わかった。マイケル・ジャクソンのイメージなんだ」

「あ、そうかも。死んじゃったよね。マイケルも、素敵なゾンビになったのかも」

「それでね、話を戻すけれど……」小川が眉を寄せて言った。「百目鬼家の弁護士さんから聞いたんだけれど、殺された百目鬼氏は、遺言状を用意されていたんだって、その内容を親族には話していたらしくて、あとは、証人を交えて正式に作成する手筈《てはず》になっていたの、そうなるまえに殺されたってこと」

「うわ、凄いですね。コナン君みたい！」永田の声が少し高くなった。「ということは、その新しい遺言状で相続が不利になるような人物が、それを阻止《そし》しようとして殺したということですね？」

「単純に考えれば、そういうことになるかしら」小川は頷く。「でも、百目鬼氏の遺産を相続するのは、奥様とあとは一人娘の君坂妙子さんの二人なの。そう、子供は一人だったのね。今回、奥様も同時に亡くなっているから、つまり、お嬢さんが一人で遺産を受け取ることになるわけ。えっと、お嬢さんっていっても、もう、五十よりも上だと思うけれど。なんか、銀座《ぎんざ》にお店を持っている人だって」

「じゃあ、銀座のママなんですね？」

「いえ、そういうお店じゃなくて、ブティックって聞いたけれど。その人が、さっき会った一葉さんのお母さんになるのね」

「一葉さんには、遺産が来ないんですか？」

「直接はそうなんじゃないかな。でも、百目鬼氏は、一葉さんを一番可愛《かわい》がっていたんだって。近くに住んでいたし、よくここへ来ていたみたい」

「なるほどなるほど。それで、孫が可愛くなって、遺産の全額を孫に相続させようと遺言状を書いた、でも、それを知った一人娘に殺された、というわけですね？」

「いえ、そこまでは……」

「そのブティックの経営が上手くいっていなくて、どうしてもお金が欲しいんです。でも、父親はそんなに甘くはなかった。違いますか？」永田は真剣な口調だった。

「うーん、どうかなぁ」

「きっとそうですよ。でも、本人が自分の手で殺したのではないと思います」

「どうしてそんなことがわかるの？」

「なんとなくですけど、自分でやったりしたら、ばれません？」永田は、振り返って真鍋の顔を見た。「だって、娘ならここへ入るのも簡単だったでしょうし、財産の関係で一番に疑われるわけですし、ね？　そう思わない、真鍋君」

「うーん」真鍋は首を捻《ひね》ってみせる。はっきり言うと、思わないが、永田に対してはっきりと心の内を伝えるとろくなことがない、と学んでいる。

「だから、きっと、どこかでアリバイを作ったと思うんですよ。それで、お金を出して、誰かにやらせたんです」

「誰に？」小川が尋ねた。

「それは……、つまり、殺し屋ですね」

「そういう仕事の人がいて、しかも、そういう人が知合いにいたってことね？」

「そうです。そこは、ほら、銀座のお店をしていれば、知り合えるんじゃないですか」

「殺し屋っていうのは、羽振《はぶ》りが良いわけ？」小川が少し笑っている。

「はぶりって何ですか？」永田が小首を傾げる。

銀座の店はブティックではなかったのか。殺し屋がブティックに来るのか、と真鍋は疑問に思ったが黙っていた。

「ま、いいけど……」小川は息を漏らした。「そういう人を使ってやらせると、あとで、窮地《きゅうち》に追い込まれることになるんじゃないかなあ。強請《ゆす》られたりして、お金をどんどん取られることになるわよ」

「あ、では、その殺し屋と愛人関係だとか」

「それだと、警察が簡単に突き止めてしまうんじゃないかな。動機のある人物として、捜査の対象になるでしょう？」

「そうか……、えっと……、じゃあ、やっぱり、単なる殺し屋なんですよ。もしかして、ああいう仕事も信用第一で、仕事と支払いが終わったら、あとはつき纏《まと》わないっていうきちんとしたルールがあるのかもしれません」

「なるほど、それはわからないでもないけれど」小川は頷いた。「でも、殺し屋だったら、刃物を使うかな？　拳銃くらい持っていそうだし、ここなら周囲に気づかれる心配もないし、それに、家に火をつけたりするかな。なんか、素人《しろうと》っぽい気がしたなあ、私としては」

永田はそこで黙ってしまった。こういった話は、小川と真鍋の間では、もう何度も繰《く》り返されているので、小川は手持ちのネタが豊富なのである。その点では、永田にはハンディがあった。

## 3

椙田が戻ってきた。外で会ったらしく、弁護士の内藤政巳《ないとうまさみ》が一緒だった。椙田に美術品の調査と処理を依頼してきた人物である。どうやら、椙田が、珍しくこちらへ赴《おもむ》いたのは、内藤と会う約束があったからのようだ。

真鍋たちは二階にいたので、吹抜けの階段を二人が上がってくるのが見えた。内藤は、グレィの大人しいスーツを着ている。典型的なビジネスマンというスタイルである。どこがそう思わせるのかわからない。たとえば、黒縁《くろぶち》のメガネをかけているし、へアスタイルも食堂の前にあるイミテーションみたいに嘘っぽく固まっている。しかし、そういう見た目よりも、話し方とか物腰とかが、すべて演出された仕事モードなのだ。おそらく、肉体疲労時の栄養補給になにか飲んでいるクチである。

「こんにちは、お疲れさまです」内藤は頭を下げた。新しい女性がいることをちらりと見て認識したようだが、固い意志を示すかのように視線を逸らし、倉庫の奥を見た。「どうですか、進捗《しんちょく》のほどは」

「順調ですが……」小川が答えた。「まだ、全体像が完全には摑《つか》めていないといったところです」

「数はだいたい把握しました」内藤の横に立っている椙田が補足した。「ただ、個々のものに、どれくらいの価値があるのかは未知といえますね。とりあえずは、ええ、リストを作って、各方面に情報を渡して、鑑定してもらわないと」

「椙田さんの感じでは、どれくらいですか？」内藤は椙田の方へ向き直った。

「何がですか？」

「最初に、私がお話しした額と比べて、高そうですか？　それとも低そうですか？」

「うーん」椙田は腕組みをした。簡単には答えられない、といった顔である。

「百目鬼氏は、ご自分のコレクションを周囲の者に自慢したり、見せたりといったことをなさいませんでした。また、投資目的で買っていたのでもありません。ただ、気に入ったものをときどき買われる、というだけでした。コレクション的な感じでもなく、好きな作家やジャンルが特別にあったとも思えません。買う店もばらばらで、特に、海外では、旅行をしたときに買われることが多かった。ですから、とにかく、どれほどのものかわからない。最初に申し上げた予想金額というのは、ご本人がそれくらいじゃないか、とおっしゃっていたことがあった、という金額です。私にはまったく判断できないのです。それでも、相続をするとなると、金額を算出して、納めるものは納めないといけません」

「そうですね。私自身は、絵画が専門です。その分野だけで言うと……」椙田はそこで少し間を取った。「ごみ同然というような品は、一枚もありません。どれも素晴《すば》らしいものです。専門の目利きが百目鬼さんの近くにいて、アドバイスをしていたとしか思えません。もしそうでないのなら、ご自身がよほど勉強されていたのでしょうね。たしかに、そういった関係の書籍も沢山あります」

「ということは、価格も高めということですね？」内藤が期待の表情できいた。

「いや、それはわからない。全体を計算したわけではありません。おそらく、百目鬼氏は、自分が支払った総額をほぼ正確に把握されていたのではないか、と思いますよ。お金持ちというのは、そういうものです。きちんとしているから、お金も貯《た》まる。そういった手帳とか家計簿の類は、見つかっていませんか？」

「いえ、残念ながら、それは……」

「こういったものを買う方は、自分が支払った金額よりも、今はもっと高くなっているはずだ、と考えるのが自然です。これは、少しまえまでは、実際にもそのとおりでした。そういう時代だった。でも、今は違います。買ったときよりも高くなるなんてことは、滅多にありませんからね」

「やっぱり、そうでしょうね。不動産もそんな傾向が……」

「ただ、それでも、ここにあるものは、その滅多にない例外だと、私は感じます」

「良かった。そうですか」

「保証はできませんけれど、そこそこのものが集まっていることは確かです。たとえば、億の単位まではいかなくても、数千万円ならば確実に売れるという絵ばかりです。それも、現在値が上がっている作家の初期の作品が多い。先見の明があった、ということでしょうね」

「ああ、それは安心しました」内藤が口許を緩《ゆる》めた。

「ただ、絵画以外では、私にはわからないものがほとんどです。それらも、少しずつ、写真を専門家に見てもらっています。今のところは、まずまずの反応ですが、これぱかりは、買う人間がどれくらいいるのか、という点が気になります。つまり、これだけの量になると、一時にはなかなか換金は難しくなります」

「とにかく、よろしくお願いいたします。まあ、見込みで申しますと、ここにあるものの三割近くを現金に換えなければならない、と予想しております」

そのあと、椙田が誘い、内藤と二人で階段を下りていった。下からときどき声が漏れ聞こえてきたが、話の内容まではわからない。しばらくして、ドアが開く音がして、外へ出ていったらしく、その後は静かになった。二人だけで話をする必要があったのだろうか。真鍋たちは、自分たちの仕事を黙って続けた。永田は、真鍋の横に座り、モニタを覗《のぞ》き込んでいた。仕事を覚えようとしているらしい。

「ねえ、話をしても良い？」永田が囁いた。真鍋が、彼女をちらりと見て頷くと、こうきいてきた。「殺人事件については、調べたりしないの？」

「え、誰が？　僕たちがってこと？」

「そう。探偵事務所なんでしょう？」

「そういうのはね、警察がするから」真鍋は小川を見た。ちょうど木箱を両手に抱えてきて、テーブルにそっと下ろしたところだった。

「ああ、くしゃみが出そう」小川は鼻を気にしている。「黴《かび》臭いよね、ここ」

「ねえ、小川さんにきいてみたら」真鍋は永田に言う。

「え、何の話？」小川が椅子に座って首を傾げた。

「あの、殺人事件の調査はしないのですかってきいたんですけれど」永田がそちらを向いて尋ねた。

「うん、まあ、そういう依頼はなかったから」小川はそう答えて、何故か口だけ笑みの格好《かっこう》を見せる。

「でも、調べて、犯人を突き止めたら、感謝されて、こちらの仕事よりももっとお礼が出るかもしれませんよ」

「出ないわよ、そんな」小川は笑ったまま首をふる。「犯人を突き止めたら、ほっとするだけ。ああ、もう心配しなくても良いわってだけ。嬉しくて、楽しくて、感謝感激ってわけじゃないのよ。もともと災難に遭っているわけだから。ま、そうね、ほんのちょっと、食事代くらいもらえるかもしれないけれど」

「そうなんですか」

「そんなもんよ、世の中ってね。いえ、年寄り臭いこと言いたくないけれど、若いわね、永田さん。羨《うらや》ましい。あと、それよりもね、私たちがちょっと調べたくらいで、警察が割り出せないような新事実が暴けるなんて可能性、めちゃくちゃ低いってこと。うん、苦労をしても割に合わない」

「そういう事件の捜査、したこと、ないんですか?」

「あるわよう。あまり具体的には話せないけれど、テレビで話題になった事件を解決したことだってあるし、殺人犯と取っ組み合いになったことだってあるんだから」

「うわぁ、そうなんですか。サスペンスの女王みたいじゃないですか。そういうの、私も、ちょっと憧《あこが》れるんですけれど」

「あ、そう……、そうなんだ。永田さん、なにか、武道とかやっているの?」

「ぶどう? あ、格闘技ですか? いえ、全然。えっと、小学生のときに、ダンスで剣《つるぎ》の舞いをやったくらいです」

「見るからに、そうね、そんな感じ」小川は頷いた。「危ないことに首を突っ込まない方が良いと思う」

真鍋から見ると、小川も首を突っ込まない方が良い人種に属する。永田との差はさしてない。最近、なにか武道を習っているようなので、それで妄想的な自信を持っているようだ。

「うーん、でも、そこは知恵を働かせて」永田は頭を指差した。

「そうそう、知恵を働かせないと、取っ組み合いになるからね」真鍋は呟《つぶや》く。「真鍋君ね」小川はにっこりと笑って、真鍋を睨んだ。「よおく、覚えておくのよう」

「たとえば、殺人は何時頃だったんですか?」永田は話を続ける。「もう少し、詳しいことを教えてもらえませんか? あ、仕事中でしたね、すいません……」

「いえ、これで今日は最後にするから、はい、真鍋君、これお願いね」小川は、箱の中身の器をテーブルの真ん中に置き、自分は椅子に座り直して脚を組んだ。

小川は今日はスカートが短い。永田もスカートだが、リクルートスーツだから、いつもよりもはるかに大人しいファッションである。

「えっと、小火《ぼや》が発見されたのが夕方で、あとで発表された死亡推定時刻は、午後三時から四時頃だったみたい。夫婦二人とも同じ。刺されて倒れていた部屋は別々だったみたいだけれど、たぶん、犯人は、ご主人をリビングで刺して、そのあと、奥様を追いかけて、キッチンで刺した。警察の発表は、そんなふう。あと、凶器は包丁《ほうちょう》で、これは、詳しい情報は公開されていないけれど、私が聞いた話では、ここの倉庫の裏手に落ちているのが見つかったみたい。もともとこの家にあったものではなく、犯人が持ってきたものらしい。この倉庫は、母屋とゲートの途中ではないから、どうして、こちらへわざわざ捨てにきたのかは不明。まあ、ぐるりと回って、反対側に裏門があって、出られると考えたのかもしれないし、単にうろうろしただけかもしれないし……。あ、そうそう、表のゲートは、家の中のスイッチで開ける仕組みになっていて……、さっき、見たでしょう？　リモコンが手許になければ、インターフォンで話をして開けてもらうの。それで、玄関まで上がってくるわけね。ということは、たぶん、犯人は顔見知りの人物だった、ということになる。だけど、百目鬼氏は、どんな人とつき合いがあったのか、誰も詳しくは知らないみたいなの。君坂一葉さんも、その点は知らないって話してた。そもそも、百目鬼氏は仕事からは完全に身を引いていたし、友人も多くはなかった。ここへ人が訪ねてくるのを近所の人も見たことがないって証言しているのね。えっと、これは週刊誌に書いてあったことだけれど」

「電話とか、えっとパソコンとかを調べたら、知合い関係はわかりますよね」永田が言った。

「そうね、そういうことを、警察がもう半年も調べているわけ。でも、なんかこれといって進展があったという噂は流れてこないわね」

下でドアが開く音がした。

「おおい、そろそろ切り上げて、食事にいこう」椙田の声である。

「はい、わかりました」小川が高い声で答える。「すぐに終わらせます」

真鍋は、テーブルの上の茶碗の写真を撮り終えたところだった。茶碗かどうかわからないが、茶碗以外に呼び名を思いつかない。パソコンのリストに、その写真のファイル名を入力する。パソコンもデジカメもここに置いておくことになっているので、スリープさせた。

## 4

ゲートの前にタクシーが待っていた。椙田が呼んだらしい。後ろに、女性二人と真鍋が乗り込み、助手席に椙田が座った。六本木《ろっぽんぎ》へと、運転手に指示をしている。タクシーに乗るまえ、ゲートまで歩く途中、刑事二人とすれ違った。いずれも見覚えのある顔だった。君坂一葉か、それとも弁護士の内藤に会いにきたのだろうか。お互いに頭を下げたあと、刑事の方が椙田に尋ねた。

「今日は、もう仕事は終わったのですか?」

「ええ、そうです。どうですか、捜査の方は」

「そうですね、地道に進んでいる、といったところでしょうか」

「劇的な進展は、なさそうですね」

「まあ、劇的というのは、たしかに……」

「ところで、美術品は、結局、どれくらいの価値だと見積もられていますか？」もう一人の刑事が別の質問をした。弁護士が尋ねたのと同じ内容である。

「さっき、内藤さんともその話をしましたが、まだまだ、そんな数字が出せるような段階ではありません。こういうものは、とにかく時間がかかります。焦って処理をすると、大損することになりますからね」

「そういうものですか。しかし……」その刑事は椙田に顔を近づけた。「けっこう安く見積もっておいた方が、あとあと調子が良いということでは？」

「手数料はもちろんいただきますが、パーセンテージが決まっています。つまり、少しでも高く売った方が、私としては儲かります」

刑事は、人工的な笑顔で頷いてみせた。そこで頭を下げて別れた。ゲートを出るときに、内側にもあるインターフォンで母屋を呼び出し、挨拶をする。ゲートを開けてもらうためである。

外に出たところで、椙田は呟くようにこう言った。

「何が嫌いかって、警察ってのが、どうもねぇ……」

嫌みを言われたからだろうか、と真鍋は思った。小川は、眉を寄せて椙田を見ている。タクシーの後部座席へは、真鍋、永田、小川の順で乗り込んだので、すぐ隣が永田で、しかも彼女が躰《からだ》を自分に寄せているように圧力を感じた。おそらく、小川のスペースを少しでも広くしようという心遣いだろう。顔もすぐ近くにある。あまりない経験だったので落ち着かない。窓の外を見ることにした。

車の中では、主に君坂一葉の話題になった。真鍋は、その方面を詳しくは知らない。ネットで調べて出てくるような有名な名前でもなかった。〈君坂一葉〉のキーワードでヒットするウェブサイトはあるものの、それは、ごくプライベートなものに限られる。彼女は、その本名で同人誌に小説を発表している。

以前に、小川がこう語ったことがあった。

「一葉っていう名前で、彼女、損をしていると思うな。だって、そうじゃない。そんな名前で小説を書いていたら、誰だってペンネームだって思うでしょう。ああ、樋口一葉が好きなんだなってね。でも、それだけで、オリジナリティがない平凡な才能だって宣伝しているようなものじゃない。良いイメージには絶対取られないよね」

本名であるうえ、彼女の曾祖母《そうそぼ》が、やはり百目《どうめ》一葉《いちよう》という名の作家だったのである。これは、本名から、鬼の一字を取ってペンネームにした、ということだ。樋口一葉ほどは有名になれなかったものの、〈百目一葉〉は、検索すると関連のサイトが幾つか見つかるし、文学史などでも取り上げられているようだ。〈二人の一葉〉といった評論書も出ているくらいだった。大正に生きた女流作家として、認められていたのだろう。

「まだ、若いんですから、これからなんじゃないですか」とそのとき、真鍋は小川に言ったと思う。すると、小川はこう応《こた》えた。

「いやあ、だってね、もう三十を越えているわけでしょう？　樋口一葉って、売れたときにまだ二十代の前半なの、そのあとすぐに病気で亡くなっているんだもの、そりゃあ、話題にもなったでしょうし、そういうのが、やっぱり天才っていうの。特に、女性はね、若さがないと世には出られないと思うな。うーん、こういうことは言いたくないけれど、結局は、作品への目よりも、作家が女性だっていう部分へ大衆の視線が向くわけ。樋口一葉だって、あの写真で有名になったのよ。今でいったら、グラビアみたいなものじゃない。そういうのに対する抵抗がもちろんあったとは思うけれど、でも、それがなかったら、えっと、たとえば、男で、普通の文学青年だったら、世に出ることはなかったんじゃない？　そう、今の日本でも、ちっとも変わっていないんだから。若ければ、プラスワン、綺麗《きれい》だったら、プラスツー、これで、才能が七割くらいでもパーフェクトになれるっていう理屈。むしろ、現代の方が、そういうのを割り切っていると思うな。売り込む方もそうだし、それに買う方もね……。だから、まあ、つまりはその意味で、三十になったら、もうチャンスは激減ですよってこと、私が言いたいのはね。悲しいけれど、それが現実」

小川は三十代である。たぶん、自分のことを意識しての発言だろう、と真鍋は思った。百目鬼家へ仕事に来る回数は、真鍋よりも小川の方が倍以上多い。しかも、彼女は一人であそこへ出向くことがほとんどだ。そのたびに、君坂一葉と会っているわけである。同性でもあり、年齢も近いし、未婚だということも共通している。ときどき、母屋へ誘われ、お茶を一緒に飲んでいると話していた。二人だけで世間話をしている様子である。だからこそ、一葉の仕事に関しての考えが、そのような表現になったのではないか。非難をしているわけではなく、もっとなんとかならないのか、という気持ちにちがいない。小川という人物は、とにかく根が優しい。少し世話を焼きすぎなくらい、面倒見も良い。もう少し、自分に対して面倒を見た方が良いのではないか、と心配になるほどだった。

タクシーを降りたところが、そのレストランの前。高いビルの一階に店があった。入口にはメニューなんて出ていない。真鍋には異次元の世界といっても過言《かごん》ではない領域といえる。奥のテーブルに案内され、椙田の両側に小川と永田が座った。必然的に、真鍋は椙田の正面になる。飲みものは、男性はビール、女性二人はワイン、そのあとメニューをじっくりと見ることになったが、写真などなく、ほとんど意味がわからなかった。何の肉なのか、どんな野菜なのか、ということが産地まで書かれている。その肉や野菜が、焼かれるのか煮られるのか、専門用語ばかりでわからない。結局、シェフにお任せのコースになったので、真鍋はほっとした。

「値段が書いてなかったですよね」隣の小川に真鍋は囁いた。

「椙田さんのメニューには書いてあるの」小川が落ち着いた口調で答える。

真鍋は、自分だけがカジュアルな服装だと気づいた。もう数日同じものを着ている。永田は、面接に来たのだから、いちおう正装だったし、椙田も小川も、そういえばいつもよりも少し高そうなものを着ている。面接があるからだと思っていたが、もしかしたら、夜に高級レストランへ行くことを、小川は聞いていたのではないか。言ってくれたら良かったのに、と真鍋は恨《うら》めしく思ったが、しかし、言ってもらったところで、着てくる服がないので、同じかもしれない。

「内藤さんから、面白い話を聞いたよ」乾杯をして、グラスを置いたあと、椙田が話した。「二つあってね。一つは、以前に、百目鬼氏が、倉庫で一人作業をしているのを見た、という話。テーブルに向かって、なにか書いていたというんだ。周りに、沢山、骨董の箱を並べていたって。今日、僕たちの作業を見て、思い出したそうだ」

　椙田はそこで言葉を切った。小川は首を傾げている。永田は、もちろんなにも言わない。椙田は、真鍋の方を見た。

「つまり、ノートのようなものが存在するんじゃないか、ということですね？」真鍋は思いついたことを話した。

「うん。僕が思ったことと同じだ。内藤さんは、そんなことは言わなかった。収集品のリストやメモのようなものはなにもない、とあの人は最初に言った。税務関係のことを引き継いでからは、百目鬼氏が購入した大きな買い物は、もちろん記録がある。でも、それは全体の一パーセントくらいではないか、という予想も、内藤さんが話してくれたことだ。亡くなったあと、家の金庫も、銀行の貸金庫も、書斎も、本棚も方々を探したらしいけれど、そういった記録ノートのようなものは出てこなかった」

　椙田は、永田の方へ微笑んだ。最後の説明は、彼女に対するものだったからだ。

「でも、ただ、調べ物をしていただけかもしれませんよね」小川が言う。「一葉さんの話では、百目鬼さんは、十年以上まえから目が悪くなって、文字を書くことを億劫《おっくう》がっていたということですから……。今の、内藤さんのお話はいつ頃のことなんですか？」

「それは聞いていない。でも、内藤さんがあそこへ来たのは六年まえだ。だから、最近のことだろうね」

「そんなノートがあったら、僕たちの仕事、格段に捗《はかど》りますよね」真鍋は言った。

「というよりも、そのノートの完成度によっては、仕事の依頼がうちへ来なかったかもしれない」椙田は、口を斜めにする。グラスに手を伸ばしたが、もう空だった。

小川がすぐに店の者を呼び、飲みものの注文をすることになった。それが来たあと、オードブルの皿が運ばれてきた。いったい何なのかわからないが、食べてみたら、魚の刺身のようだった。皿の周囲にオレンジや緑の絵の具のようなものが散っている。こういう意味のわからないことはやめてほしいな、でも、もしかしてこれも芸術なのだろうか、と真鍋は思うのだった。

「さっきの続きだけれど、もう一つはね、ちょっと重要なことかもしれない」椙田が、フォークとナイフを置いて話した。「百目鬼氏が、遺言状を用意していたという話の詳細をね、ちょっと尋ねてみたんだ。けっこう、あっさりと教えてくれたよ」

「え、どんな遺言状だったんですか？」小川が手を止めて、椙田を見据えた。

「遺産のほぼすべてを、孫の一葉さんに相続させるというのが原案だったらしい」

「本当ですか？」小川は目を見開いた。

真鍋は、永田の方を見た。「君が言っていたのに近いじゃん」と言いたかったが、残念ながら、この場に相応《ふさわ》しい気の利《き》いた表現を思いつかなかった。

永田はただびっくりしたような顔である。

「それ、ご家族には、話されたんでしょうか？」小川が椙田にきいた。

「話したみたいだね。それを書く以前にも、説明をしたそうだ。内藤さんの話によれば、お嬢さんは反対したらしい。まあ、当然だろうね」

お嬢さんというのは、一葉の母親、妙子のことである。一人娘なので、遺産の半分は、彼女のものになるはずだったからだ。

「奥さんも反対したんじゃないかな」椙田が言う。「奥さんとお嬢さんのものになるのが、順当な相続だからね。その二人を飛ばして、いきなり孫に全部というのは、どうしたって抵抗があるだろう」

「そんな話、一葉さん、一言も……」小川が呟く。

「プライベートなことだからね」椙田が頷いた。「ま、とにかく、その遺言状は、正式には成立しなかった。もしかしたら、百目鬼氏と奥さんの間で、それとも、百目鬼氏と妙子さんの間で、なんらかのトラブルがあって、その影響で遺言状を書き換えよう、と思ったのかもしれない。そんな感情的なものだったから熱が冷めたのか、あるいは仲直りしたのか……、結局は、そのままになった、ということかもしれない。もしも本気で書き換えたかったら、反対を押し切ってでもできたはずだからね」

「そういうことだったんですか」永田が頷いた。そして、真鍋の方を見る。

「そうなると、やっぱり、動機としては、君坂妙子さんが一番怪しいわけですね」真鍋は、永田の言いたいことを代弁してやった。

「でも、彼女にはアリバイがあるんだ。この話はしたっけ？」椙田が言った。

「いえ、聞いていません」小川が即答する。

「妙子さんは、事件があった日は、日本にいなかった。仕事仲間数人と一緒にヨーロッパを旅行中。えっと……、商品の買い付けだったかな、そんなので」椙田はフォークをまた置いた。皿の上のものが綺麗になくなっている。「うん、さすがに美味《うま》いね」

一瞬、アリバイの作り方が上手いのかと思ったが、料理のことらしい、と真鍋は気づいた。自分も、皿を見て、残りを平らげる。美味いというよりも、奇妙な味だな、というのが正直な感想だった。味は悪くないのだが、香りが未体験だった。

「それでしたら、誰かに頼んで殺させた、ということは考えられませんか？」永田が意見を言った。そのとおりのことを、さっき小川と議論していたのだ。小川は、少し可笑《おか》しそうな顔で永田を見た。

「うーん、どうかなぁ」椙田は眉を顰める顔。「危険な方法ではあるけれど、相続する金額が大きいからね、絶対にないとはいえないな。一億円くらいだったら、そんな危ない真似は普通はしないし、もししても、そんな額の金で動く人間じゃあ、信用がおけない。でも、一桁《ひとけた》上がれば、うん、なんとでもできるかもしれないね。いや、よく知らないけれど……」

「そうか、金額が……、そういえば、そうですね」小川は小さく呟く。自分の考えがそこまでは至らなかった、という永田に向けての弁解のようだ。

「今のは、刑事から聞いた話だから、内緒《ないしょ》にね」椙田は永田に言った。「こういうのが漏れると、とんでもないことになる。いいね？」

「はい、もちろんです」永田は姿勢を正して頷いた。

それほどのことでもないだろう、というのが真鍋の見方だった。アリバイがあるというくらいのこと、刑事でなくても何人かには知られている情報だ。漏れるもなにもない。とんでもないことにはならないはずである。秘密を共有している、という感覚を、永田に味わわせている、ということだろう。こういった大人の事情が最近わかるようになったのも、このバイトのおかげである。大学で講義を聴いているだけではわからない実社会の標準テクニックらしい。きっと、永田は、自分も仲間になれたと感じて、単純にやる気を出しているはずである。人を使うというのは、こういうことなのだな、と真鍋は思った。

「だけど、そんなプロの殺し屋の仕業《しわざ》だとしたら、事件の解決は難しいでしょうね」小川が呟くように言った。

「それこそ、金をかけただけのことはある、というやつかもね」椙田は言う。

店員が皿を片づけにきた。小川と永田はまだ途中だったので、男性の皿だけを片づけた。椙田はビールのお代わりを注文した。

「あの、一葉さんは、お母さんとは、どうなんですか？」真鍋は小川を見てきいた。

「どうっていうのは？」小川がきき返す。「仲が良いか、悪いかということ？」

「それもあります。一葉さんは、一人娘ですよね？」

「あまり会っていないみたい」小川が答えた。「あの年齢だと、そういうこともあるかもしれないわね。でも、その、今の話……、つまり、孫に遺産を相続させようと発想すること自体がね……、うん、そういう感じしない？」

「ええ、僕もそう思って言ったんです。仲良し母娘《おやこ》だったら、どちらが遺産をもらってても、そんなに気にならないでしょう。娘がもらったら母親は嬉しいんじゃないですか？　それに、母親がもらっても、いずれは一葉さんのものになるわけですよね。でも、そうではないということは、二人が、その、かなり遠い関係にある……、そういうことが、その幻《まぼろし》の遺言状でわかると思うんです」

「そんなのは、あそこに一葉さんが来ているだけでわかる」椙田が言った。「普通だったら、娘が来るだろう。孫が世話をしたりしない」

「お金が絡《から》んでいると、普通のものも難しくなって、なんだか、どろどろしてくるのですよね」小川が溜息をついた。「そういう心配がなくて、良かったぁ」

「なにか、どろどろした経験がある？」椙田が軽く尋ねる。

「え？　いえ、私は無縁でしたけれど、椙田さんこそ、よくご存じなんじゃありません？」

「そんなふうに見えるかな」

「見えます。確実に」小川が即答する。

「あそう……」椙田は、一瞬むっとした顔になったが、すぐに鼻から息を漏らす。「うーん、まあ、そうだね、考えてみても、思い当たるものがないね。世の中さ、金に目が眩《くら》んで頭がおかしくなる奴がいる、というのが一般的な定説みたいだけれど、本当にそんな奴って、いるかな？　僕は見たことがない。欲望を軸に生きている連中っていうのは、本当にしっかりしている。金に目が眩んだ奴も、計画的で、策略的で、まったく狂っていない。その一方で、金には無縁だとか、今日の酒代さえあればいいんだとか、そういう潔《いさぎよ》いことを言っている人間にかぎって、カッとなって人を殺したりするんじゃないかな。たぶん、統計的には、明らかにこちらだと思うな。ただ、人を殺した人間に対して、何故《なぜ》そんなことをしたのかって、無理に理由をきいたりするから、遊ぶ金が欲しかったなんて、わけのわからない言葉に集約されるだけだよ。そういうのは、金に目が眩んだ状態というよりも、金なんかどうでもいいっていう無頓着《むとんちゃく》さが引き起こしているんじゃないかな。あとね……」椙田はそこで言葉を切って、グラスのビールを飲み干した。「基本的に、殺人を犯す人間というのは、破滅的というか、自虐的だと思うな。自分を諦めている。自分を見捨てている。もうどうにでもなれっていう感じだろうね。癇癪《かんしゃく》を起して八つ当たりしているような状態に近い。原因は自分以外にあるにせよ、でも、その原因をもっと大きくして、取り返しのつかないようにしてやるぞっていう、そんな甘えっていうのかな、それは明らかに本人のせいだ」

「ああ、そうですね、それはわかるような気がする」小川が頷いた。

「私、人殺しっていうのは、テレビでしか見たことないですし、身近な知合いの人がそういう事件の被害者とか加害者になるなんてこと、うーん、普通はありませんよね」永田がそこまで言って、真鍋は指摘する。

「このまえあったじゃん」真鍋は指摘する。

「そう？　違うよ。知合いじゃないもの」永田は首をふる。「とにかく、よく知っている人では、そんな経験はありません。だから、どうしても、特別なものに見えてしまうし、普通の人だったら、しないんじゃないかって、思っているんですけれど」

「それが普通だよ」椙田が頷く。「ただ、僕らみたいな仕事をしていると、どうしても近づいてしまうことはあるね」そう言って、小川へ視線を向ける。

「私は、なんか、つき纏われている感じがしますね。自分から近づいていく気はないんですよ。でも、何故か、ええ、もう沢山。あまり、これ以上はって、思っちゃいます」

「小川君はね、えっと、なんていうのか、危ないところを覗きたがる本能があるんじゃないかな」椙田が言った。「なんとなく、危険な部分っていうのが誰にもあって、そこをちょっと見てしまうんだ。それで、相手が、見られたって思う。君にしてみれば、そんな意識はないだろうけれど」

「ないですよ、そんな……。え、どんなことをおっしゃっているんですか？　心当たりがありませんが」

「まぁまぁ、いや、言い過ぎた。忘れて」

「忘れてって、言われてもねぇ」小川は口を尖らせ、真鍋に視線を向けた。

スープが運ばれてきた。紫色の液体だが、黄緑の筋が渦を巻いて浮かんでいる。

「わぁ、綺麗ですね」永田が皿を見て言った。

「蚊《か》取り線香みたいだね」真鍋が言うと、彼女はこちらを見て、目を細めた。

## 5

「美味《おい》しかったね」真鍋は横を歩いている永田に言った。

「うん、もの凄く美味しかった。こんな良いことがあるなんて、今日はついてるよ、ほんと」

レストランを出て、椙田と小川は二人でタクシーに乗った。椙田が、小川を送っていくと言ったのだ。その結果、若いバイトの二人は、地下鉄の駅まで歩くことになったのだった。

「やっぱり、あれ？　小川さんと社長は、そういう関係なの？」

「そういうって？　ああ、わかった、えっと、違うと思うよ」

「そう？　ふうん。そっかなあ。真鍋君が鈍いだけじゃない？」

「そう言われると、反論する材料がないけれど」

「でも、そうやって、カップルが決まっていてくれた方が安心だよね」

「そういうもん？　意味わかんないけど」

「あのさ、まえから、ここでバイトしてた？」

「そうだよ、もう、けっこう長いかな」

「ふうん。そういえば、まえに小川さん連れてきたとき、そんな話だったたっけ。でも、しっかり認識してなかった。うん、無意識に、真鍋君はコンビニでバイトしていると思ってた。なんか、それらしいこと言わなかった？　肉まんとかおでんを作っているとか」

「コンビニでそういうのを買う話は、よくするかも」

「そうじゃなくて、作るの」

「言ったかなあ。覚えてないけど」

「でも、殺人犯を突き止めたりとか、張り込んで捕まえたりとか、そういうのは、さすがにないんでしょう？」

「うーん、どうだったかなあ」

「そんなの、思い出せないくらい印象薄いこと？　変じゃない？」

「いや、えっと、あるにはあるよ。でも、そう言いきってしまって良いものかどうかってところで、考えてしまう」

「あるの？　嘘、殺人犯と取っ組み合いして、取り押さえたとか？」

「それはない」

「ないよねぇ、わかるわ。それは、ちょっとありえないよ」

「警察官とか、なりたくないよね」

「なれないと思う」

「わからないよ。なにかの弾みで一躍《いちやく》有名になってさ。ほら、たとえば、僕が歌をうたって、それが大ヒットするとか」

「何の話してんの？」

「それでね、アイドルになって、一日署長とかを務めるわけ」

「ああ、わからんこと言うわぁ、相変わらず」

「わかんない？　永田さんだって、たとえば、グラビアアイドルになって」

「なるか、そんなもん」

「いや、たとえばの話でさ」

「たとえばはいいから。何の話してるんだっけ？　私たち、酔ってる？」

「けっこう、飲んだよね」

「どこかで飲み直す？」

「え？　えっと、今から？」

「当たり前じゃない。明日とか明後日飲み直すわけ？　馬鹿じゃない？」

「うーん、お金があんまり……」

「お金かぁ……、私も、生憎《あいにく》、あまり持ってないんだよな、これが」

「じゃあ、しょうがないね」

「真鍋君のアパートには、ないの？」

「え！」

「大きな声出さないでよ。恥ずかしいな」

「アパート？　何が？」

「だから、お酒だよ。なければ、買っていけばいいじゃん。それくらいのお金ならあると思う」

「僕の部屋でそれを飲むの？」

「そうだよ」

「二人だけで?」

「まあ、そうだね……。真鍋君とこに誰もいないならね」

「いないよ」

「それとも、私の家に来る? 私んとこは、ママとパパと兄貴と姉貴とおばあちゃんとおじいちゃんがいるけど。どっちがいい?」

「どっちがって?」

「だから、真鍋君とこコースか、私んとこコースか」

「ああ……、その選択か?」

「何だと思ったの?」

「いや、えっと……」飲むか飲まないかの選択がそのまえにあるのでは、と思っていたのだが、それはスキップされたらしい。「あのね、うーんと」

「ああ、わかったわかった、ちらかっているって言うんでしょう? そんなの気にしないから、全然大丈夫だから」

それは、言うつもりはなかった。それよりも、どういうつもりなのかを尋ねようとしたのだが、質問の方法がわからない。あえて言葉にすれば、「君の方向性がよくわからないから説明してほしい」であるが、この方向性という表現は、あまり適当とは思えなかった。

地下鉄の駅の階段を下りていき、そのまま同じ電車に乗った。その方向が、もう真鍋のアパートを選択したということを示していた。内心、これは凄い方向性かもしれないと、どきどきしてきた。

しかし、それよりも、どちらかというと、困ったことになったぞ、という気持ちが大きい。

「なんか、頭が痛いな、ちょっと」真鍋は、隣に座っている永田に言った。

「え、頭痛？　あ、それはアルコールが足りないからだね」

「弱いから、こうなるのかな」

「そうかも。私、頭痛っていうの、なったことない。どういうものかわからない」

「へえ……、そういう人っているんだ」

「あとさ、足が痺《しび》れるって言うじゃない。あれも、なったことない」

「本当に？　正座とかしてて、足、痺れない？」

「うん。そのまえに痛くなるね」

「じんじんして、しない？」

「しない」

そんな軽量な会話をしているうちに、駅に到着し、また別の電車に乗り換えた。もう、方向性は決定的だ、真鍋のアパートへ向かっている。しだいに緊張している自分を感じてるが、どうも躰が痺れている気がする。やはり血液中のアルコールのせいだろうか。

「真鍋君ちって、ビデオ見れる？」永田が尋ねた。

「ビデオ？」

「ＤＶＤ」

「えっと、パソコンがあるから、見られると思うよ。でも、ＤＶＤがないよ」

「じゃあさ、途中で借りてかない？」

「どこで？」

「駅の近くにない？」

「ああ……、あったかな。何を見るの？」

「そうね、うーん、イギリスかフランスの映画が良いな」

「どんな？　えっと、ジャンルは」

「ジャンル？　洋画だね」

「それは、そうだろうけれど……」

「ミステリィでも良いし、あと、哀愁漂う感じのレトロな感じのやつとか」

「ふうん、いや、あまり、思いつくものがないけれど」

洋画なんて、それほど見ない。テレビも見ない。最近では漫画もあまり読まなくなった真鍋である。

「映像でしょう?」永田がきいた。

そうそう、それは大学における専攻のことだ。だから、映画を見るのは、勉強の内といえないこともない。ああ、だから見なくなったのか、という小さな納得があった。

「アニメばっかり見てるんでしょう?」

「アニメもあんまり見ないよ」

「昔の白黒映画が、私好き」

「へえ……。たとえば?」

「たとえばっていうのは、決めてないけれど、うーんと、〈悪魔のような女〉とか」

「あ、知ってる。それって、アメリカの映画じゃない?」

「違うよ、フランス。うーん、たぶん、真鍋君が知っているのは、リメイクじゃない?」

「そうかな」

「ああいうの見てるとさ、入っていくでしょう？」

「はいっていく？」

「そうそう、お話の中に、ずずずって入っていくわけ。でね、なんかあると、ぞくっとか、うっそとか、もう、ばくばくだよね、心臓……。でさ、そのうち、もう駄目だって、諦めちゃうんだよね」

「何を諦めるの？」

「もう駄目、とても生きていけないって」

「あ、そう……」

「そうなったとき、どうしたら良いと思う？」

「そりゃあ、スイッチを切ったら、なんとかなるんじゃない？」

「駄目だよ、そんなことしたら自殺行為だよね」

「よくわかんないけど……」

「もう何回も死にかけたわ、私」

「あ、そう……」

この電車の中では、ずっと映画の見方について語りあった。駅で降りて、通り沿いの店に何軒か寄った。まだ、時刻は九時まえで、ほとんどの店が営業している。飲むものと、食べるもの、お菓子、最後に、ビデオ・レンタルの店に入った。ここでは、真鍋が学生証を見せて、会員にならなければならなかった。彼女が借りたのは、比較的新しい映画で、〈日の名残《なご》り〉というタイトルだった。「まえからすっごく見たかったの、これ。なかなかないんだよね」と永田は言った。

駅から歩いて十五分ほどである。アパートに到着したのが、九時十分だった。

「うわぁ、なにこれ」部屋の照明をつけて中に入り、永田が高い声で言った。「綺麗。何なの？　なんでこんなに片づいてるの？」

「ちらかるようなものがないんだよね」真鍋は言った。「まえはね、ちらかっていたこともあったんだけれど、最近、心を入れ替えたんだ」

「どうやって入れ替えたの？」

「どうやってって言われても……」

「でも、どうして？」

「どうしてって、ま、その、綺麗な方が良いかなって」

「信じられない。凄いね、凄いよ、君は」

「そう？」

「今度さ、私の部屋へ来て。一緒に掃除をしようよ」

「いや、掃除が得意ってわけじゃないよ」

クッションは一つしかないので、彼女に座ってもらう。パソコンを近くへ持ってきて、ＤＶＤも見られるようにした。グラスにカクテルドリンクを注《そそ》ぎ、乾杯をする。ここまで来るだけで、咽《のど》がかなり渇《かわ》いていた。

そういった準備をしている間に、永田は電話をかけていた。自宅らしい、少し違った口調だったが、内容は、新しいバイト先が決まって、そこの先輩と飲みにいくことになった、遅くなるかもしれないし、その先輩のところに泊まるかもしれない。三十歳くらいの人、と先輩のことを説明していた。そこだけ、小川令子になっているわけだ。言葉としては、嘘ではないかもしれないが、全体としてはトリックが仕掛けられている。

帰らないつもりなんだ。てことは、明日はここからどこかへ行くのだろうか。服を着替えなくても良いのだろうか。バッグは持っているけれど、着るものが一揃い入っているようには見えない。

とにかく、一言でいうと、非日常、だった。

何が非日常かって、このシチュエーションがありえないし、永田という人物がどう見ても日常ではない、少なくとも真鍋にとっては。

「ね、誰が犯人だと思う?」カクテルを咽に通したあと、彼女は尋ねた。

まだ、DVDは始まっていない。何の話だろう?

「もしかして、百目鬼さんとこの事件のこと?」

「そうだよ」

「誰だと思えるほど、あまり知らないから」真鍋は答えた。「永田さん、なにか考えがあるわけ?」

「考えというよりも、こういうのは直感だよね」永田はそう言ってグラスに口をつける。「ああ、寛《くつろ》ぐなぁ。やっぱ、さっきまでさ、私、超緊張してたんだから」

「え、どうして?」

「そりゃあ、だって、社長さんでしょう。それから、その愛人でしょう? 新人としたら、どきどきじゃん。そのうえ、真鍋君ときたもんだ」

「緊張しているふうには見えなかったけれど」

「ま、私が会った中じゃあ、やっぱ、あの内藤さんが、いっちゃん怪しいわな」

「え? 内藤さん? というか、ほかに誰にも会ってないよね」

「だから、直感」

「内藤さんが、どうして百目鬼さんを殺さなきゃならないわけ？」

「それは、なにか裏の事情があるんでしょう。金を使い込んだのが、ばれそうになったとか」

「ああ、なるほどね」

「倉庫から美術品をこっそり持ち出して、ちょくちょく売っていたんだよね。だから、帳面が消えているわけだ。新しくリストを作って、それでうやむやにしようとしているんだね、きっと。悪い奴だわ」

「ふうん」

「これが、ドラマだったら、犯人は椙田社長だよ」

「え、どうして？」

「役者がいいから」

「あ、そう……」

「じゃあ、見ようか」

「え？　何を」

「映画じゃん。はい、回して」

「回してって、フィルムじゃないよ、あ、ＤＶＤも回っているか」

「ごちゃごちゃ言わんと。えっと……、お願いがあるの」

「え、何？」

「映画の途中で話しかけないでね、私、ぐっと入っていくから」

「はいはい」

真鍋は、ディスクを挿入して、モニタの上で操作を幾つかした。久し振りなので、どうやるのだったか、と考えながらだったので、動作が遅い。

しかし、無事に映画が始まった。少しほっとした。彼女の凄いペースの会話についていくのがやっとだったので、しばらくゆっくりできる、と思った。アルコールのせいで、どうもぼんやりしている。

綺麗な映像だ。日本語の字幕が出るようにセットしてある。それを読むのにけっこう忙しい。飲みものとお菓子を合間に口に入れつつ、そのストーリィをずっと追う。いやらしい場面が出てきたらどうしよう、などと余計なことを考えながら見ていたが、非常に大人しい、文学的な作品だとだんだんわかってくる。DVDのパッケージの解説を読めば良いのだが、そんなことをしたら、モニタを見なさい、と永田に叱《しか》られそうだ。

何だろう、これは、と途中で考えざるをえなくなった。どんなどんでん返しがあるのか、といろいろ想像もした。感情を大きく揺さぶられるようなインパクトがあるシーンもない。ただ、坦々と時が流れていく。そんな感じで、結局最後まで、そのままだった。昔を懐かしんで回想する。時代が流れ、人がそれに押し流されていく、ということだろうか。プラトニックな愛が描かれているようだったけれど、それも定かではない。最後まで、言葉として表現されなかった。あっという間に、見終わってしまった。しかし、途中で厭きることはなく、眠くもならなかった。それは、映画のせいというよりも、すぐ横に永田がいるのだから当然だったかもしれない。

「ああ、良いねぇ……」永田が溜息をついた。「面白かったぁ」

「うん、芸術的だね」真鍋も同感だった。永田さんから、こういう映画を見せられるとは思わなかった、と言いそうになった。いつもの彼なら間違いなくそう言葉にしていただろう。しかし、ちょうど永田がすっと立ち上がったので、その皮肉っぽい台詞《せりふ》を言わずに済んだ。彼女は、トイレにいったようだ。化粧の関係かもしれない。トイレは、映画を見るまえに自分が入ったとき、汚れていないか、洗面台がちらかっていないか、とチェックをしておいた。

DVDの解説をこっそり読む。なるほど、そういう時代の話だったのか、とわかった。昔のことだなとは思ったけれど、いつ頃なのか外国なのでさっぱりわからなかったのだ。

# 6

「ああ、良かったなぁ。こんな映画って、最近ないんじゃない？」永田が戻ってきて言った。「私、映画監督になりたい」

「なれるんじゃない？」

「どうやったらなれる？　映画を作って、どこかへ売り込むの？　それとも、監督のところへ行って、弟子《でし》にしてもらうの？」

「さあ……。でも、どっちも良いと思うよ」

「脚本家っていうのも、どうやってなるんだろう。勝手にお店を広げても、仕事なんて来ないじゃない？」

「そうだね」

「小説みたいに、書いて、どこかへ送るのかなぁ。そういうのって公募しているのかな？　知らない？」

「うん、知らない」

「だって、小説って、あちこちで募集しているでしょう？　いろいろな賞があるんじゃない？　たぶん、君坂一葉さんも、そういうところに応募しているんだと思うけれど」

「そうなのかな。同人誌に発表しているって、言ってたけど」

「そういうのもしているけど、これはという作品は、出版社に送るでしょう？」

「ふうん」

「真鍋君、眠いの？」

「そんなことないよ」

「真鍋君は、何になりたいの？」

「何にって？」

「仕事っていうか、やっぱ、君、芸術家でしょう？　だから、どんなアートを狙《ねら》っているのかってこと」

「芸術家になるっていうのは、考えたことないけれど」

「あ、そう？　ふうん……。私は、けっこう、アーティスト志向《しこう》だけれど」

「どんなアート？」

「わかんない。どんな表現があるのか、どんなのが、自分に合っているのか、まだわかんない。いろいろやってみて、そのうちに、これはっていうのがわかってくるんじゃない?」

「いろいろっていうと、たとえば」

「たとえばって決めてない」永田は首をふった。「映画も良いし、もっと短いビデオもあるよね。ほら、見たことあるでしょう? コマーシャルとか、プロモーションとか、とにかく短いやつ。ネットでいろいろ流れているの。ああいうので、まずは認められないと駄目だよね」

「作ったことあるの?」

「ない」簡単に永田は首をふる。「だって、どうやればいい?」

「デジカメか携帯で、動画を撮れば、できるんじゃない?」

「それを編集するわけ? パソコンで?」

「そうそう。パソコンもソフトも、大学で使えるよ」

「ああ、そういうの、授業であったね。駄目なんだ、私、ああいうのは」

「どうして?」

「なんかね、ああやって、大勢でやっているじゃない。ああいう場所にいると、こんなのみんながやることなんだって、誰でもできちゃうことなんだって、思えてきちゃうわけ」

「技術的には、そうだね」

「え、どういうこと？」

「映像をカットしたり、つないだり、という技術的なことは、誰にでもできるようになったって意味。でも、オリジナリティのあるものをクリエイトするとなると、やっぱり才能がないと」

「そうそう、それよ、クリエイト」

「まずさ、なにか作りたい題材というか、モチーフというか、えっとそういうやりたい対象がなくちゃいけないいんじゃないかな」

「うん、そう思う」

「なにか、あるの？」

「あるよ。今見た映画みたいなの。こういうのが作りたい」

「どういうの？」

「そんな、言葉で簡単には言えませんよ。そういうもんじゃない？」

「まあ、そうかもね」

「似ているものっていう意味じゃないの。でも、似ているものでも良いな。絶対に違うものになると思うから。あ、小説だってそうじゃない。あれこそ、誰が書いても、同じ言葉なんだし、だいたい同じ文体なんじゃない？　映画みたいに個性って出ないでしょう？　それでも、あんなに沢山の人たちが、小説家になっていて、しかも、今までの本だけでもう充分なほど沢山あるのに、今でもどんどん新しいものを作り出しているわけでしょう？　どうして、そんなに必要なのって、思わない？」

「思うけれど、それで商売をしているんだから、あまりそこを追及したくないんじゃないかな」

「特に、小説っていったら、大昔からあるわけでしょう？　映画とかアニメよりもずっとずっと古いわけじゃん。それに、技術的な進歩っていうのもね、そんなにないはずだし。あっても、ワープロくらいでしょう？　なのに、今でも続いていて、不思議だよねぇ」

「映画もアニメも、どんどん続くんじゃないかな」

「合体したりするんだろうね」

「あ、そうだね」

「あのさ、小川さんが言っていたこと、あれ、どう思う？　えっと、女性だから、売れたんだ、みたいなこと言ってたでしょう？　えっと、樋口一葉だっけ」

「うん、言ってたね。よくわからなかった」

「男の人はわからないんだろうね」永田は、空のグラスに缶のカクテルを注ぎ入れようとしたが、それが空だった。「まだ、あった？」

「あるよ」真鍋は立ち上がって、冷蔵庫へそれを取りにいった。

「あ、でも、これが最後。そんなに飲んだっけ？」

「私が、真鍋君の倍は飲んだ」永田が笑った口になる。

彼女のグラスに、薄いピンクのカクテルを注ぎ入れる。泡が動く。真鍋自身はそれほど飲んでいない。緊張しているので、飲めない。酔ってはいけない、というブレーキがかかっていた。それも、タイヤをロックしたら一気にスリップしそうなので、騙《だま》し騙《だま》し、アンチロックブレーキのように慎重に制動していた。

「で、話の続きは？」永田が少しとろんとした目で、こちらを見ているので、真鍋は少し焦って、話しかけた。

「何の話だった？」

「えっとね、男にはわからないだろうって、言ったけど」

「ああ、そうそう。そうだ、ジェンダだよね」永田は言った。「いろんな職業にね、女流っていうのがあるじゃない。女流作家とか、女流棋士《きし》とか、書道家とか、画家とか、映画監督もいるよね。そういうのが、おばあさんとか、せいぜいおばさんだったら、まあ、そんなものかなって思うけれど、私たちと変わらないくらいの若い人がいるじゃない。どうなのって、思わない？」

「どうなのって？」

「つまり、本当に才能は一流なのかって」

「そりゃあ、一流だから、出てくるんじゃないかな」

「そう？　まああってとこじゃない？」

「わかんないけれど、若くて綺麗だったら、プラスになるってことを言っているんだよね？」

「そうだよ。なんていうか、つまりさ、性を売り物の一部にしているわけでしょう？」

「売り物かどうかは、いろいろだと思うよ」

「仮によ、三十過ぎのおっさんだったら、どうなの？　注目もされない、普通のちょっとした趣味人の範囲じゃん」

「そういう人もいるかもしれないけれど、本当に凄い人も、なかにはいるんじゃない？」

「ま、そうね……、一割くらいなら、いるかもね」

「たとえば、樋口一葉だっけ、あの人はどうなんだろう。才能があったんじゃない？よく知らないけれどさ」

「私も知らないけれど、百年経ってもまだ有名ってことは、それなりのもんがあったんでしょうね。若くてなんぼのものなら、死んだらお終《しま》いだもんね」

「どういう方向へ話を持っていきたいのか、ちょっとわかった」

「何？　言ってごらんなさいよ」

「そう言われると、言いにくいけれど。つまり、うーん、そういう性を求めてしまう大衆が悪いわけだし、結局は、反応する男が悪いってことでしょう？」

「おお、そうそう、それもある。でもね、そういうものに甘んじている女性にこそ、もっともっと根深い問題が存在していると思うんだ」

「思うんだ」

「有名になれるなら、それでいい。手段は選ばない。その低俗な男たちに受け入れられるなら、流れに乗ろうって考えるわけでしょう？　そんなふうじゃさ、いつまで経っても、女性は解放されないってことになる。違う？」

「うーん、よくわからないよ。解放されたいのかなぁ。どちらかというと、繋《つな》がっていたいというのが、みんなの気持ちのように思うよ」

「まあ、一般の人は、そういう甘えがあっても、べつにかまわないけれど、でも、クリエイタたる者は、そんな甘っちょろいことじゃあ駄目だぞって」

「あのさ、永田さんは、そういう考えを持って、日々生きているわけ？」

「え？　何が言いたいの？」

「いや、べつに言いたくはないけど……。そういう気持ちで日々を過ごしているのかなって、ちょっとイメージしたんだよね」

「うーん、私はね、正直に言うと、全然駄目だな。とうていそんなの実践《じっせん》できない」

「え、そうなの？」

「だって、けっこう、それを売り物にしてバイトとかしてるし」

「そうなの？」

「してる。はっきり言って、利用している。でも、だからこそ、感じるわけなんだ。そういう話を今しているわけ。周りの女の子たちにきいても、みんな、そんなの全然考えてませーんって子ばっかり。ああ、私はこんな馬鹿に紛《まぎ》れているのかって思っちゃうもの」

「馬鹿ってことはないいんじゃないかな」

「まあね。それに、どう考えていたって、同じことをしていたら、同じ馬鹿だよね」

永田はそこでグラスに口をつける。そのまま下を向いて黙ってしまう。

「どうしたの？」

「そうなんだよ、どうせ、駄目なんだよ。馬鹿だし、才能ないから。いつまで経っても……」

なんか声がおかしい。鼻をぐずつかせている。

「あのさ、なんか温かいもの食べる？」真鍋はきいた。

「温かいもの？」永田が顔を上げた。目が真っ赤になって、頬《ほお》が濡れている。

「どうしたの。どこか具合が悪い？」

「ううん」永田は首をふった。「ごめんなさい。ちょっと、悲しくなっちゃった……」

手を目に当てて、永田は泣きだした。

「ちょっと待ってね、なにか作るから」真鍋は立ち上がろうとした。

しかし、永田が手を伸ばし、真鍋の袖口を摑んだ。

「温かいものって、何？」彼女がきいた。

「えっと、あの、目玉焼きとか……」真鍋は答える。つい彼女が摑んでいる自分の腕を見てしまった。「卵を買ってあるんだ。チキンラーメンに入れるから。フライパンなって……」

「どうしてってことはないけれど、なんか、悲しいときは、暖まった方が良くないか

「どうして、温かいものが必要なの？」

も、あるよ。油も、えっと、たぶん冷蔵庫にあると思う」

「うん」

「食べる？」

「優しいんだ、真鍋君」

「あ、それよりも、コーヒーを飲む？　温かいの。そっちの方が良いかな」

「うん。コーヒーを飲む」永田が泣き顔で頷いた。

彼女が手を離したので、真鍋は立ち上がることができた。コーヒーを淹《い》れるために、ポットに水を入れる。なんとなく、自分は目玉焼きが食べたいと思ったのだが、よく考えたら、目玉焼きはないだろう。アルコールを醒ますためにも、ここはコーヒーだよな、と思った。

振り返って永田を見ると、彼女もこちらをじっと見ていて、少し微笑んだようだ。良かった、大泣きされなくて。あれは、泣き上戸《じょうご》だろうか。そういうものが本当に存在することさえ、信じられない真鍋である。

しかし、困った状況には変わりない。ますます困ってしまう事態になっているぞ、と密《ひそ》かに考える。もう十一時を過ぎているのだ。電車はまだあるけれど、かなり限界に近い時刻にはちがいない。ビデオは見終わったから、それを返しにいきながら、駅へ送った方が良いだろうか。それを、コーヒーを飲みながら話そうか。そんなことを、こちらから言いだしてはまずいだろうか。わからない。どうしたものか……。

こういうときに、小川さんがいてくれたらなあ、と真鍋は真剣に思った。いや、小川はきっと、含み笑いをして、ぱんと背中を叩くだろう。そして、「ほら、どーんと行きなさいって。男でしょう！」と悪魔のように言い放つにちがいない。それを、考えただけで少し笑えてきて、幾分リラックスできた。

コーヒーが出来上がるまで、永田は泣き顔だったが静かにしていた。一度化粧を直すと言ってトイレへ入った。戻ってきたときには、たしかにもう泣いていなかったけれど、化粧が直ったかどうかはわからなかった。化粧を直すとよく言うけれど、直すというのは、壊れているものを元どおりにする意味だが、どうも、その壊れている化粧というものを見た経験がないのである。

永田は急に大人しくなって、あまりしゃべらなくなった。コーヒーを二人で黙って飲んだ。何の話をすれば良いのか、真鍋は、百科事典をぱらぱら捲《めく》るように考えた。

小川の話をするのが、一番この場が和《なご》む気がするが、そんな話を永田が聞きたいとは思えない。余計なことではないか、と思うと話せない。

そのとき、真鍋の電話が振動した。手に取って、モニタを見てびっくり。小川令子さんから、と表示されていたのだ。

「はい。何ですか？」真鍋は電話に出た。

## 7

「真鍋君、今どこにいる？　もうアパート？」

「はい、そうですけど」

「ちょっと寄って良いかな？」

「え、寄るって、ここへ来るっていう意味ですか？」

「狂ってる？」永田が横で囁いている。

「そうだよ。あのね、事件があったの。今、タクシーなんだけれど、君んちの近くを通っているわけ、あ、ここかな、ちょっと停めて下さい。あ、もうね、すぐ前にいるから、出てきなさい。一緒に行こう」

「どこへ行くんですか？」

「百目鬼さんところ。なんか、また事件だって」

「え、本当に？」

「とにかく、出ておいでって」

「あのぉ……。ちょっと……」

「何？　早く」

「ちょっと、待って下さい」真鍋は、電話を手で押さえて、永田を見る。「小川さんが、来たみたい」

「どこへ？」

「ここ」

「え？　何なの？　そういう人なの？　え、もしか、そういう関係？」

「違う違う。えっと、そうじゃなくてね、仕事というか、そうだ、事件だって言ってる」

「事件？　こんな時間に？」

「事件は、時間にはあまり関係ないよ」

「非常識じゃん」

「うん、なんか、もの凄く急いでる感じだった」

「しかたないなあ」永田はふうっと溜息をついた。「私も行くからね」

「え？　ああ……、そう……。あの、えっと、ここで休んでいてもいいよ。戻ってこられると思うから」

「どうして、ここで休むの？　休むなら、自分の家に帰ります」

「うん、そうだよね。あ、ちょっと待ってね、きいてみる」真鍋は、電話を耳に当てる。「もしもし、あの……、実は……、あれ？　もしもし？」耳から離して、モニタを見た。電話が切れている。「切れちゃった」

チャイムが鳴った。

「わ、何の音？」永田が目を丸くする。

「ドアのチャイム」真鍋は立ち上がった。また、チャイムが鳴る。「もう、せっかちだなぁ」

ドアへ行き、外を覗くと、小川が立っているのが見えた。

少しだけドアを開けることにする。

「ちょっと待って下さいよ。支度《したく》しますから」

「支度？　何の支度？　ちょっと開けなさいよ。どうしたの？」

「僕のお母さんですか、小川さんは」

「気に障《さわ》ること言うなあ。酔ってるのかぁ？」

「小川さん、酔ってますよね」

「まあねぇ。ほうら、ひっさしぶりにさ、椙田さんと良いお酒を飲んだからねぇ」そこで、顔を左右に傾けて微笑む。

「何の真似《まね》ですか？」もう少しだけドアを開ける。「あの、実は……」

「わ、誰かいるの？」小川は、玄関の靴に気づいたようだ。それをじっと見る。それから、強引にドアの中へ入ってきた。「おお、そうかぁ、永田さんだな。小川でーす。こんばんはぁ」

「こんばんは」永田が見えるところへ顔を出す。「ていうか、さっき別れたところですね」

「これは、ちょいまずかったかなぁ。いやぁ、まさかのまさかじゃない？　真鍋君、なんで言わないのぉ、もう！」

「言う暇がありましたか？　あの、何の事件ですか？」

「あ、そうそう……、そうだ」小川の顔が一変する。「椙田さんに電話があったの。百目鬼さんのところで、また死体が見つかったって」

「え!」声を出したのは、永田だった。「本当ですか? 凄い! だって、さっきまで、私たちいましたよね」

「今から、行こうと思っているの。行く?」小川が永田にきいた。

「当然ですよ」永田は既に立ち上がって、上着を着ようとしている。

「ようし、行くぞぉ」小川は、真鍋を見た。「ファイト!」

「何ですか、ファイトって」

「元気ないじゃない? あ、そうかそうか」

「違います」

「まあまあ、また、今度ねぇ。うん。そんなにさ、がっかりしなくても……」

「いえ、がっかりはしていません。それよりも、僕たちが行く理由というか、その、そもそも、中に入れてもらえるんでしょうか?」

「そんなの、行ってから考えれば良いじゃない」

「そうだよ。さあ、真鍋君、早く」永田が背中を叩いた。「やっぱり、河童の祟りですか?」

何だろう、河童の祟りって、と思いながら、真鍋は上着を探した。テーブルの上がちらかっていたが、そのままにしておくことにする。コンロの元栓《もとせん》を確認して、照明を消してから、玄関へ歩いた。

# 第2章　河童の仕業《しわざ》

良人を持たうと奥様お出来なさらうと此約束は破るまいと言ふて置いたを、誰れが何《ど》のやうに優しからうと、有難い事を言ふて呉れようと、私の良人は吉岡さんの外には無い物を、最《も》う何事も思ひますまい思ひますまいとて頭巾《づきん》の上から耳を押へて急ぎ足に五六歩かけ出せば、胸の動悸のいつしか絶えて、心静かに気の冴えて色なき唇には冷やかなる笑みさへ浮びぬ。

## 1

タクシーの後部座席に若い二人が乗った。小川は気を利かせたつもりか、最初に助手席に乗り込んだ。だから、事件の話はほとんどできなかった。運転手に聞かれるのはまずいという配慮《はいりょ》からである。

それでも、どうしてわかったのか、という抽象的な質問をすると、椙田にかかってきた電話は、どこからとは言わなかったが、言わないということは、警察からだろう、と小川は答える。椙田は、警察の中に知合いがいるようなのだ。情報が漏れてくる、そういうルートがあるらしい。

では、椙田はどうして来ないのか、と尋ねると、「なんか、今から電車に乗って、遠くへ行く大事な用事があるんだって」と小川は言ったあと、「嘘だよね」とつけ加えた。

そういうところが、椙田の怪しさである。こんな時刻から、夜行列車にでも乗るというのだろうか。だが、あのあとずっと椙田と小川は一緒だった、ということはわかった。こちらも、永田と二人だったわけで、合同ではないにしても相似《そうじ》みたいな、類似した状況だったのではないか、と真鍋は想像した。たぶん、小川は、椙田と一緒にいたい、と思っているはずだ。かなり機嫌《きげん》が良いのも、酒のせいばかりではないだろう。

それに比べると、永田はどうなのか？　なんかよくわからなかった。本気に受け止めて良いものなのか。それとも、これくらいは、普通のバイト友達としての親しさの範囲なのか。その辺の尺度が、個人でさまざまだろうし、肝心の永田絵里子の尺度がどんなスケールなのかが、まだわからない。読み間違えて、険悪なことになりはしないか、と自分は心配しているようだ。そう、それは認めても良いと思う。険悪になるのは、避《さ》けたいのである。

そんなことを考えていた。黙っていたので、少し眠くなってしまった。目が疲れている感じだった。じっと休むこともなく集中して映画を見たからかもしれない。すぐ横の永田の顔を覗くと、彼女はこちらを見ていて、口許を緩めた。やはり、機嫌が良さそうだ。バイトを始めて、いきなり事件となれば、わくわくするのも無理はない。それはそれで良かった。あのまま二人だけだったら、いったいどうなっていただろう。

鉄道で行く場合は、一度都心へ出て、別の線でまた戻るという位置関係だが、タクシーであれば、近道ができるはずだ。それに夜なので道が空いている。三十分ほどで到着した。小川が少し手前の場所を指示して、百目鬼家の森が見えないうちに三人は車を降りた。

タクシーのライトが遠ざかると、辺りは暗い。商店街からも離れている。周囲には、電信柱の街路灯があるだけだった。いつも駅から歩く道だが、こんな真夜中に歩いたことは一度もない。せいぜい夕暮れに、駅の方へ向かう道しか経験がなかった。

小川が教えてくれた情報は、誰の死体なのかはわからない。誰が発見したのかもわからない。とにかく、警察が確認をしたらしい。夕方に刑事たちが来ていたから、あのあと偶然見つかったということかもしれない。なにしろ、あのときはそんな切迫した様子ではなかったのだ。

ゲートが見えるまえに、赤い回転灯が見えてきた。警察の車が何台も駐車されている。回転灯が幾つも動いている。狭い道路に連なって車が停まっていたし、人も多く、ほとんど道を塞いでいた。

「一葉さんに電話をかけてみる」小川はそう言って、電話のモニタを見る。

「マスコミとか、来ているのかな」永田が呟いた。

「どうかな。まだかもね」真鍋は答える。

「あ、もしもし、小川です、こんばんは」小川が電話で話を始めた。「え、そうなんです。私、今、ゲートのところまで来たんですけれど……、ええ、そうです……、はい、あの……、いえ、あ、ええ、そうしていただけると……、はい、わかりました。ありがとうございます」

真鍋と永田は彼女を見つめている。小川は、こちらを見て頷いた。

「入れそう。一葉さんも、一人で心細かったみたい」そう言って小川は歩きだす。

二人は、小川のあとについていった。警官が二人立っているところへ小川は真っ直ぐに近づいていく。

「あの、君坂一葉さんに会いにきたのですけれど……。いつも、こちらで仕事をしている者です」小川は警官に説明した。「今、電話で話しました。入ってきてくれって、言われましたが……」

「そちらの人も、そうですか？　三人ですか？」警官が質問した。鋭い視線でこちらを睨む。透視能力を持っていそうな眼力を感じたが、やがて、頷いた。「中で、捜査の邪魔にならないように注意をして下さい。警察の指示に従うように、お願いいたします」

「はい、わかりました」

二人の警官の間を通り、奥まったゲートまで近づいた。そこでインターフォンで一葉を呼び出す。すぐに彼女の声が応え、ゲートが静かに開いた。

カーブした上り坂を三人は歩く。小さな照明が点々と光っているので、暗闇ではないが、まるで大きな溝の底を歩いているような感じだった。空はぼんやりとしている。月も星も見えない。こんな天候だったかな、と真鍋は思った。

誰にも会わず、母屋の前まで来た。何人か男が立ち話をしていた。庭にある常夜灯《じょうやとう》が、玄関の前を照らしていたからだ。もっとも、玄関は機能していない。シートで覆われている。全員が、こちらを見た。

横のデッキの方から声が届く。

「小川さん、こちらへ」君坂一葉の高い声だった。姿は見えない。

小川は、男たちに軽く頭を下げて、そちらへ向かった。真鍋と永田も、小川を真似て、頭を下げてからついていく。

ウッドデッキの照明が灯っていた。スポットライトが二つ、庇に付いているようだった。その明りの中に、君坂一葉が立っている。今日の午後と同じ黒い服装だった。誘われるまま、デッキで靴を脱ぎ、スリッパに履《は》き替えて、母屋のリビングに入った。応接セットがあって、部屋の隅に暖炉のようなものがあった。レンガで作られている。本当に薪《まき》を焼《く》べることができるのかどうかはわからない。燃えたものや灰はなかった。今は、外気温も室内温度もあまり変わらないだろう。冷房も暖房もしていないはずだ。

一葉は、一度奥へ姿を消した。部屋には、絵が三点、壁に飾られていた。いずれも風景画で、たぶん同じ作者のものだと思われる。誰なのかはわからない。写実的な絵ではなく、荒い勢いのあるタッチだった。ただ、風景は日本のもののようだ、と感じた。なんとなく、建物の屋根が瓦《かわら》のように見えたからだ。

一葉がお盆を持って現れ、テーブルにそれを置いた。紅茶のようだった。湯気《ゆげ》が上がっている。

「どうぞ……」紅茶を配り終わると、自分も椅子に腰掛けた。「こんな時間に来ていただいて、なんだか、とても若返ったような感じがします」そう言って、一葉は微笑んだ。外の警官たちの雰囲気とはかけ離れている。

「沢山来ていますね、警察」小川が話した。「いつ頃、見つかったのですか?」

「うーん、夕方くらいかしら。なんか、みるみる間に大勢が集まってきたの」

彼女の説明によれば、警官が、敷地内の古井戸を調べ、そこで男性の死体を発見した。誰なのかは、まだわかっていない。死亡して何日も経過していて、人相がわかるような状態ではなかったが、スーツを着て、ネクタイを締めていたらしい。年齢は、三十歳よりは上ではないか、とのことだった。一葉自身は、その死体を離れたところからちらりとしか見ていない。警察から見てくれと言われたので、いやいや見たけれど、直視はできなかった、と話す。それを語っているときの彼女は、本当に声が震え、怯《おび》えているように見えた。

「死因は？」小川が短い質問をした。

「わかりません。そんな話は、まだ……」一葉はゆっくりと首をふった。それから息を吐き、目を一度瞑《つむ》った。「ああ、本当に良かった、小川さんが来てくれて……。こんなところに一人でいるなんて……」彼女は、また左右に首をふる。「自分の部屋へ帰りたい。でも、警察がいる間は、ここにいないといけないみたいだし……。いつまで続くんだろうって……」

「私、一度だけ、あそこを見にいきましたけれど、そのとき、井戸の中を覗きました。死体なんてなかったと思います」小川は言った。「あれは、いつくらいだったか……。二週間くらい？　いえ、えっと、ここへ来て、二回めだったから、三週間くらいまえになるかしら」

「事件のあとにも、敷地内は、警察が丹念に調べているでしょうし」一葉は話す。「その後も、ときどき、鑑識の人たちも来ていますし……。古井戸を最後に見たのは、いつかって、私もきかれたんですけれど、私、もう最近は、全然あそこへは近づいていないんです。子供のとき以来、一度も行っていないくらい」

「心当たりはありませんか？　誰かがあそこへ行くとか、それとも井戸の話をしていませんでしたか？」

「いいえ。あんなところ、誰も行きませんよ。そもそも、知っている人が少ないと思います」

「でも、私たちは、内藤さんから、最初の日に聞きましたよ。なんか、いろいろ言い伝えのある井戸なんだって」

「河童の話でしょう？」一葉が眉を寄せる。「誰が言いだしたのか知りませんけれど、なんの根拠もないのよ。古い文献にそういう記述があったって、祖父が話していたことはありますけれど、私はそんな文献、見たことがありません」

一葉が困った顔をしたからか、小川はそこで黙った。あまり刺激をしない方が良いだろう、という配慮かもしれない。

「河童っていうのは、井戸にいるものなんですか？」真鍋は思いついたことを口にした。「池とか川にいるんじゃないですか、普通は」

「普通ってことないでしょう」小川がこちらを見る。「普通は、河童なんかいませんよ」

「そうですよね」真鍋は頷く。「河童って、妖怪《ようかい》だから」

「え、妖怪なの？」横に座っていた永田が驚く。

「何だと思ってた？」

「うん、だと思うよ」真鍋は、もう一度頷いた。

「あ、えっと……、昔はいたのかなって」

「動物として？」

「そうそう。えっと、亀と蛙の中間みたいな」

「爬虫類《はちゅうるい》か両生類ってことになるね。何？　それが絶滅したってこと？」

「そうそう」

「ちょっと、貴方《あなた》たち、そんな無駄話、今しなくても……」小川が止める。

「河童の絵が、あるにはあるんですよ、祖父の書斎に」一葉が言った。「でも、それと井戸とは全然無関係ですし、どうして、そういう話になったのかはわかりません」

「河童の絵ですか……。漫画みたいな？」真鍋は尋ねた。なんとなく、河童の漫画を思い描いたのである。何の漫画だったかはよくわからない。

「お見せしましょうか？」一葉は、真鍋を見て言い、視線を小川へと移す。

「よろしければ、是非」小川が答えた。

君坂一葉に案内されて、廊下に出た。特に立派な屋敷といった雰囲気ではない。本当に、どこにでもある平均的な住宅だった。階段を二階へ上がったが、幅が狭く、急な感じがした。真鍋は、酒が醒めてきたのを自覚する。後ろを振り返ると、最後に永田が上ってくる。真鍋の顔を見て、目を回すジェスチャをした。何だろう、現状の不思議さを表現しているのだろうか。しかし、特に不思議なことはないし、スリルがあるわけでもない。ただ、ぼんやりとした摑みどころのない、一種の「古さ」に近いものが感じられる。ちょうど、この平凡な百目鬼家のように。

引き戸を開けて、狭い部屋に入った。奥の窓際に机があり、書棚があり、ステレオのスピーカがあった。板の間だが、机は和式のもので、座椅子が手前に置かれている。つまり床に座って使う低い机だった。百目鬼悦造が使っていたものだろう。

「これです」と壁に掛かっている絵を一葉は手で示した。

「あ、本当に……、河童ですね」小川が言った。

二人の後ろにいたので、少し横に移動して、真鍋たちも絵を見た。それは、掛け軸のような感じのもので、額に入っているのではなく、丈夫そうな厚紙に貼《は》られた小さな絵だった。葉書《はがき》二枚分くらいのサイズである。文字も書かれている。それを読むには、壁に近づく必要があったが、前に小川と一葉が立っているので、今はそれができない。

絵は、着色はなく、墨だけで描かれているようだ。河童は、滑稽《こっけい》というよりも不気味な顔で、樹か草の陰から顔を出していた。横を向いているが、目だけがこちらへ向けられている。

「お爺《じい》さんの河童みたいですね」永田が囁いた。

どうしてお爺さんだと思ったのかききたかったが、真鍋は黙っていた。少し近づくことができて、文字の一部が読めた。まず、最後に「一葉」の二字がある。作者のサインだろう。

「百目一葉さんが描かれたのですか？」小川がその質問をした。

「ええ、そうです」君坂一葉が答える。

百目一葉は、彼女の曾祖母、百目鬼悦造の母になる人物の作家としてのペンネームである。しかし、サインには姓が書かれていなかった。そうなると、本名を記したのかもしれない。

「絵も、お上手だったんですね」小川が感想を口にする。

「上手いんでしょうか」一葉は微笑んだ。「私には、ただ気持ち悪いというか、不気味にしか見えませんけれど」

「何て、書いてあるんですか？」真鍋は質問する。「最初のところは、ぶすって書いてあるように見えますけれど」

「ええ、ぶすになるべからず、すすみとげて金を得る、ですね」一葉が説明する。

真鍋は、ようやく絵に近づくことができた。小川がスペースを空けてくれたからだ。たしかに、そのとおりに書かれていることがわかった。平仮名と漢字である。漢字は読めるが、平仮名は草書体というのか、崩されているので、言われなければ、読めなかっただろう。

「ぶすって、何ですか?」真鍋は振り返って、一葉にきいた。

「ぶすは、ぶすですよ。今もみんなが使っている」一葉は答える。

「え……、ああ、えっと、綺麗ではない、という意味の?」

「そうです」

「そんな昔からあった言葉なんですか?」

「ええ、江戸時代からあったんじゃないかしら。ほら、狂言にも、ぶすってあるでしょう?」

狂言にぶすがある、というのを、そのとき真鍋は思い浮かべられなかった。しかし、古い日本語だということは理解した。

「そうなんだ。つい最近の流行語だと思ってた。ねえ?」真鍋は、永田に同意を求めたが、彼女は反応しない。眠たそうな顔である。真鍋は、再び一葉を見て尋ねた。

「それで、そのぶすが、河童とどういう関係があるんですか?」

「それは、この絵の一番の謎です」一葉が言う。「たぶん、全然関係ないんじゃないかしら」

「そもそも、意味がちょっとわかりにくいですね」小川が首を傾げた。「ぶすになるべからずっていうのは、わからないでもないですけれど、すすみとげて、金を得るっていうのは、何だろう。河童が、なにかをやり遂げて金持ちになったっていう話があるんですか？」

「さあ、私は知りません」一葉は首を傾げて答える。

「すすみとげてって、進んで行き着くっていう意味なんですね」真鍋は言った。

「それとも、そういう言い伝えがあるとか？」小川が呟くように言う。「河童って、龍に関係なかったっけ……」

「龍？　空を飛ぶやつですか？」真鍋がきいた。「えっと、キングギドラみたいな」

「そう」小川が簡単に頷く。

「あれ……、キングギドラの話、したよね？」真鍋は永田を見る。

「え？　何、それ」永田が目を細めた。

ああ、と思い出した。八岐大蛇の話を彼女としたのだ。えっと、そうそう、百目鬼という名前からの連想だった。もちろん、その絵には龍など描かれていない。しかし、墨で描く龍は、けっこうメジャな存在ではないだろうか。そんなことを真鍋は想像した。

百目鬼氏の書斎を出て、狭い階段を下りた。リビングに戻って、さきほどと同じ位置に腰を下ろし、紅茶のカップを手にした。もう冷めていた。

ガラス戸の外を見たが、人の姿は見えない。真鍋が一番そちらに近い位置だったので、立ち上がって外を覗きにいった。ガラスに顔を近づけ、左右を窺《うかが》ったけれど、やはり人の姿は見えなかった。警察が帰ったとは思えない。奥の井戸の方にいるのだろうか。もちろん、玄関前にいても、ここからは見えない。

リビングの壁には、レトロな木製の時計が掛かっていた。まもなく、日付が変わる時刻だった。鳩が出てくるのかな、と真鍋はしばらく眺《なが》めていた。

## 2

この夜は、特に何事もなかったし、時計からは、鳩も音も出なかった。警察が、夜を徹して捜索《そうさく》を行ったようだが、何人くらいが、敷地内のどこにいるのかも、よくわからない。ただ、ときどきだが、ガラス越しに人が通るのが見えた。また、二時頃に、刑事がリビングの出入口までやってきて、簡単な挨拶をしていった。詳しいことはまたのちほど、もう少し進展があってからにしたい、といった内容だった。夜間は、表のゲートは開放したままにしてもらって良い。ずっと警官を立たせておくので、無関係の者が入る心配はない、と刑事が言ったので、君坂一葉は、そのとおりゲートを開けて、そのままにしておいた。そうして、三時頃には、少し寝たい、と彼女は言って、奥へ姿を消した。どこかの部屋を寝室として使っているのだろう。

そのまえに、冷えるかもしれないからこれを、と一葉が毛布を三人分出してくれたので、彼女がいなくなったあと、三人はリビングのソファで仮眠をした。真鍋は、けっこうぐっすり寝られた、と感じた。目が醒めたときには、八時近い時刻だったし、ほかの者は全員、もう起きていて、朝食の準備をしているところだった。

幸い、土曜日だったから、講義があるわけでもなく、また、土曜日でなくても、講義がそれほど絶対的な支配力を持っていないのが、真鍋の日常でもある。大学生とはいっても、芸大生。それにくわえて、既に留年もしている。恐いものはなにもない。永田も小川も、スケジュールは特になかったようだが、一度帰宅して、着替えをしたいと口を揃えた。そう言われてみると、真鍋もシャワーくらい浴びたいものだ、と少し思ったけれど、なんとなく男として言いにくかった。そうか、自分だけが男なのだ、とこのとき再認識したのである。もしかして、泊まっていってくれと言った君坂一葉にも、家に男性がいることが多少はプラスに作用しただろうか。否、まさかそんなことはないだろうな、と考えるのだった。

朝刊が届いていて、警官が持ってきてくれた。ウッドデッキでそれを受け取ったのは、小川である。彼女はすぐにそれを広げた。もちろん、ここの事件について記事があるはずもない。しかし、そろそろ表のゲートにマスコミが来るのではないか、と小川は話した。

食堂で、朝食になった。紅茶とトースト、それに卵とソーセージを炒《いた》めたものだったし、レタスのサラダもあった。簡単だけれど、と一葉は言ったが、真鍋には、複雑に見えた。パンが一度に二枚しか焼けないので、順番を待つ間、熱い紅茶を飲んだ。

「まだ、身許がわからないのでしょうか」小川が呟く。少なくとも、警察はなにも情報を教えてくれない。

「間違いだったら良いのですけれど……、あれは、その、もしかしたら……」一葉が、カップをテーブルにおいて囁いた。「親戚の人かもしれません」

「え、どなたか、心当たりがあるのですか？」小川は瞬《またた》いた。心当たりはない、と一葉は昨夜話していたので、驚いたのだろう。

「そのときには、わからなかったんです。でも……」一葉は、小さく息を吐いた。「そのときというのは、死体を見たとき、という意味だろう。「私は、滅多に会わないので、よくは知らないのですが、母の従兄弟《いとこ》になる人です。えっと、祖父の妹の長男になります。祖父から見たら、甥《おい》ですね」

「亡くなったのがその人じゃないか、ということですか？」

「ええ、そうです。もう……、そう、一カ月以上になりますが、行方不明なんです。そう聞きました。それを教えてくれたのは、警察です。行方がわからないのだけれど、知らないか、というふうにきかれたんです。もちろん、私は全然知りません。母にきいて下さいと言ったら、母も知らないと答えたそうです」

「何という方ですか？」

「雅直《まさなお》さんといいます。上野《うえの》雅直です。歳は、母よりは上だと思います。五十代の後半かな。六十には、なっていないと思いますけれど……」

「見た感じも、似ているのですね？」

「今思うと、たぶん……」

「警察に話した方が良いかもしれませんよ」

「ええ、でも、たぶん、母が確認すると思います。私の推測だけ伝えても、しかたがないかと……」

それは、たしかにそのとおりかもしれない、という顔で小川が頷いた。

食事のあと、手持ち無沙汰《ぶさた》になった。そこで、小川と相談をして、倉庫でリスト作りの作業をすることにした。せっかくここへ来ているのだから、仕事を少しでも進めようという、実に前向きな判断である。だが、小川は、永田には一度家に帰った方が良いとすすめた。バイトはいつでも空いている時間で良いから、また連絡を取り合って調整しましょう、という話になった。永田は、もう少しここにいたそうな顔だったが、小川の言葉に従って帰っていった。すぐあとで、メールが届いて、玄関前に沢山のカメラが来ていたよ、とその報道陣の背後から撮影した写真が添付されていた。

眠かったが、自分だけ寝るわけにもいかず、小川につき合って、倉庫のいつものテーブルで、真鍋はパソコンに向かった。外には、まだ警官たちがいるようだ。外は見えないし、話し声も聞こえない。でも、死体が見つかったのだから、そんなに簡単に引き上げたりはしないだろう。

二時間ほど作業に没頭できたが、そこで一息つくことになった。小川は椅子の背もたれを傾け、天井を見上げて息を吐いた。

「ああ、なんか、疲れたね。今頃疲れが出るっていうのは、今まで酔っ払っていたのかしらね」小川は、そこで欠伸《あくび》をした。「あ、そうそう……」急に躰を起こし、真鍋を見る。「昨日のことは謝る。ごめんなさいね。まさか、二人でいるとは、思わなかったから」

「いえ、べつに……」真鍋は、すぐにモニタへ、視線を戻した。

「いいところだったんじゃない？」

「映画を見終わったところだったから、ちょうど良かったですよ」

「映画？　何の映画？」

「純文学みたいな、芸術作品でした。もの凄いストイックな」

「ふうん……。ま、これ以上、立ち入りませんけれど」小川は口許を緩める。「けっこう、話してみると良い子じゃない。もっと、つんとした感じだと思ってた。まえに会ったときの印象だけれど」

「立ち入らないで下さい」

「はいはい。えっと、じゃあ、話題を変えましょう。あ、そのまえに、もう一つだけ良いかな？」

「何ですか？」

「永田さんって、一人暮らしじゃないでしょう？　実家だよね」

「ええ、どうして知っているんですか？」

「ふふん……、どうしてでしょう」

「椙田さんから、履歴書を見せてもらったんですね」

「うん、そう。でさ、お泊まりしたこと、ちゃんと家に連絡してあった？」

「ああ、ええ……」

「おやおや、公認の仲？」

「応仁《おうにん》の乱みたいですね。違いますよ、バイトが決まって、飲み会があって、職場の先輩のところに泊まるって、たしか電話をしていました」

「そうか、真鍋君、先輩なんだ。留年しているから？」

「そうじゃなくて、小川さんのことですよ」

「え？　先輩？　おっとぉ、じゃあ、何、私を出汁《だし》にして……」

「でも、結局、嘘ではなくなったわけですよね。小川さんと一緒に毛布で寝たんじゃないですか？　僕は知りませんけれど」

「うーん。そうか、ぎりぎりセーフか」

「古いんですよ、言い方が」

「まあ、いいわ。それは、胸に仕舞っておきましょう。さてと、で、えっと……、ねえ、どう思う？」

「何がですか？」

「古井戸で見つかった変死体」

「変死体なんですか？」

「そりゃ、そうでしょう。井戸なんかで、普通に死ぬ人はいないよ。えっと、百目鬼氏の甥って言ってたわね。名前は……、あれ？」

「上野さんでしたね」

「そうだったっけ。凄いな、若い頭脳は。うんと、そうすると、百目鬼氏の遺産絡みと見るには、ちょっと筋違いかしら。だけど、一族であることはまちがいないし、もしかしたら、百目鬼氏に可愛がられていて、遺産の一部がってことも、ありえないわけじゃないわね。そこらへんで、真鍋君の見解をお聞きしたいなあって思って」

「まだ、なにも考えてませんけれど……」そう答えながら、真鍋は考え始めた。

「仮に、その上野さんだとして、それから、仮に殺されたんだとしたら、これは、半年前の事件の続き？　同じ殺人犯の仕業？」

「そんなことはわかりませんよ。うーん、失踪《しっそう》していたって話していましたね。ということは、その人が殺人犯で、良心の呵責《かしゃく》に耐えきれなくなって、井戸に飛び込んで自殺したんじゃないですか」

「ああ、そうくるかぁ……、それは思いつかなかった」

「最初に、思いつくと思いますけれど」

「ごめんなさいね、頭が悪くて」

「老化でだんだん脳細胞が減っていきますからね。しかたがないと思います」

「ずばっと、よく真顔でそういうことを言うわね。ま、そんなことで、かっとしたりしませんけどね。べえぇ」小川は舌を出した。機嫌が良いようである。

「死因は、調べれば、すぐにわかると思いますから、それがわかってから考えれば良いことだし、そもそも、全然別人かもしれませんしね」

「そのさ、上野さんは、どうして百目鬼さん夫婦を殺したの？　お金を借りにきて、断られて、かっとなってしまった、とかじゃないわよね。そのくらいで、二人ともっていうのは、なんかねぇ……」

「借金があって、返せって迫られたとか、まあ、順当なところですけれど、でも、それだったら、とうに警察が追及していたでしょうね。まあ、それでもう駄目だと思って自殺したのかもしれませんけれど」

「うーん、そうなると、幻の遺言状は、事件には全然関係ないってことになるのか。

あれ？　あ、もしかして、もともとその甥の人にも、百目鬼氏の遺産が行く予定だったのかしら？」

「どうなんでしょう。だとしたら、殺した動機になりえますね」

「そうよ。うん、だいぶ見えてきた感じ」

「全然見えてないと思いますけど」

「椙田さんから昨日聞いたんだけれど、そもそも、百目鬼氏のお父様がちょっとした土地持ちだったのね。えっと、つまり作家の百目一葉さんと結婚した人。それで、都内に土地を幾つか持っていて、百目鬼氏が、戦後になってそこにビルを建てて、貸しビル業で今の財を築いたんだって。ということは、百目鬼氏の妹には、その資産は行っていないかもしれないわね。昔って、他所《よそ》の家に嫁いだ人間には、財産分けなんてしなかったのよ。結婚するときに持たせる分だけ。それでもう、うちの人間じゃありませんて感じなの。百目鬼氏は、そのあと経済成長期に稼ぎまくったってこと。ビルを貸して、しかもそれを抵当に入れて借金してまた土地を買って、次のビルを建てるっていう繰返し。そういう単純なことで荒稼ぎができた時代だったんだって。やりたくても、最初に土地がなければ、普通の人間では、そんな商売は始められない。そのちょっとしたスタートのアドバンテージで勝ったんだって、椙田さんが言ってた。あの人が言うと、説得力があるわよね、なんだか……」

小川が、椙田のことを「あの人」と言ったのを、真鍋は心に留めた。今まで、そういう言い方はしなかったと思うのだ。べつに、嫌なことでもないし、また歓迎すべきことでもなく、ただ、そうなるのかなって、時の流れのようなものを感じただけであったが。

「結局さ、お金を持っている人が殺されると、お金を持っていたから殺されたんだって、庶民の私たちは考えてしまうのよね」小川は呟いた。「実際、そういう例って、多いのかしら」

「ごく近い関係なのに、極端に経済的な格差があると、どうしても、無理な力が働く、といったことはありそうですね」

「専門家みたいな言い方」小川が微笑んだ。

## 3

テーブルの上にあった小川の電話が鳴った。彼女はそれに出る。

「もしもし、はい、小川です。お世話になっております……。おひさしぶりですね。

はい、え？　あ、そうなんですか。うわぁ、それはまた、偶然ですね。ええ、そうなんです。ええ……、今も、百目鬼さんのところにいるんですよ。ええ、あ、事件のこと、ご存じなんですね？　どうして？　ああ、あ、そうなんですか。ええ、はい、えっと……」小川は腕時計を見た。「じゃあ、一時間後くらいに。ええ、そうですね。駅の方へ出ています。はい、わかりました。よろしくお願いします」

「鷹知《たかち》さんですね」真鍋は言った。

「え、どうしてわかったの？」電話を切ってから、小川が驚いた顔で真鍋を見た。

「口調でわかります」

「口調？　嘘。向こうの声が聞こえた？」

「聞こえません。何の話ですか？　鷹知さんと会うんですか？」

「そうなの。こちらへ来るって。駅の付近で会うことにした」

鷹知祐一朗《ゆういちろう》は、同業者である。ときどき、調査協力をする仲だった。一人で探偵業を営むハードボイルドな人物だが、見た目も、まあまあそんな感じで、トレンチコートが似合いそうだ。お金持ちとのつき合いがあるらしく、人当たりは柔らかいものの、けっこうやり手だな、というのが真鍋の印象である。

鷹知は、百目鬼家関係の調査依頼があって、それを受けようかどうしようか考えているところだ、と電話で話したらしい。二人は、三十分ほど作業を続けたあと、倉庫を出た。倉庫の鍵は、母屋を再び訪ね、君坂一葉に手渡した。彼女も、昼頃には、外出するつもりだと言う。

「私たちは、今日はもうこちらへは戻りません」小川が言った。「次は、月曜日に来たいと思っていますが、いらっしゃいますか？」

「ちょっと、どうなるのか、わからないけれど……。あの、駄目な場合には、メールでご連絡します」一葉は答えた。

「はい、承知しました。では、失礼いたします」小川はあっさりと頭を下げた。

一葉は、まだなにか話したそうな顔だった。いつも、そんな表情なので、本当のところはわからない。少し寂しそうな、そして、なかなか言葉にできない、といった仕草を見せるのである。

玄関の前にいる警官に頭を下げ、ゲートへ下りていく切通しの道を二人は歩いた。

「井戸が見たかったよね」小川は呟いた。

「見られたんじゃないですか」

「そうかな、しばらく近づけないんじゃない？」

ゲートにいる警官にも一礼して、道路に出る。永田が言っていたとおり、カメラのレンズが沢山こちらを向いていた。一瞬、ざわめきが消えて、皆がこちらを向いたが、どうも違うな、と気づいたのか、横を向いてしまう人間が半分くらい。しかし、小川たちが道路を進むと、数人が駆け寄ってきた。

「あの、百目鬼家で何があったのですか？　ご覧になりましたか？」

「百目鬼家で、何をされていたのですか？」

そんな質問が同時になされたが、小川は、「なにも知りません」とだけ答えて、足を速めた。

相手も簡単に諦め、追ってくるようなことはなかった。おそらく、百目鬼家の人間か、それとも警察の関係で、話がきけそうな者が出てくるのを待っているのだろう。

「一葉さん、出るとき大変ですね」後ろを振り返りながら、真鍋は言った。

「裏口から出るんじゃない？」小川が簡単に答える。

「え？　裏口があるんですか？」真鍋は一瞬立ち止まった。

「知らないけれど、あるかもしれないじゃない」

「なんだ……」また歩き始める。「ああ、でも、そうですね、あるかもしれませんね。今度、敷地の周りをぐるりと歩いてみようかな」

「向こう側は、線路が通っていて、断崖絶壁《だんがいぜっぺき》。コンクリートのね。だから、一周はできないよ」

「あ、そうなんですか」

「裏口があるとしたら、その道の先の階段を上ったところへんか、それとも、向こうの公園から回った辺りかな」小川は指をさす。「どちらにしても、この道から車では近づけない。だから、警察も使わないし、マスコミもいないでしょうし」

「そうか、そういう道があるなら、便利ですね」

「そもそも、行方不明だった上野さんは、どうやって井戸まで行ったのか」小川が指を立てた。

「誰なのか、まだ決まっていませんよ」

「うん、でも、考えちゃうじゃない。たぶん、ゲート以外に、出入りできるところがあるのね」

「そりゃあ、その気になれば、柵《さく》くらい越えられますよ。よじ上れば」

駅前で、鷹知祐一朗と会った。電話をかけなくても、改札を出たところに彼が既に立っていたのだ。一番近い喫茶店に入った。まだ十一時だったが、メニューを見ているうちになにか食べたくなった。真鍋はスパゲッティを選ぶ。しかし、小川と鷹知はホットコーヒーだった。

「久し振りだね」鷹知は真鍋に言う。「大学の方は、どうなの？」

「ぼちぼちです」真鍋は答える。

「それよりね……、真鍋君の……」小川が言いかけたので、真鍋は片手を広げて、彼女の前に出した。「あれ？　駄目なの？」小川がこちらを見る。

「余計な話をしないで、本題に入りましょう」真鍋は冷たく言った。

鷹知は、行方不明の上野雅直氏について調べている、と切り出した。誰から頼まれた仕事なのかは言わなかった。それは尋ねても教えてもらえないだろう。

「それが昨日の話だ。まだ返事をしていない。そうしたら、今朝になって、警察からちょっとした情報が漏れてきた。百目鬼氏の邸宅から死体が見つかったらしいって。もう、マスコミにも知れわたっている」

「ええ、どうして、ああいうのって、漏れるんでしょうね」

「そりゃあ、事実上発表しているようなものじゃないかな」鷹知は言う。「それが、今朝電話をした少しまえのこと。で、ふと、椙田事務所が、百目鬼氏の美術品の調査をしているって、風の噂で聞いていたから、それを思い出して、君に電話をした」

「風の噂？」小川が笑った。「私たち、昨日の夜から、百目鬼氏の家に泊まっていたんですよ」

「どうして？　それって、もう警察が発見したあと？」

「ええ。私の事務所にも、情報が伝わったから。急いで来てみたというわけ」

「昨夜って、早いな」鷹知が唸《うな》る。

それは、椙田の人脈の力だろうか、と真鍋は思った。

「で、誰の死体だった？」

「それがわからないの」小川は話した。

「どうして？　ああ、家の中で死んでいたんじゃないのかな」

「ええ、井戸があってね……」小川は説明した。「どうも、昨日の夕方頃にそこで見つかったらしくて……。で、あそこで今、留守番をしているのは、亡くなった百目鬼氏の孫の君坂一葉さんっていう人なんだけれど、その人、死体を見たけれど、誰だかわからなかったって言っていたわ。それくらい、腐乱していたということだと思う」

「ああ、じゃあ、だいぶまえってことか」鷹知が言う。「その、調査依頼があった上野氏は、もう一カ月くらいまえから行方知れずなんだけれど……。あ、えっと、百目鬼悦造の甥になる人物でね」

「ええ、それも、今朝ね、一葉さんから聞いたの。彼女も、それを思い出したって……」

「え、どうして？　何て言ってた？」

「その上野さんかもしれないって言っていた」小川は話す。鷹知が頷くのを確かめてから、彼女はつけ加えた。「でも、しっかりとはわからないから、母親が確認をするだろうって」

「母親っていうのは？　つまり、百目鬼氏の娘ってことだね？」

「君坂妙子さん。そう、百目鬼家の一人娘。えっと、上野さんの従兄弟になるわね」

「知らないけれど、名前を聞いたことがあるな。デザイナじゃなかったかな」

「知らないけれど、銀座にお店があるらしいわ。ブティックって言っていたけれど」

鷹知の物言いから、上野雅直の調査依頼をしたのは、少なくともこの君坂妙子ではない、ということがわかった。真鍋はそう分析していた。誰だろう。一番可能性のあるのは、上野の家族だろう。家族がいればだが。なんとなく、依頼をしたのが、君坂妙子ではないかと直感していたのだが、そう感じたのは、君坂妙子の銀座の店と、そういった界隈《かいわい》を鷹知という探偵がテリトリィにしていたからだ。セレブ関係で知られた顔らしい、といつだったか聞いたことがあった。勝手に、そんな想像をしていたのだが、違っていたようだ。もっとも、わざと君坂妙子のことを知らないように装ったのかもしれない。それくらいの演技力と思考力は、誰でも持ち合わせているレベルだろう。

テーブルにスパゲッティとコーヒーが運ばれてきた。真鍋は、すぐにフォークを手にして、それを食べ始める。朝もしっかり食べたのに、食欲があった。

「こうなると、一度、君坂妙子さんに会って、話が聞いてみたいな」小川が呟く。

「そもそも、百目鬼氏の事件は、どんな具合なのかな。なにも聞こえてこないけれど」鷹知が話す。「捜査は続いている？　その捜査の一環で、死体が見つかったの？」

「いえ、この頃は、そんなに毎日、警官を見るなんてことはなかったわ。えっと、たぶん、昨日は、調べてみようってことで、わざわざ来たんじゃないかしら。ちょうどね、夕方くらいから、私たちあそこにいたんだよね」小川は真鍋をちらりと見た。私たちの中に永田がいることを伝えたかったのだろうか。「それで帰るときに、警察が来て、だから、あの直後じゃないかしら、死体を見つけたのは。ただ、そんなに慌てている様子もなかったし、人数も二人だけだったし、単に、誰かに話をききにきただけかなって思った。私たちはそのまま出かけて、みんなで飲んでいたの、平和なことに」

「鑑識だった？　刑事だった？」鷹知が質問する。

「刑事。大勢で来ていたわけじゃなくて」

「だとしたら、なにか通報があって、半信半疑で見にきた、といったところかもしれないね。井戸を直接見にいったわけだ」

「そうね、そんな感じ。で、そのあと大騒動になったんでしょうね。私たちが戻ったのは、十二時近く。そのときには、どうだろう、車もいっぱいいたし、数十人はいたんじゃないかしら」

「いまだに、正式な発表がないのは、事件性があるということだと思うよ。一見して外傷がないなら、それくらいは発表するのが通例だ。みんなが騒がないようにね。たぶん、他殺だってことで、詳細に調べたあとで発表するつもりなんだ」

「自殺じゃないってことですか？」真鍋はきいた。

「確信はできないけれど、事件性ありの可能性が高いね」

「まだ、誰なのかもはっきりしていないわけだから、公表するにもね」小川は言う。

「えっと、もしも、死んでいたのが上野さんだったとしたら、鷹知さんの調査は、どうなるんです？」

「さあ……」鷹知はコーヒーに口をつけ、それを皿の上に戻してから続ける。「見つかったから、もういいってことになるのか、それとも……」

「何故、失踪したのか、何故死んだのか、調べてくれってことになる？」小川がきく。

「そうはならない」彼は首をふった。「それは警察が調べるよ」

「でも、あれでしょう？　きっと、上野さんって人、愛人がいて、その人のところへ行っているんじゃないかって、そんな調査だったんじゃない？」

「それは、なかなか鋭いね」鷹知の口許が緩む。

それでも、それくらい警察も調べるだろうし、殺されたとなったら、家族が、愛人の存在も含めて、すべて警察に伝えることになるはずだ、と真鍋は思った。

## 4

その土曜日は、小川とも鷹知とも、そこで別れた。スパゲッティは、鷹知が奢ってくれた。食べて良かったと心から思った。真鍋は自分のアパートに戻り、部屋を片づけたり、洗濯をしたりして過ごした。夜は、コンビニで弁当を買ってきて済ませた。ネットでニュースを見たけれど、百目鬼家関連のことは、まだなにも報道されていなかった。少し早かったが九時頃にベッドに横になり雑誌を広げたが、そのまま眠ってしまい、電話のコール音で起された。

「真鍋君、おっはよう！」声が割れている。大声過ぎる。

「あの、もしもし？」

「私ですよ。永田絵里子ですけど。寝てたでしょう？」

「どうしてわかるの？」

「声がね、籠もってるもん」

「そう……。永田さんの声は、拡散している感じ」

「何時だと思ってるの？」

「えっと、何時かな……」何時だとも思っていない。時計を見たが、目の焦点が合わなかった。

「八時だよ」

「そう……」

「寝てたでしょう？」

「うん、何？」

「あのね、私、昨日、図書館でいろいろ勉強してきたんだよ。ひっさしぶりの勉強だったよね」

「へえ……。何の勉強したの？　月曜日って、なにかテストとかあった？」

「違うでしょう。明治大正の一葉についてですよ。えっとね、明治というのは、もちろん樋口一葉で、もう一人の百目一葉は、明治というよりも大正なんだよね、活躍したといえるのは」

「へえ……」

「あとね、今朝のテレビでやっていたよ。井戸で見つかったのは、上野雅直さんでした。見た？」

「見てない。死因は？」ちょっと目が醒めてきた。

「それは、言ってなかったなあ。事故か事件か、調べているとかなんとか、そんな感じでした」

「そうか……」

「ねね、今日は、そちらの時間ない？」

「そちらの時間って？」

「真鍋君の時間じゃん」

「ああ、べつに、これといって予定はないけれど……。だんボールゴミを出して、あと、布団《ふとん》を干そうかなって」

「雨降ってるよ」

「え、あ、そうなんだ。雨か……」

「窓の外見なさいよ」

「カーテンが閉まっているから」

「もう少し、じゃあ、寝てていいよ」

「え？　どういうこと？」

「十一時半を目指して、そちらへ行きますから、食べるもの持っていくから、なにも食べないでね。じゃあね」

「あの、あ、永田さん……」

電話が切れた。溜息をつく。頭を振って立ち上がり、顔を洗いにいく。途中で、窓のカーテンを少し開けた。たしかに曇っている。でも、雨が降っている様子はない。こちらでは降っていないということか。時計をじっくりと見た。八時を少し過ぎている。今日は、日曜日のはず。昨日が土曜日だから、順当にいけば、たぶんそうだ。

顔を洗ってから、一番気に入っているジーンズを穿いた。とりあえず、どうしようか。部屋を片づけて、それから、そうだ、ゴミを出そう。雨が降るまえに。

ゴミを出して部屋に戻ってきたら、電話がまたかかってきた。今度は小川令子からだった。

「はい、真鍋です」

「真鍋君、ニュース見た?」

「見てませんけれど、死体は上野さんだったそうですね」

「そうそう。まえの事件との関連を調べているっていう報道だった。亡くなってから二週間以上経過していたって。あとね、凄いんだよ、その亡くなった上野さんの奥様がね、テレビに出てた」

「何が凄いんですか?」

「主人は殺されたんですって言ってるの。ちょっと、鬼気迫るやばい感じだったなあ」

「うわぁ、それは、ちょっと凄いですね。テレビとしては、大喜びでしょうけれど」

「誰に殺されたと思うんですかって、レポータが質問したんだけれど、それは言わないのよ。黙って、睨みつけるだけで」

「そうですか。小川さん、その人に会いにいきたいんでしょう?」

「うーん、まあね、血が騒ぐっていうのか」

「駄目ですよ、マスコミがいっぱいでしょうから」

「そうだよねぇ。それよりも、今日は、ちょっと、銀座へ行こうかなって」

「あ、一葉さんのお母さんの店ですね。余計なことしない方が……」

「ちょっと、偵察するだけ。君も、行かない？」

「いえ、あ、えっと、ちょっと今日は……」

「午後のね二時くらいから、一時間くらい。出てきなさいよ。一人じゃあ、つまらないじゃない」

「うーんと、ちょっと、わからないというか……」

「え？　何がわからないの？　永田さんは、行くって言ってたわよ」

「え？」

「びっくりしてるじゃん。珍しいじゃないの。そんなに驚くこと？」

「いえ、べつに……、あ、ええ、じゃあ行きますよ。でも、男が入るような店じゃないかもしれないし、僕は外で待っていますからね」

「何なの、それ」

「相田さんには、もう報告したんですか？」

「ううん、まだ」

「そうですか、しといた方が……」

「あ、電車が来た。じゃあね、またあとで……」

女性たちは元気だな、とまた溜息が漏れた。毎日がそんなに楽しいのか。それとも、朝は一日で一番元気がある時間なのだろうか。

コーヒーを淹れて、それを飲みつつ、ざっとネットを見て回り、ニュースを調べた。電話で聞いた以上の情報は出ていない。

気になっていたので、河童についても調べた。特に、百目一葉と河童の二つのワードで検索をしてみたが、特にそれらしいものはヒットしない。そもそも、百目一葉に関する情報はそれほど多くはない。マイナであるのは事実だが、時代のせいかもしれない。ネットに情報が上がっていない、ということもあるだろうか。

なにか食べたかったけれど、昼に永田がなにか買って持ってくるようなことを言っていたので、我慢をすることにした。少しだけ寝ようかな、とベッドで横になったとき、電話が振動する。

「うわぁ、また？　何なんだろう」と呟きながら、手を伸ばして電話を摑む。

相手は椙田だった。真鍋は起き上がった。

「もしもし」

「おはよう。今、小川君に電話をかけたんだが、誰かと長電話をしているんだ。ちっとも出ない。相手は真鍋かと思ったが、違ったな」

「鷹知さんじゃないですか」

「どうして？」

「いえ、昨日、鷹知さんに会ったんです。死体で発見された人を調査する仕事を、誰かから依頼されていたとか、そんな話でした」

「へえ……。その話は聞いてない」

「小川さん、まだ報告していないんですね」

「ま、どうでもいいや。えっとな、例のゴッホの絵だけど、どうやら偽物だ。本物の所在がわかった。それだけ、小川君に伝えておいてくれ」

「偽物だったんですか……」

「ああ、変だとは思ったんだ。見る奴が見たらわかるんだが、誰にも見せないから……。それだけだ。じゃあ」

電話が切れた。いつも、椙田の話は短い。どうやら、自分は留守電係ということのようだ。

ゴッホの絵というのは、百目鬼氏のコレクションのうち、最も高額だと言われていた品である。ただ、それは、あの倉庫にはない。銀行の貸金庫に収まっているらしい。弁護士の内藤がそう話していた。数年まえに購入されたもので、五十億円だったという。それを現金で支払ったという話で、それがどれほど珍しいことなのか、真鍋にはよくわからなかったが、椙田も信じられないと言っていた。信じられないというのは、現金で支払ったということについてではなく、その絵が日本にあることに対してだったのだろうか。

それっきり、ゴッホの絵のことはしばらく忘れていた。倉庫にある全部の美術品と同じくらいの価値だと聞いた。つまり、すべての半分の価値というわけだから、偽物だとしたら、少なくとも、美術品関連の資産は半減することになる。

その絵もオークションに出品するのか、なんて話もしていたが、それもなくなったということだ。オークションの宣伝効果としても、ちょっと痛手なのかもしれない。真鍋には、そのあたりはよくわからないが、そんな話を椙田と小川がしているのを横で聞いていたので、雰囲気として、そんな感じだったなと思い出したのだ。

なんだ、有名な絵の実物が見られるかもしれないと思っていたのに、期待はずれだった。もっとも、有名な絵というものは、どれもだいたい展覧会で見られるわけだから、大差はない。触ることくらいはできたかもしれないが、もちろん、自分の部屋に飾ることはできないので、真鍋自身に対するダメージは、主に精神的なものだけだ。

しかし、偽物を買ったというのは、つまり詐欺《さぎ》に遭ったということだろうか。これは、もしかして、事件と関係があるかもしれない。小川さんに電話をしようかな、と電話のモニタを見たが、どうせ午後には会うのだから、と思い留まった。

真鍋は、またベッドに横になり、そのまま目を瞑ってしまった。基本的に寝不足ということはないはずだが、まだ金曜日の夜のショックで、疲れが残っていたのである。

## 5

チャイムで飛び起きた。時計を見る。永田絵里子が来たのだ。大急ぎでベッドのシーツを広げて掛ける。それから、部屋を見回して、シンクを見て、ゴミ箱を確かめてから、玄関へ行った。外の手摺《てす》りにもたれかかっている彼女がレンズから見えた。

「お待たせ」ドアを開ける。

「どうもどうも」永田は微笑んだ。「三日連続だね」

永田は、トレーナにジーンズというラフな格好。大学でも、こんなシンプルな服装はあまり見かけない。ずっと笑ったままの口の格好で、ブーツを脱いで、部屋の中に入ってきた。紙袋を持っていて、テーブルにそれを置いた。

「お弁当でーす。お茶を淹れましょう」

真鍋はコンロへ行って、火をつけた。そして、永田が、紙袋から出すものを見た。

「え、買ってきたんじゃないの？」驚いてそちらへ見にいく。

黒に金の模様が入った重箱だったからだ。二段で、上の段は、チキンナゲットとリンゴとキュウリとチーズとプチトマトだった。下の段は、サンドイッチで、卵が挟んであるものと、ハムとレタスが挟んであるものが、交互に並んでいる。

「凄いね」

「凄いでしょう？」

「重箱と中身が、凄いミスマッチ」

「え、そこ？」

「アートって、こういうもんだよね」慌ててフォローした。その言葉で永田は、また微笑んだ。

これは、もしかして自作だろうか。そんなことはきけないが、たぶん、そうだろう。買ってきたものを重箱に入れ直したようには見えない。ナゲットは、たぶん冷凍だろう。キュウリとトマトに掛かっているマヨネーズがいかにも素人くさい。サンドイッチも、よく見ると自作だとわかった。彼女が作ったとはかぎらない。彼女のお母さんかもしれない。だとしたら、お母さんも、かなり料理が下手だ。

「お茶じゃなくて、コーヒーか紅茶だったね」

「紅茶」永田が言う。「そのつもりで言ったの」

そうでしたか、と思いつつ、ティーバッグを探した。たしか、まだあったはずだ。ようやく見つかり、それで紅茶を無事に淹れることができた。

永田が、期待の顔で見ているなか、いただきますと一礼してサンドイッチを食べた。まあ、順当なところというか、想像したとおりの味で、真鍋は一安心した。食べられるし、不味《まず》くはない。空腹だったこともあり、助かった。

それにしても、どうして急にこんな親切になったのだろう。思い当たるものがない。ただ、同じところでバイトをすることになった、というだけだ。金曜日のことが衝撃的だったので、真鍋は幾度か、この謎に挑戦したのだが、まったく解明できていない。

もしかして、そのうち、永田はとんでもない依頼を自分にするのではないか。そのための準備段階として、良い気持ちにさせられているのかもしれない。そういう想像をしてしまうほど、やはり信じられないのである。

ただ、あまり心配するような事態ではない、という可能性もある。永田絵里子という人物を一言で表現するなら、〈気まぐれ〉だ。なんか、いつもちょっとずれているし、マイペースで自由に生きている感じがする。見た目がアトラクティブなので、そういう生き方が許されるというか、誰も怒ったりしないし、誰も悪く思わない。真鍋自身は、そのずれているところが、わりと面白いとは感じていた。しかし、それ以上に、ときどき永田は、真鍋のことを「変だ」と指摘する。指をさして真っ向から言うのである。そういうことが非常に多かったので、まさか気に入られているなどとは考えてもいなかった。どちらかというと、敬遠されている、煙たがられている、と認識していた。だが、自分が、彼女のずれたところが面白いと感じたように、もしかしたら、彼女もその変な自分を気に入ったのかもしれない。そういう綱渡りみたいな、ロッククライミングみたいな、ぎりぎりの解釈もできなくはない。その考えまでは、既に行き着いていた。問題は、その後の実証というのか、仮説の補強を行うことだが、具体的な手法をまだ思いつかない。

永田も一緒に食べてくれたので、なんとかすべてを平らげることができた。紅茶を飲みつつ、何の話をしようかな、と考える。あまり頭が回っていない。

「あ、そうだ。小川さんと会うんだね？」確認してみた。

「そうだよ。銀座へ行くんだって」

「それ、小川さんから電話があって、誘われたの？」

「うん」永田は頷く。

「ふうん。でも、これはバイトとは別だと思うよ」

「うん、そう言ってた」

「わかっているなら良いけれど。永田さん、こういうの好きだった？」

「こういうのって？」

「だから、探偵の仕事みたいな」

「うん、調査ね、聞き込み、張り込み、あと、追跡、尾行、変装、囮《おとり》作戦」

考えてあったのだろうか。よくそんなにすらすら単語が出るものだと感心した。

「ねえ、井戸で見つかった死体の人、どういうことだと思う？」永田がきいた。

非常に単刀直入で良い質問だが、答えようがない。

「最初は自殺だと思ったけれど、どうも、他殺っぽい雰囲気になってきた感じ」

「自殺っていうのは、飛び込み自殺？　井戸の中へ飛び込むわけ？」

「井戸がどれくらいの深さなのかわからないけれど。もの凄く深くて、水がなければ、確実に死ねるんじゃないかな」

「そんな場所まで行く？　どこかの駅で電車に飛び込む方が普通じゃない？」

「それは、つまり、自分が死んだことを知られたくない、という気持ちがあったんじゃないかな」

「それだったら、富士山の樹海へ行くでしょう?」

「そうだね。ただ、そんな面倒なことがしたくなかったのかな」

「うーん、死ぬときに、面倒だなって考えるかなぁ」

「生きているのが面倒だって思うから、自殺するんだから、考えるんじゃない? 手っ取り早く、簡単に死にたいって」

「でも、あの敷地に忍び込んだんだよね。夜じゃないかな」

「それはわからない。井戸の近くに懐中電灯とかが落ちていたら、夜かもしれないけれど」

「殺されたとしたら、殺した人が、井戸に投げ込んだんだよね?」

「それとも、その場で突き落とされたとか」

「ああ、そっかぁ……。井戸の近くで話をしていて?」

「そう、後ろから押したとか」

「そのまえに、ちょっと中に変なものがあるよって、覗かせるわけね?」

「そういう手もあるかな。でも、そんなに簡単じゃないと思うよ。ドラマなんかだと、階段で突き落としたりとか、崖から落としたりとか、あるけれど、井戸は難しいんじゃないかな。落ちないように摑まるところが沢山あるし……」

「じゃあ、どうやったの？」

「他殺だとしたら、まず、なにかで殴《なぐ》って、えっと、重いものでね。それで、気を失ったあと、井戸に落とす方が確実だと思う」

「井戸の近くで殴るの？」

「どこでも良いけれど、遠くだと運んでくるのが大変だね。そういうのは、井戸の周囲の地面を調べれば、跡が残っているかもしれない。たぶんわかるんじゃないかな。たとえば、引きずったら地面に跡が残るし、運んできたなら、たとえば台車とか、やっぱり地面に跡が付くよね」

「わざわざ井戸へ投げ入れるのは、どうして？」

「わからないけど、まあ、発見を遅らせるためかな」

「河童の仕業にしようとしたの、ではないよね」

「単に、隠そうとしたんだと思う。あそこだったら、永久に見つからないんじゃないかって考えたかもしれないし。だって、近くに人が行くような理由がないから、臭いとかにも気づかれないいんじゃないかな」

「じゃあ、警察はどうして見つけたの？」

「通報があったんだと思うよ」真鍋は答える。すぐに永田がなにか言いかけたが、彼は片手を広げてそれを制した。「あのさ、こんな話をしていても、意味がないよ。もう少し、確実な情報が揃ってから、それに沿って推理をしないと……。架空《かくう》の上で架空の予想をしているだけになる」

「凄いな。さすがに、この道のプロね」

「いや、そんなことないって」

「でも、探偵事務所で、もう長いんだよね、真鍋君。あ、跡を継いで探偵になるの？」

「ならないよ」

「どうして？」

「どうしてって……、うーんと、向いてないから」

「向いてるって」

「永田さんに、そういう見る目があるかどうか、だよね」

「あるんだよ」

「あ、そう。自信があるんだね」

「うん、なんとなく、そういう目があるわけ、私って」永田は何度か頷いた。自分に言い聞かせているような感じだ。「あと、それでね、昨日図書館に行ったの。樋口一葉の本を調べてきたんだよ」

「樋口一葉は、関係ないんじゃない？」

「だって、もう一人の、えっと……、百目一葉は、全然本がないんだもん」

「まあ、そうかもね」

「有名じゃないってことね。言っちゃ悪いけど」

べつに、有名じゃないっていうくらい、言っても良いんじゃないかな、と真鍋は思う。

「でも、君坂一葉さんは、さらに輪をかけて有名じゃないわけでしょう？　なんかさ、そんな、小説書くことなんて諦めて、早く結婚して、遺産で優雅に暮らしていけばいいじゃんって思う、私はね」

「でも、芸術家っていうのは、お金よりも名声なのかも」

「わからないな、私には。うーん、名声っていうのは、結局お金なんじゃない？」

「生きているうちに名声が得られれば、お金になるけれど、死んでからだと、お金は遺族のものだね」

「あと、河童も調べたよ」突然、永田が話題を変える。「〈河童〉っていう小説もあるのね」

「芥川龍之介《あくたがわりゅうのすけ》でしょう」

「わ、凄い、真鍋君知ってるんだ」

「うーん、有名だと思うよ」

「そうなの？　それは、少し読んでみたけれど、全然意味わかんなかった。河童に関する本っていうのは、あまりないみたいだし。百科事典に載《の》っていたけれど、想像上の動物って書いてあって、絵もあったけれど、嘴《くちばし》があってね、ドナルドみたいな、それに甲羅《こうら》とか、えっと、鱗《うろこ》とかもあるんだよ。あそこで見た絵は、ちょっと雰囲気が違っていたわね」

「まあ、絵を描いた人も、実物を見て描いたわけではないしね」

「あのね、水から出るときは、頭の上の凹《へこ》みに水を入れておくんだって。頭の上に皿があるって書いてあるのもあった。それで、誰かを水の中へね、ぐっと引っぱり込んじゃうの。そうやって殺して、血を吸うんだって」

「へえ、血を吸うの？　吸血鬼みたいに？」

「そうみたい。血を吸うっていうのは、それが食べ物ってこと？」

「さあ、そうじゃないかな。蚊とかそうだし、そんな、食べ物じゃなかったら、無駄に吸ったりしないんじゃないかな」

「その、上野さんの死体は、血を吸われていなかった？」永田は、真鍋をじっと見つめながらきいた。

「いや……、僕は、見てないし、そんな話、聞いてない」本気で尋ねているのだろうか、と少し不安になった。「それはないと思うけど」

「ぶすになるべからずっていうのは？」永田がまた別の質問をする。

「ぶすになってはいけないっていう意味だよね」

「だけど、ぶすって、なろうと思ってなっている人っている？」

「ぶすっていうのが、何を示すかによるよね」

「えっと、どういうこと？」

「見た目のことでじゃなくて、性格を示すことだとしたら、なっちゃいけないっていうのも、なんとなくわかる気がする。そうなんじゃないかな」

「性格のぶす？　ふうん、男の人って、ときどきそういう無責任なこと言うけれど、結局は、見た目なんじゃない？　テレビのアイドル見たらわかるでしょう？」

「否定はしないけれど」

「どちらかっていうと、女性の方が、男性の性格面を評価していると思う」

「そう？　ああ、そうかもね」

「小川さんが言ってた、女性作家が性を売り物にするっていうのも、その反対ってないわけでしょう？　男性作家がセクシィさを前面に出して書いているっていうの、ある？」

「あるんじゃないかな。知らないけれど。でも、えっと、昔から、歌舞伎《かぶき》役者とか、そんな感じのものって、マイナかもしれないけれど、ずっとあったと思うよ。ほら、良い歳の女性ファンが、おひねりでお金とか舞台へ投げているの、テレビで見たことあるよ。知らない？」

「知ってる知ってる。うん、そうかぁ、あるね。けど、ちょっと違うんじゃないかなって気もする。うーん、ああ、でも、根は同じか……」

「基本的にさ、人間って、そういう本能的な欲望にけっこう支配されているんだよね。若いときだけじゃなくて、歳を取っても、そういう話しかしない人っているし、なんていうのかな、異性にしか興味がない人生っていうのかな、そういうの、昔ほど割合としては多かったんじゃないかな」

「そんなことないんじゃない。昔は、みんな貧乏で、生きていくだけで精一杯だったって、えっと、誰かが言っていたんだけど、違う?」

「平均的には、そうかもしれないけれど。とにかく、今は、いろいろなものが自由になったから、みんなが、本当に沢山のものの中から、自分のやりたいこと、好きなことを選べるし、それに、一般的なことから外《はず》れたマイナなことが好きでも、誰からも文句を言われない時代になったんだと思うよ。ほら、結婚しなくても、周りからとやかく言われないでしょう? 就職しなくても、そんなに風当たり強くないし」

「昔は、風当たり強かったの?」

「そうだよ。今でも、田舎《いなか》へ行くと、独身とか無職は、かなり風当たり強いね」

「そうなんだぁ」永田は頷いた。「私、ずっと東京にいるから」

「どんな服装でも、東京なら、誰からも文句を言われないでしょう? 田舎は、そうはいかないよ」

「嘘、そんなことないでしょう、今は……」

えっと何を論証しようとしているんだったっけ、自分は、と真鍋は一瞬考える。

「えっと、でね、話変えるけれど」永田は目をぐるりと回す。「椙田さんの事務所って、本当にやっていけるの?」

「儲かっているかってこと?」

「そう、私で三人め？　ほかにいる？」

「いや、いないと思う」

「小川さんが正社員で、真鍋君は万年バイト？」

「そうだね」

「そんなに仕事があるのかなって、ちょっと考えちゃったの。今回の百目鬼家の仕事で、どれくらい儲かるの？」

「さあ……。そういう話は聞かないから」

「小川さんのお給料はいくらくらい？」

「それも知らない」

「椙田さん、ほかになにか商売をしているの？　お店があるとか？」

「わからない」

「探偵っていう仕事、どれくらい儲かるのかなって、ちょっと考えたんだよね」

「調査依頼が頻繁《ひんぱん》にあれば、やっていけると思うけれど、そんなにないからね。あと、調べても結局わからなかったっていうものもあるだろうし」

「駄目なときは、どうするの？　お金を返すの？」

「それは、最初に契約をするんだと思う。基本料金みたいなのがあって、それは返さない。あとは、調査が上手くいって、依頼者が知りたい情報が得られたら、いくらもらえるっていう金額を決めておくんだよ」

「今回は？　リストを作って、あれをオークションで売って、その手数料をもらうわけだよね。そのために、何カ月もかかりっきりにならない？」

「そうだよ。だから、バイトを増やすことになったんだから」

「小川さんって、ずっとここに勤めているの？」

「違う。まえは、どこかの会社の社長秘書だったんだって」

「うわ、そうなんだ。それで、愛人関係になって、浮気が社長の奥様にばれて、しかたないから、手切れ金をもらって退職したのね？」

「いや、そんな話は聞いてないけれど……」

「なんか、そんな感じがする。もの凄くする。うん、そうだよ、きっと。こういうのって、同性だとぴんとくるんだよね」

「へえ……」

「椙田さんが、なんか話してたでしょう？　小川さんは、なんでも深入りするって、そこが危ないとかなんとか、そんな感じのこと」

「言ってたっけ、そんなこと」

「そういう本性だって……。真鍋君にも、なにか深入りしてきた？」

「ううん、全然」真鍋は首をふる。「というか、意味がわからないけど」

「真鍋君ってさ、鈍いから……。気づいていないってこと、あるかもよ」

「ああ……、なんと言って良いのか」

そうか、そこまで断言されるほど、僕は鈍いのか、と真鍋は言葉を心の中で繰り返した。もしかして、永田は、今、自分に対して深入りしようとしている真っただ中なのか。それが言いたいのだろうか。気づいていないわけではない。ただ、確信が持てないので、判断しかねているのである。早とちりして恥ずかしい思いをしたくないからだ。この状況をどう説明すれば良いだろう。

あるいは、これは確率は低いとは思うけれど、永田は、小川に対抗意識を燃やしているのだろうか。そういう感情が女性には本能的にあって、それに火がついた、ということはないだろうか。それは、単純だし、一昨日からの不可解な現象を良く説明していると思われるが、でも、そんなことは、ちょっと考えにくい、というのが、今の彼の結論だった。

# 6

永田と二人で、電車に乗って、銀座へ出た。小川からもメールがあって、約束の時刻と場所が指定されていたので、真っ直ぐにそこへ向かった。雨は降りだしそうで降らない、そんな天気。傘を持っている人が半分くらいか。しかし、それにしても人数が多い。日曜日なのだ。

交差点の角で、小川は待っていた。大勢の中からこちらを見つけると、近づいてきた。

「あのね、他殺だったよ」開口一番がこれである。

「へえ、やっぱり。どんな殺され方ですか?」真鍋はきいた。

「頭蓋骨《ずがいこつ》が陥没していたって。殴られたってことね。鷹知さんからの情報」

真鍋は、不思議そうな顔をしている永田に、鷹知が誰なのかを説明した。

「警察から漏れてくる情報があるんだよ。警察も、そういう情報をわざと流して、その界隈での反応を見ているんじゃないかな」

「その界隈って?」

「僕も言ってて、よくわからない」

「裏の世界っていうのか」小川がつけ加えた。「犯罪者とは言わないけれど、ちょっと裏の稼業《かぎょう》みたいな人たちの間では、そういう裏の情報が入ってくることがあるみたいなの。それとか、最近あいつがちょっと変だとか。それで、警察にそういう情報を教える人もいて、そうすると、ちょっとしたことを大目に見てもらえるとか、見返りもあるわけ」

「なるほどなるほど、司法取引のような？」永田が言った。

「凄いこと知っているね」真鍋は驚いた。「だいぶ違うけれどね」

「そうだよね、日本じゃあ、囮《おとり》捜査も駄目なんでしょう？」永田が言う。

この方面に意外なほど興味があるようだ。もしかして、ミステリィも読むのだろうか。たぶん、映画で見た知識なのではないか。大学の専攻の関係で、映画は一般の人間よりもよく見る、という学生が多いことは確かだが。

しばらく歩くと、表通りに面したビルの一階に、目的地があった。君坂妙子が経営しているブティックだ。店の名前は、〈Kimisaka〉である。そのままだ。こういうのは、日本料理の店に多いと思うのだが、店の外見は非常にモダンで、白い壁とガラス。そのガラスに、店の名前が大きく斜めに入っていた。文字のところが磨《す》りガラスになっているのだ。ガラスの内側には、高い天井からブラインドがぶら下がっている。ブラインドは普通は水平に並んでいるものだが、そうではなく縦になっている。それも白い。そのブラインドのせいで、店内はよく見えなかった。入口も、天井までの高さのガラス戸で、どんなふうに開くのかわからない。それだけでも、見逃さないようにしよう、と真鍋は思った。

小川と永田が店の中に入る。真鍋は歩道の端で待っていることにした。車止めの低い支柱が立っていたので、それに腰掛けた。入口のドアは、普通に横にスライドした。天井までの縦長の大きなドアが動くのだ。かなり重いドアにちがいない。ドアの開け閉めだけでもエネルギィが相当消費されそうだ。

店は、レディスがメインだが、メンズもあるらしい。でも、自分には完璧に無縁な世界だろう、と真鍋は確信した。しばらく、携帯でいろいろ検索していたが、それも厭きて、歩道を往来する人たちを眺めていた。すると、長身の鷹知祐一朗が近づいてくるのが見えた。真鍋の近くを通り過ぎ、店の入口へ行こうとする。どうしようかな、と思っていたら、彼は振り返った。そこで目が合った。

「真鍋君、ここで何を？」近づいてきて鷹知が言った。「小川さんと一緒に？」

「そうです。小川さんは店の中です」

「どうして、入らないの？」

「いえ、なんとなく……。それに、永田さんっていう子が一緒です。新しいバイトの子です」

「ああ、女性二人でね」鷹知が頷いた。「この店に来るって、小川さんが話していたから、ちょっと寄ってみたんだ、近くへ来たから」

「上野さん、殺されていたって聞きました」

「そう……。殺されてから、井戸に落とされたらしい」

「まえの事件と、関連があるんですか？」

「警察は、そう考えているかもしれないね。同じ場所だし、同じ一族だし。でも、殺され方は全然違う。むしろ、まえの事件の加害者の仲間割れか、という見方が出てきそうだね」

「なるほど。そうか、まえの事件は、複数の人間の犯行だったわけですね」

「断定はできないけれど、二人を殺しているし、火をつけている。少なくとも、計画的だし、そうなると、複数犯の可能性は高くなる」

「調査依頼は、どうしたんですか？」

「もちろん、ご破算だね。見つかったんだから」

「誰からの依頼だったかは、内緒ですか？」

「そうだね、それは普通は言えない。でも、そんなに意外な人物じゃないし、問題ないだろうから、ここだけの話で……、上野さんの奥さん」

「ああ、じゃあ、がっかりされたでしょうね」

「うーん、まあ、表向きはね」

「どういうことですか？」

「いや、単なる感想」

「上野さんの奥さんは、テレビに出たとか、小川さんが言っていましたよ」

「うん、そうらしい。見てないけれど」

「殺されたんだって……」

「まあ、そのとおりだったからね……。あと、面白い話を一つだけ。この店のオーナ、君坂妙子さんを、以前に尾行したことがあるよ」

「え？　どうしてですか？」

「だいぶまえのことだな。えっと、十年にはならないかな。彼女が四十代のときだね。浮気をしているはずだから、相手を突き止めてほしいっていう依頼があったんだ」

「浮気調査ってやつですね。本当にそういうのってあるんですね」

「あるある。今まで僕がした仕事では一番多いかもしれない。ま、浮気とは言わないで、素行調査って言う場合が多い。就職するとか、選挙に出るとか、役員に推薦するとか、そのへんの絡みでね」

「それで、君坂さんは、浮気をしていたんですか？　突き止めたのですか？」

「そこまでは、言えないなあ。あと五年くらいしたら、時効かもしれないけれど、今はまだ、ちょっとね。なにしろ、自分の仕事の成果だからね」

「でも、そういうことをする人なんですね」

「どういうこと？」

「つまり、派手好きっていうか」

「はは……」鷹知は白い歯を見せた。「面白いことを言うなあ。うん、まあ、こんなところで店を出している人間だし、セレブだし、そりゃあ、地味ってことはないよ、平均的な庶民に比べたらね。白いベンツに乗っていたし、芸能界にも友達が沢山いて、毎晩どこかのパーティに顔を出す、そんな人だよ」

「へえ……。その人の娘が一葉さんですよね。信じられないなあ」

「一葉さんって、どんな人？」

「小説を書いてて、同人誌で発表していて、えっと、僕なんかよりずっと歳上なんですけど、うーん、大人しい感じで」

「メガネとかかけてたり？」

「いえ、メガネはかけていませんね。でも、小説を書くときはかけるのかもしれませんけれど……」

「その人が、百目鬼家の留守番をしているんだね？」

「そうです。もともと近所で一人暮らしをしているんです。百目鬼氏が生きていたときにも、よく訪ねていたらしいです」

「今度、一度会ってみよう」

「どうしてですか？」

「不思議な人だって聞いたんで、どういうふうに不思議なのか、ちょっと会って確かめてみたいと思っただけ」

「上野さんの奥さんが、そう言っていたんですね？」

「そう……。まあ、ちょっと、常識人には見えないみたいなことを……、そんなに強い口調ではなかったけれどね」

「そうかな。オタクっぽいだけで、そんなに変人というわけでもありませんよ。不思議といったら、小川さんの方がずっと不思議な人です」

「うん」鷹知はあっさりと頷いた。

噂をしたからなのか、小川と永田が店から出てきた。真鍋は時計を見た。十五分くらいだっただろうか。

「鷹知さん、こんにちは」小川は微笑む。「どうして、ここへ？」

「いや、偶然です」

「こちら、新人の永田さん」小川は後ろに立っている彼女を鷹知に紹介した。

「あ、どうも、鷹知です」ちょっと驚いた顔で、彼は頭を下げた。

「なにか、買ったんですか？」真鍋は、小川に質問した。

「真鍋君の友達なんですよ」小川は、真鍋を無視して続ける。そして、真鍋を見て、口の幅を横に広げた。「お友達っていうのなら、文句はないでしょう？」

「どうしても、そういうことが言いたいんですね」真鍋は、せめてもの皮肉を言った。

「なにも買ってませんよ。見てきただけ」永田が、真鍋に言った。「買えないもの。もの凄く高いんだから。ハイヒールがね、九十五万円だった」

「ガラスでできているんじゃなくて？」真鍋は言った。

「ガラスでできていても、そんなにしないでしょう」小川が言う。「もっとも、片方だけだったら、洒落《しゃれ》ているかも」

「どうしてです?」ときいたけれど、すぐにわかった。「ああ、シンデレラですか」

「ふふふ」小川は微笑んだ。「実際には、ダイヤモンドがちりばめてあった」

「シンデレラのガラスの靴って、魔法が解けたあとなのに、どうしてボロ靴に戻らなかったんでしょうね」真鍋は思っていることを言ったのだが、三人とも返答をしなかった。

「君坂妙子さん、お店にいましたか?」鷹知がきいた。

「いましたよ。うん、なんか、芸能人みたい」小川が答える。「つんとした感じなんだけれど、おしゃべりでね、別の客がいて、その人たちと大声で話していた」

「従兄弟の死体が見つかったのに、影響はないんですね」鷹知が言った。

「あ、調査はどうなったの?」小川が尋ねた。

## 7

結局、小川の説明を聞いて、鷹知は店に入るのを諦めたようだった。男だけでは入りにくいと感じたのだろう。そのとおりだ、と真鍋も思った。鷹知は、立ち話をしたあと、じゃあまた、と軽い挨拶で去っていった。なんだか、毎日会っている仲のような気がしたが、また何カ月も会わない可能性の方が高い。つまり、粘着しない、べたつかない人間関係というものか。真鍋はそんなことを考えた。

喫茶店で少し話をしたあと、小川とも別れ、真鍋と永田の二人だけになった。どうしようか、と彼女にきくと、「デパートに行かない？」と言うので、つき合うことにした。

どこもかしこも人は多い。デパートの売り場も、家族連れが多い。子供が泣いているのを何度か見た。ほとんどの時間は、永田が洋服かバッグを見るのにつき合った。薄いカーディガンを彼女は買った。真鍋はなにも買いたいものがない。おもちゃ売り場くらいなら見にいきたかったが、言いだせなかった。そもそも、おもちゃ売り場なんてあるのだろうか。

夕方に、地下鉄の駅で永田と別れた。今度は映画館へ一緒に行こうね、と彼女は言った。今度っていつだろう、と真鍋は思ったけれど、嬉しい言葉なので素直に頷いた。それから、弁当のお礼を言い忘れたので、メールを電車の中から送った。その返事は、すぐには来なかった。移動中だったからだろう。

電車を乗り換え、最寄りの駅へ到着した頃には、夕方の六時を回っていた。しかし、空はまだ普通に明るい。まったく夕方という感じではなかった。いつの間にか、天候も回復していた。夜に食べるものを途中で買って、帰宅。メールを見たら、永田からリプライがあった。二回めは本気出す、とあった。これも、少し嬉しかった。

その日は、食事をしながら本を読んだ。二日ほど、永田のおかげで慌ただしい時間を過ごした。考えてみたら、さほど慌ただしいわけではないのに、そう感じるのは、つまり、落ち着けない状態だったのだ。そう分析した。今後のことを少し考えて、いろいろ想像したけれど、まあ、なるようにしかならないのだから、考えたり、計画したりしても、どうにもならないな、という結論しか出なかった。

次の日は、月曜日。朝起きて、支度をして、大学へ出かける。ところが、その途中で、メールが届いた。小川からだ。短い文章が一行。

〈君坂妙子が殺された。〉

それだけだった。真鍋は驚いて、ニュースなどを検索したが、そんな報道はない。まだニュースになっていないのだろうか。どうして、小川がそれを知っているのか。

とりあえず、〈もっと詳しくお願いします。〉と書いてリプライしておいた。

講義室に到着。授業が始まる時間を数分過ぎていたが、まだ教壇には誰も立っていない。いつものように、後ろの方の椅子に座った。まだ、小川からのメールがないことを確かめた。

前の方に座っていた永田が、振り返ってこちらを見た。目が合ったので、軽く手の平を見せるサインを送る。これは、世界の果てまで行っても私の手がそこにある、という意味ではない。

永田が、立ち上がり、壁際を上がってきた。階段教室なので、後ろほどポテンシャルが高いのである。真鍋は、長い椅子の端に座っていたが、横に永田が立ったので、内側へ一メートルほど躰をスライドさせた。隣に彼女が座り、顔を近づけて話しかけてくる。

「たぶん、今日は休講」という一言を、深刻そうな顔で言った。

「どうして?」と小声で囁くと、彼女は、さらに顔を近づけ、耳許で囁いた。

「さっき、先生の部屋で会ったから」

意味がわからない。しかたがないので、彼女の耳に口を近づけた。

「先生に会ったの?　会ったなら、いるってことじゃないの?」

ちょっとむっとした顔になり、永田は口を耳に近づける。

「ちょっと早く学校に着いたから、久し振りに先生の顔を見にいったらね、ソファで寝てた。ドアを開けても起きないの。死んではいないと思うけど」

ああ、そういうことか、と納得できたので、頷いてみせる。

前の椅子に座っている人間が十人以上、後ろを振り返っていた。ほとんど男子だ。どうやら、大勢の注目を集めたらしい。つまり、永田がそういう特性を持っているのである。真鍋は、恥ずかしかったので、電話をポケットから取り出して、机の下でモニタを見た。すると、小川からメールが届いていた。

〈鷹知さんからの情報です。今朝、君坂妙子が、自宅で殺されているのが発見された。発見したのは、海外旅行から帰ってきたばかりの夫、君坂靖司《やすし》。現場は、彼女の寝室で、内側から鍵がかかっていた。死因は、発表されていないが、凶器が現場から見つかっているらしい。拳銃《けんじゅう》かあるいは刃物類か。警察は、百目鬼宅の一連の事件との関係を疑っている。このため、鷹知さんに、警察から連絡があったとのこと。午後のニュースでもまもなく報道されるはず。また、続報を送ります。〉

小川にしては長文のメールだった。彼女は、携帯でメールを打つのが苦手なので、いつも短い文面になる。事務所のパソコンでメールを書く場合は、逆に文章が馬鹿丁寧になる。今回は、アドレスがパソコンではなく携帯の方だった。どこにいるのか。もしかして、百目鬼氏のところだろうか。

前のドアが開いて、教授が入ってきた。みんなが溜息を漏らすような一瞬のどよめきがあったものの、ざわめきはそのままで、ただ、その教授の声がプラスされただけの講義が始まった。後ろに座っているから、ほとんどなにを言っているのか聞こえないが、そのうち、黒板になにか書くだろう。プリントを配ることが多いので、それをもらうために出てきているともいえる。

「どうしたの？」永田がきいてきた。

「何が？」

「メール見てたでしょう？」

見てたけれど、それはプライベートというもの。しかし、彼女は今や、同じ事務所のメンバなのか、と思い出した。だから、小川のメールをモニタに出し、永田に読ませてやった。

それを読みながら、永田の目はみるみる大きくなり。最後はこちらを見て、口をOの発音形にしてみせた。驚きました、という意味らしい。メガネザルの物真似ではないだろう。

教授がプリントを配り始めた。真ん中の通路を歩いて、人数分だけ両サイドに手渡しながらこちらへ近づいてくる。だいたい、試験に出るのは、このプリントの内容だということが歴史的事実として伝承されているので、受講生はこのプリントをありがたく受け取ることになる。しかし、出席者からコピィをもらう手もあるわけで、特にこの場にいなければならない理由というのはない。単なる気持ちの問題である。

真鍋たちのところまで教授がきた。

「お、永田、どうしてこんな後ろに座っているんだ？」と教授がきいた。

「ええ、ちょっと今日は、調子が悪いので」永田は受付嬢のような口調で即答した。

プリントは真鍋が受け取ったが、教授は彼の方を見もしなかった。調子が悪いっていうのは、どういう意味で、どういう解釈をされたのだろう、と不思議に思ったが、この種のことは永田の周囲では珍しいことではない。みんなの目には、真鍋の隣に席を移動した永田の行動も、この不思議で調子の悪いシリーズの一つにすぎないはずだ。

それにしても、君坂妙子が殺されたというメールの内容は、想像を絶するものだった。真鍋は見ていないが、小川と永田は、銀座の店で君坂本人を見たばかりなのだ。特に永田はバイトを始めた直後なのに、続けざまに二人の関係者が死んだことになる。しかも、いずれも他殺だ。殺した人間がいる、ということを忘れてはいけない。

何故殺されたのか？

たぶん、多くの人間が一番に考えるのは、その理由だろう。何故、殺されなければならなかったのか。殺した人間にはどんな目的があったのか。人を殺すようなリスクを乗り越えられるほど、その者にとっては避けられない問題があったということだから、それは相当に強い理由でなければならない。そこまでの理由というのは、一般には滅多に存在しないはずだ。

授業は上の空で真鍋は考え続けていた。いつもなら眠くなって、講義の半分の時間は意識がないのだが、この日は眠ることもできなかった。

隣の永田も、ときどき囁いてくる。

「百目鬼家の血筋に対して恨みがあるとか、そういうのってない？　ほら、この一族を滅亡させるのが、先祖から受け継がれた使命なんだ、みたいなやつ」

「ないと思う」簡単に返事をした。

「もう、百目鬼家の血を引くのは、一葉さんだけになったんじゃない？」

「だから？」

「警察は、一葉さんの警護をちゃんとしているかな？」

「してるんじゃない」

「だよねぇ……。凄いわぁ」

「何が？」

「わかんないけど、とにかく凄いわぁ」

でも、王位継承《おういけいしょう》でもなんでもないのに、血筋に何の意味があるだろう。血を絶やそうなんていう欲望が、今どき成立するとは考えられない。もちろん、頭のおかしい人間はいつの世にもいるので、完全には否定できないだろう。ただ、上野雅直については、百目鬼悦造の甥であり、直系ではない。ということは、その前の代、つまり、百目鬼一葉の血筋ということだろうか。それならば、君坂一葉のほかにも、まだ子孫がいるのではないか。たとえば、上野雅直氏に子供はいないのか。あるいは、雅直の母は存命ではないのか。その母と悦造のほかにも、百目鬼一葉の子供はいなかったのか。

講義が終わりに近づいた頃、ようやく、小川からメールが届いた。

〈今、事務所に戻りました。凄いよ、椙田さんからも、内藤さんからも、連絡があって、いろいろわかってきました。ニュースがもう出ているから、見てごらん。不思議な点は、二つあってね、一つは、殺されていた寝室の鍵が内側から閉まっていたこと。つまり、妙子さんは密室で殺されていたわけ。それからもう一つは、妙子さんは床に座って、ベッドにもたれた格好だったんだけれど、なんと、頭の上にお皿がのっ

ていたんだって。お皿だよ！　凄いでしょう？　真鍋君の推理が早く聞きたいなあ。〉

永田にそのモニタを見せた。無言で文字を目で追っていた彼女は、また、猫目少女のような顔でこちらを見据えた。黙っていると、耳に口を近づけた。

「私も聞きたいなあ」

小川が書いてきた「真鍋君の推理」というのは、いったい何のことだろう、と真鍋は不満に思った。なにかそういう特定の推理法があるみたいではないか。真鍋の予測とか、真鍋の定理とか。

とにかく、ネットを検索して、事件のニュースを探した。

君坂妙子が殺されたという報道は、すぐに見つかった。いずれも、資産家で昨年の暮れに殺された百目鬼夫婦の一人娘と説明されている。君坂妙子が刺殺されていたのは、都内の高級住宅地にある彼女の自宅で、本日午前九時過ぎに、夫の君坂靖司が発見し警察に通報した。妙子は既に死亡しており、犯行は昨夜遅い時刻ではないかと見られている。二日まえに百目鬼家の井戸から死体となって発見された上野雅直は、妙子の従兄弟に当たる。

三つほど読んだが、文面はどれもほぼ同じだった。事件については、これ以上の情報はない。ということは、小川からの続報にあった、内側から鍵がかかった密室と、被害者の頭の皿の件は、公開されていない情報のようだ。永田には、まずそのことをきちんと説明した方が良い、と真鍋は考えて、ノート端に、〈密室と頭の皿の件は、内緒みたいだから、誰にも言わないように〉と書いた。

そのメッセージを書いている途中から、隣の彼女が覗き込んでいた。永田は、無言で首を縦に小刻みにふった。固い決意のように観察できるが、大丈夫だろうか。もっとも、たいていの場合、こういった秘密事項は、数日中に一般に広く知れ渡ることになるのだ。今までは全部そうだった。それはそうだろう。絶対に秘密にしなければならないならば、最初から漏らしたりしない。

教壇の教授が、こちらを頻繁に睨むので、真鍋はおしゃべりを控えていた。永田を気にしていることは明らかだ。彼女も、教授の部屋へ顔を見にいくくらいだから、顔を知られている以上に親しいことは明らかだし、そうでなくても、教室にいる中では、目立つ学生であることは客観的にも断定して良いだろう。

ようやく授業が終わった。配ったプリントについて、レポートを書いてきたら、学期末のテストに二十点のプラスをしてやる、と言って教授は講義室を出ていった。どれくらいの長さのレポートなのか、その期限はいつなのか、という説明は一切なく、投げやりな感じだった。真鍋は、困ったな、と思う。二十点というのが、けっこう微妙なところだからだ。コストパフォーマンスとして、的確だといわざるをえない。

「ね、お皿って何？　お皿を頭にのせられていたの？」

「よくわからないけれど……、そう書いてあったね」

「河童だよね」永田はそう言って、息を呑むように黙った。

「どうかな……」

「ほかにないでしょう？　犯人が、殺したあと、頭に皿をのせたわけだよね？」

「うーん、そうかな、やっぱり」

「どういうことなの？　河童として死ねってこと？　凄くない？　なんか、激しく凄いよね」

教室の前の方にいた何人かが近づいてきて、永田を誘ったが、彼女は、片手を振って簡単にあしらった。女性が多かったが、男性も二人いて、じっとこちらを睨んでいく。反感を買っているような気がした。身の危険というほどではないが、真鍋は心配になる。そういうごたごたは嫌いなのだ。

「それよりもさ、その……」上の空でもいけないと思い、気を取り直して話をする。

「部屋に鍵がかかっていたっていう部分が、わりと謎なんじゃないかな」

「密室ね。知ってる知ってる。でも、河童の皿の方が凄いと思う。もの凄く凄いと思う。それに比べたら、密室なんて普通」

「への河童？」

「え？　何それ……。とにかく、密室なんて、どこにでもあるんじゃない？」

「そんなことはないよ。皿は、べつに不可能でもなんでもないし、謎というほどでもないよ。それくらいの気まぐれって、誰にでもあると思うよ。でも、鍵は、物理的に不可能に見えるわけだから、大問題だよね」

「どうして？」永田が口を尖らせる。

「だって、どうやってその鍵がかかった状態にできたのかが説明できないとしたら、犯人を逮捕することができないじゃん」

「どうしてできないの？」

「どんな方法を使ったのかわからなかったら、殺人を立証できないじゃん」

「そんなの、なんとかしたに決まってるじゃない。それに比べたら、お皿は不思議も不思議、超不思議。考えられないじゃん。そんなことをするって何のつもりなのかって」

「部屋の鍵だって、何のつもりなのかって思うけど」

「それは、密室を作りたかったからじゃない。誰でも知ってるもん、密室って、超有名だもん」

「へえ、そうなの……」

「あれでしょう？　いろいろやり方があるのよね。手品だっていろいろあって、誰かが毎日頭捻って考えているんだから。そういうのって、マジで人を驚かせるためのメソッドなんだってば。そういうものに目を奪われてはいけないと思う」

「べつに目を奪われているわけじゃないけどね」

「その点、お皿は無視できないよぅ。そんなの絶対ありえないじゃない」

「人を驚かせるためにやったんじゃない？」

「だって、普通の人は、お皿くらいで驚かないでしょう？　警察だって、お皿だってびっくりして腰抜かすわけじゃないでしょう？」

「ああ……、永田さんが言いたいことが、少しわかった」

「あ、わかった？」

「つまり、河童のことを知らない人には、別に不思議でも、不気味でもないってことが言いたいんだ」

「うーん、ま、要約すると、ちょっとはそうかな」

「頭にお皿がのっていても、そうだね、すぐに河童を連想するとはかぎらないね。何やってんだこれはって、思うだけかな」

「そうだよう、キッチンとか食堂だったら、ちょうど落ちてきて、たまたまお皿が頭にのったってこともありえるかもしれないけれどね」

「ありえないありえない」

「そうか、寝室だったら、お皿があること自体が不自然なんだ」

「ベッドで食べたり飲んだりする人もいるかも」

「それって、犯人がのせたわけでしょう？　違う？」

「犯人か、被害者か、それとも、それ以外か」

「そんなの、全部の可能性じゃない。被害者が自分でのせるってどういうこと？」

「頭がおかしくなったとか。犯人が頭を叩こうとするのを防ぐ目的だったとか、あとは、まあ、これが本命だけれど、犯人が立ち去ったあと、被害者はまだ生きていて、近くにあった皿に手を伸ばして、自分の頭にのせたんだ。なにか、メッセージを残したかった、ということ。いわゆる、ダイイング・メッセージだね」

「お皿だから、ダイニング・メッセージじゃない」

「面白いね、それ」真鍋は少し感心した。なかなかインテリジェンスを感じさせるジョークだ。

「てことは、被害者は、自分を殺した人間が誰なのかを知らせようとしたのね。つまり、犯人は……」

「河童じゃないよ」真鍋は言った。

「どうして?」

「河童は、この世にいないから」

「うん、でも、被害者がどう思っているかは、別問題でしょう?」

これにも、真鍋は驚いた。永田はなかなか頭の回転が早い。

「凄いね」

「え、何が?」

# 第３章　人間の仕業

今宵もいたく更けぬ、下坐敷の人はいつか帰りて表の雨戸をたてると言ふに、朝之助《ともすけ》おどろきて帰り支度するを、お力《りき》は何《ど》うでも泊らするといふ、いつしか下駄をも蔵《かく》させたれば、足を取られて幽霊ならぬ身の戸のすき間より出《いづ》る事もなるまじとて今宵は此処に泊る事となりぬ、雨戸を鎖す音一しきり賑はしく、後には透きもる燈火のかげも消えて、唯軒下を行かよふ夜行の巡査の靴音のみ高かりき。

# 1

小川令子に警察から電話がかかってきたのは、正午まえのことで、彼女は事務所で一人、パソコンのモニタを睨み、ネット検索をしているところだった。鷹知祐一朗からもたらされた事件の話を椙田や真鍋にメールで知らせたのは、まだ出勤するまえだった。事務所に到着し、大きなモニタが使えるようになり、方々へ情報を探しにいった。君坂一葉にも電話をかけてみたが、留守電に繋がるだけだった。警察からの電話は、そんなときだったので、刑事にいろいろ質問をしてしまったが、結局詳しいことは何一つ教えてもらえなかった。ただ、午後に会って尋ねたいことがある、というのが、電話の趣旨で、もちろん全面的に協力をします、と応じた。こちらへ来ると刑事は言ったが、今日は、百目鬼家の倉庫へ出向く予定だったと話し、そちらで会うことになった。

椙田は、メールがあっただけで、電話には出ない。真鍋は、大学の講義があるという。一人で出向くことになるが、君坂一葉がいなければ、あそこに入れないのではないか、という心配があった。土曜日に一葉と別れるときには、あとで連絡するようなことを言っていたのだが、その後メールもなかった。もちろん、母親が殺されたのだから、今あそこにいるはずはないだろう。

それでも、とにかくそこへ向かって電車に乗った。一葉に対しては留守番電話にメッセージを入れておいたし、メールも送っておいたので、返事が来るものと期待していたが、結局、連絡がないまま、百目鬼家のゲートが見えてきた。そこには警官が立っていた。これは、今日の事件ではなく、週末に井戸で発見された死体の捜査だろうか。警官に、倉庫で美術品整理の仕事をしている者だと説明をした。ゲートは半開きの状態だった。今までこのようになっているのを見たことがない。おそらく、電源を切り、手動で開けたのではないか。

警官は、電話で連絡を取り、指示を受けたうえで、そこを通してくれた。小川は少しほっとした。切通しの道を上っていく。建物の前には誰もいなかったが、倉庫へ近づく途中で刑事が二人奥から歩いてきた。事務所に電話をかけてきたのは、二人のどちらだろう、と小川は思った。年配の刑事が、小川に封筒を手渡した。少し重い。中を覗くと、見慣れた倉庫の鍵が入っていた。

「君坂一葉さんから、小川さんに渡してほしいと頼まれたものです」と説明された。

「ああ、助かります」小川は礼を言った。「お通夜《つや》とかお葬式とか、しばらく大変なのでしょうね」それにしても、一葉の心遣いに感心した。

「どこで話しましょうか、倉庫の中へ入りますか？」と刑事に尋ねられたので、

「井戸を見せてもらっても良いでしょうか」と思い切ってきいてみた。

「どうしてですか？」ほっそりとして若い方の刑事が尋ねた。電話の声は彼の方だったかもしれない。

「死体が発見されたからです」小川は正直に答える。「駄目ですか？」

「いえ、じゃあ、歩きながら話をしましょう」そう答えたのは年配の方で、こちらは躰も大きく、重量級だった。

二人とも以前から顔を知っている。向こうも当然知っているはずだ。ここで彼女がどんな作業をしているのかを、説明をしたことがある。そのときに名刺も渡した。ただ、探偵事務所だということは、知られていないだろう。名刺には、そういった具体的な業務については書かれていないからだ。

「井戸に興味を持ったのは、どうしてですか？　見たことがありますか？」年配の刑事がきいた。装っているのだろうが、優しそうな口調である。

「三週間ほど前に一度だけ。そのときは、なにも……」

「誰から、井戸のことを聞いたのですか？」

「えっと、私が聞いたのではなくて、私の事務所の社長が、どこかから聞いた話だったと思います。想像ですけれど、たぶん、君坂一葉さんか、それとも、弁護士の内藤さんのどちらかからだと思います」

「井戸の話というのは、具体的にどんな？」

「庭の裏手の奥に古井戸があるって」

「それだけですか？」

「いえ、変な話ですけれど、河童がいるとかいないとか」

「河童ですか。それで？」

「いえ、それだけです」

「河童が井戸にいるっていうのを聞いて、どう思いました？」

「どうも思いませんよ。そういう話が、昔から伝わっているのかな、と」

「そんな話だったのですね？」

「いえ、そう思っただけです」

「ほかに、河童の話は聞いていませんか？　その、井戸とは関係なくてもけっこうです」

「金曜日の夜に、こちらへ来たとき、一葉さんから、河童の絵を見せてもらいました」

「河童の絵ですか。それは、どこにあったのですか？」

「ご存じないのですか？」小川は少し驚いたが、刑事はわざと知らない振りをしているのだと思い至った。素直に、そのときの状況を話し、百目鬼氏の書斎にある墨絵のことを説明した。

「あの、一つきいてもよろしいでしょうか？」小川は思いっ切り可愛らしい声を使って刑事に尋ねた。刑事が簡単に頷くのを見て、ここぞとばかりに質問をする。「ついさっきのニュースですけれど……、君坂妙子さんが殺されたっていう……、あちらへは、もう行かれましたか？」

「いえ、別の者が行っております」刑事が答える。「まあ、必要となれば、捜査本部は一つになるでしょうね」

「君坂さんが、頭の上に皿をのせていた、というのは本当ですか？」

「どこから、その話を聞かれたのですか？」刑事はそう言ったが、特に驚いたふうでもなく、また追及するような口調でもなかった。したがって、小川はそれを聞き流し、自分の質問を優先した。

「つまり、ここに伝わる河童の伝説と無関係ではない、と考えられますよね？」

刑事は、黙っていた。若い方へ視線を向け、少し微笑んだようにも見えた。しばらく間をおき、こちらを向く。

「ほかには、どんなことを聞いていますか？」若い刑事が小川に尋ねた。

「仲間内で伝わっている情報ですけれど……」小川は弁解した。しかし、嘘を言う理由もない。「殺害現場が密室だったと聞きました。本当ですか？」

「ええ、本当です」年配の刑事が即答した。「鍵がかかっていた、という意味でならですが」

「鍵は、部屋の外からもかけられるのですか？」

「今は詳しいことは言えません。そのうち、発表になりますので」

石段を降りていったところに、ちょっとした広場があり、ベンチも置かれていた。そのベンチの横から小径《こみち》を入った先に、屋根のかかった構造物がある。それが井戸だ。石を積み上げた円筒部分は、周囲を木の柵で囲われている。誤って落ちないように、という配慮だろう。その柵も、それから屋根も、いずれも新しく作られたものに見える。つまり、少し離れて一見すれば、古い井戸には見えない。

刑事に許可をもらい小川は井戸に近づいた。柵の一部、二本の木が折れているのがわかった。断面の色から判断して、明らかに最近折れたものだとわかる。それが井戸の手前になる。こちら側から、井戸の中に重量物を投げ入れようとしたとき、柵の先に引っかかったのだろう。小川は地面を見た。土のところも、草のところもあるが、足跡などは見つかったのだろうか。

柵に手をつき、背伸びをし井戸の中を覗いてみたが、暗くて下までは見えなかった。なにかライトが必要だろう。

「よく、こんなところに死体があるって、わかりましたね」小川は刑事にきいた。

「ええ、まあ……」年配の刑事は言葉を濁《にご》した。

捜索をしていて見つけたのではない。どこかから通報があったのだ。そうにちがいない。金曜日には、大勢の警官がいたわけではない。出会ったのは、刑事たち二人だけだった。

「いつ投げ入れられたのですか？」

「わかりません。あの、あまり質問しないで下さい。話を伺《うかが》いたいのは、こちらなんですから」

「ええ、もちろん、なんでもきいて下さい」小川は微笑む。

「君坂一葉さんから、母親の妙子さんのことを、なにか聞いていませんか？」

「いいえ、特になにも……」

「妙子さんに、会ったことは？」

「ここでは、一度もありません」

「ここ以外で、会われたことは？」

「昨日、銀座の店で、お見かけしました」

「あ、そうですか……。何時頃ですか？」

「えっと、午後の二時過ぎです」

「なにか、話されましたか？」

「いいえ、私は友達と二人でお店に入りました。妙子さんらしい人がいましたけれど、ほかのお客さんと話をされていたので、私たちはなにも……」

「なにか、変わった様子はありませんでしたか？」

「いいえ、わかりません。初めて見たので。たぶん、あの人だろう、というだけです。違うかもしれません」

「金曜日の夜、一葉さんの様子は、いかがでしたか？　ここで死体が見つかって、動揺されていましたか？」

「そうですね、ちょっと、ええ、心配されている様子ではありました。でも、取り乱したりといったことはありません。一人だけで心細かったのでしょうね、私たちをリビングに招いて、お茶をごちそうして下さったんです」

「よく、お話をされるのですか？」

「いいえ、そんなことは滅多にありません」

「倉庫で、仕事をされているとき、一葉さんが見にくることがありますか？」

「いいえ、ありません。あそこにあるものに、興味があるようにも見えません。美術品については、話題になさったことも、ええ、なかったと思います」

「あの、遺言の話は、もしかしたら、ご存じですか？」刑事は目を細めた。

「ええ、内藤さんから伺っています。遺産の関係で仕事をしているので、自然にそんな話をされたんだと思います。新しい遺言を百目鬼氏が用意されていて、それは、一葉さんへの遺産を増やす内容のものだったとか。でも、結局不成立になったんですよね？」

「そういった話は、一葉さんとは、なさいましたか？」

「いいえ、していません」

「一葉さんは、お金に困っている、といったことを言っていませんでしたか？」

「いいえ、聞いたことはありません」

# 2

刑事の電話がメロディを奏《かな》でた。これが、この場所にも、いかつい彼の風貌にもまったく似つかわしくないピアノ協奏曲だったのでびっくりした。二、三返事をしたあと、若い方の刑事に目で合図をした。若い刑事は、家の方へ一人で道を戻っていった。

井戸から少し離れ、ベンチの近くまで戻った。二人だけになったからか、刑事は、「ここだけの話ですけれどね」と前置きして話した。

「もう、この一族から四人も被害者が出ているわけですが、なんとも、不甲斐《ふがい》ないことに、まったく先が見えません」刑事は息を吸った。「物取りとか、金目当てとか、そういった方面で最初は捜査を進めましたが、どうも、なにも取られていない。殺してしまって、恐くなって取らずに逃げたのか、あるいは、それ以前に借金をしていて、ただ、それを返せないから殺したのか、そんなところだろう、と考えていたのですが、ここへ来て、上野さんが死体で見つかり、そして妙子さんが殺された。もしかして、なにもかも間違っていたんじゃないかって、今は、ちょっとしたショック状態というやつですか……。いや、失礼、こんな話をするつもりじゃなく、その、なんでも良いから、気づいたことを聞かせてもらいたいのですよ」

「私は、君坂一葉さんしか知りません。もちろん、びっくりしています。てっきり、お金の絡んだトラブルだと思っていましたから……。あの、同一犯なのですか？　そのあたりは、警察はどう考えているのですか？」

「いや、なにも考えておりません。まさに、これからです。今夜、向こうの現場の報告を受けます。それで、捜査方針も多少は決まってくるでしょう」

「なにか、気づいたら、お知らせいたします」

「鷹知さんを、よくご存じだそうですね？」

「あ、はい」その名前が出たので、小川は少し驚いた。

「亡くなった上野さんの奥さんが、ご主人のことで、彼に調査依頼をしたんですよ。警察が本気で探してくれないからってね」

「そうだったんですか」

「そんな深刻な話だとは、こちらは正直考えておりませんでした。夫婦仲が悪かったようで、ときどき何日も家に帰らないことがあったんだそうです。そういう人だった。まさか、殺されるとはね。奥さんは、これは妙子さんの仕業だって、言っているんですよ」

「テレビでも、殺されたとか、そんなようなことをおっしゃっていましたね。どういうことだったんですか？」

「さあ、親戚どうしで、なにか確執《かくしつ》があったのか、知りませんが。もうすぐ、ここへ来ますよ」

「え、上野さんの奥様が？」

「どうしても、井戸を見たいとおっしゃるんでね。夫が死んだ場所だからということでしょうかね」

「ここで亡くなったのですか？　ここへ運ばれてきただけでは？」

「いや、ここです。どことは断定できませんが、この近くで殴られたんです」

「どうして、こんなところにいたんでしょう？」

「さあ……、そもそも、ここへ無理に連れてこられたわけではない。大勢がいたとも思えない。たぶん、親しい間柄で、油断をしていたんじゃないでしょうか」

「凶器は？」

「鉄パイプです。一撃ですね」

「待ち伏せをして、暗がりでいきなり襲った、ということですか？」

「たぶん」

「そして、井戸の中へ投げ入れた。力が必要ですね」

「うーん、どうかな。上野氏は、私のように重くはありません。私の半分くらいでしょう。貴女だって、できるのでは？」

「できませんよ、私は、そんな……」

話し声が近づいてきた。迎えにいった若い刑事と一緒に、グレイのスーツの女性が現れる。こちらをじっと見た。小川は軽く頭を下げた。この場を立ち去るべきかと思えたが、そう指示されるまでは、粘ってみようと考えた。

「上野さん、こちらは、百目鬼氏の美術品を調査している事務所の方です。今、事情を伺っていたところです」刑事が小川のことを説明してくれたので、小川は、再びお辞儀をした。

上野真由子《まゆこ》を見たのは、テレビ以外ではこのときが初めてだったが、非常に印象的な女性だった。年齢は四十代に見えた。しかし、五十代かもしれない。長身で手足が長く、しかも姿勢が良い。堂々として見えた。髪は長く直毛で、この年齢の女性には珍しい。一般庶民には見えない神々《こうごう》しさが漂っている。テレビの映像とはだいぶ印象が違っていた。

「ご苦労様です」と落ち着いた声で、刑事とそして小川にも視線を送り、軽く頭を下げた。「井戸は、どちらですか？」

「はい、こちらです」若い刑事が前に出て、手で示す。

上野夫人は、井戸に近づいたが、覗き見るほど接近はしなかった。少し手前でじっと見つめていた。なにも言わない。それはそうだろう、言葉は出ないのではないか、と小川は思った。やがて、吹っ切れたかのように、こちらを向いた。

「そう……」小さく二、三度頷く。「こんなところで人生を終えたのね。あの人らしいかもしれないわ」

刑事たちは、なにも言わない。しかし、小川は、その言葉に引っかかるものを感じた。

「あの、失礼かもしれませんが、上野さんらしい、というのは、どういったところがなのでしょうか？」

小川が質問したことに、上野は一瞬怯えたように目を見開いた。だが、その表情はすぐに隠される。急に作った笑顔が能面のようで、逆に恐ろしかった。

「結局は目立たない、表舞台に立てない人だったの。そういう意味です」上野は答えた。

ですね?」

「お気の毒です。でも、亡くなるよりも、だいぶまえから、行方がわからなかったの

「行方? ええ、そうです。でも、行方なんて、ときどきわからなくなる人だった

の。自由奔放《ほんぽう》。ま、百目鬼の血かしら。ああ……」上野は、辺《あた》りを仰ぐように見渡し

た。「ここ、雑木林《ぞうきばやし》みたい。庭師をちゃんと入れているのかしら。百目鬼のご夫婦が

亡くなられてから、荒れているんじゃないかしら」

「いえ、庭師さんは、来ていましたよ」小川は答える。以前に見かけたことがあった

からだ。「でも、ちゃんと仕事をしたかどうかは、知りませんけれど」

その言葉には返答はなかった。上野真由子は、頭を下げることもなく、黙って、道

を戻っていった。若い方の刑事が後を追って、少し離れてついていく。もう見るもの

は見た、ということらしかった。

「上野雅直さんは、何をなさっていたのですか?」小川は、残っていた刑事に尋ね

た。

「仕事ですか。ええ……、いろいろ手広く商売をされていたようですね。中古車屋と

か、ラーメン屋とか、それから、リサイクルの関係とか、でも、最近はこれといった

定職はなかったようです。奥さんに言わせれば、働かない方が金が減らなくて良かっ

たとか。商売をするごとに借金が多くなったんでしょうな。奥さんの実家が資産家なので、なんとかやってこられた、ということのようです。奥さんにしてみたら、旦那が死んでも、特に困ることなど一つもない。そんなところですよ」

「本当に、そんな感じでした。ただ、だったら、どうしてご主人の捜索を鷹知さんに依頼したのでしょうか？　本当に心配されたのかなって、思ってしまいましたけれど」

「目の届かないところで、何をされるかわからない、という心配では？」

「女性関係でも、トラブルがあったのですか？」小川はきいてみた。

「あったようです。つまり、そちらも、手を切るには金がいる。だから、いなくなったら、また金が必要なやっかいごとが舞い込んでくる、と……」

「井戸に死体があると通報してきたのは、誰ですか？」それが一番ききたかったことだった。このタイミングは自分でも絶妙だと感じた。

刑事は、一瞬黙った。何故、それを知っているのか、という疑いの視線が一瞬だけあったが、少し遅れて、首を横にふった。

「誰なのか、わかりません」

「電話があったのですか？」

「葉書です。警察ではなく、新聞社に送られたものです。それで、警察に連絡が来たんです」

「ああ、それであんなに早くマスコミが駆けつけていたんですね」小川は、土曜日のことを思い浮かべていた。

刑事は、溜息をついた。

「いつ、ここへ上野さんが来たかも、わかっていないのですね？」

「ええ、この近辺の防犯カメラを当たっていますが、二週間もまえになると、記録が残っていないものが多いんですよ」

## 3

小川は、倉庫で少しでも仕事を進めることにした。一人なので進みは半分になるものの、真鍋がいなくてもできない作業ではない。その真鍋からは、二回メールで質問が届いたが、だいたい、さきほど自分が刑事に質問をした内容だったので、答を書くことができた。彼が永田と一緒らしい、ということもわかった。若い二人は幸せそうで、小川まで嬉しくなる。

二人の刑事は、年配の方が橋本《はしもと》、若い方が大津《おおつ》ということもわかった。なにかあったら連絡をする、今日は夜遅くまでゲートには警官がいるので、ここを出るときには伝えるように、倉庫の鍵はしばらく預かっておいてくれ、と言われた。そのほかにも敷地の中で捜索をしている係員が十名ほどいる、という話だった。

夕方、気分転換で外に出ると、母屋に近い場所で植木をカットしている職人風の男がいた。背の高い脚立《きゃたつ》の途中に立ち、枝をハサミで切り落としているだけだ。地面にはシートが敷かれ、落ちる枝葉を受けている。

小川はそちらへ歩いていって、彼を見上げた。五十代か六十代の髭《ひげ》の濃い角刈りの男で、何度か見かけている顔だった。着ている紺色の作業着もいかにも古風で、靴ではなく、地下足袋《じかたび》を履いている。ほかにもいるのでは、と周囲を見回したが、どうも一人のようだ。

「庭師さん、ちょっと、おききしても良いですか？」小川は声をかけた。

こちらを向き、黙って脚立から下りてきた。じっと彼女を睨む。

「あんた、警察？」そうきいてきた。

「違います。まえにもお見かけしましたけれど、こちらでお仕事をされるのは、誰に依頼されているのですか？」

「ああ、そういうことか。勝手にやってるんだよ。まえの旦那さんには可愛がってもらってね、長いこと仕事を頂いていたんでさ、まあ、暇なときにときどき来て、できるところだけでもって思ってよ。庭っていうのはな、放っておいたら、すぐに荒れちゃうんでね」

「でしょうね……。そうですか、ボランティアだったんですか」

「そうそう、ボランティア。そう言えば良かったんか」

「裏の方に井戸があるのは、ご存じですか?」

「ああ、あるね」

「河童が出るっていう」

「いや、そんな話は知らねぇな」

「そっちの方は、手入れをしないんですか? ちょっと、荒れているって、聞いたんですけれど」

「うん、ちょっとな、一人じゃ手が回んないよ。大勢連れてこないと、この広さはとてもじゃないが、無理ってもんだ。そうなると、やっぱりいただくものがないと、ちょいと苦しいわな」

「そうでしょうね」小川は頷き、微笑んだ。「この庭って、表のゲートのほかに、出入りができるところがあるんですか?」

「ああ、えっと、あっちへ行ったところに、車が入れる門がある」庭師は、指をさした。「百目鬼さん、車を持っていなくてね、だから、門もほとんど使われていない。でも、トラックをそこから入れたことがある。ユンボを持ってきたときにね」

「ユンボって、パワーショベルみたいなやつですか?」

「そうそう。重機」

「それじゃあ、べつに表のゲートが閉まっていても、入れるんですね?」

「いや、裏門は、たしか、鍵がかかっているよ」

「いえ、車は無理でも、人間はっていうことですけれど」

「人間だったら、どっからでも入れるさ。動物だって、勝手に入ってくるしな。野良猫とか、沢山いるよ。住み着いてんじゃねぇか」

「それは、百目鬼さんが、餌《えさ》をやっていた、ということですか?」

「奥さんがね、そう、やってなさった。でも、亡くなったあとは、誰もやってないだろう? あのお孫さんは、やっているのかね?」

「やっていないと思います。そんな話、聞いていませんし、見たこともありません」

「そりゃ、しかたがない」

「そうですね。奥様は、お優しい方だったんですか？」

「しっかりしたばあさんだったね。ご主人よりもしっかりしていたよ」

この庭師は、名前を高間《たかま》雄一郎《ゆういちろう》という。おしゃべりをしたあと、名刺をもらったのだ。なにかの漫画かアニメで見たことがあるような顔だった。それで連想してしまったのか、あとになって自分でも変だと感じた質問を、小川はしてしまった。

「ここの敷地って、なにか秘密がありそうですよね。えっと、地下になにか隠されているとか。地下道でどこかと繋がっているとか……。そういうの、なにかご存じじゃありませんか？」

「この小山は、ずいぶん昔には墓場だったっていう話は、聞いたことがある。それで、十年くらいまえだったか、大学の先生たちが、発掘にきていたよ」

「発掘？　掘り返したんですか？」

「ほとんどは、測量というか、そんな程度だったみたいだが……。私有地だから、勝手に掘ったりはできないんじゃないかね。この家を建て直すとか、そんな工事になったら、また出てくるかもしれない」

「そうですか……。なにか重要なものでも見つかったのかしら」

「聞いてないね、そんなのは」

墓場というよりも、古墳だったのではないか、と小川はイメージしていた。周囲は平坦なのに、ここだけ盛り上がっているように見えるからだ。もっとも、近くに鉄道が通っているし、平坦なのはそのように造成したのかもしれない。墓地だったためにここだけが昔のまま残った、ということか。

時刻は四時を回ろうとしていた。倉庫へ戻って、後片づけをして、小川は引き上げることにした。倉庫の鍵をかけるときには、この中にある物品の総額をいつも想像してしまう。電子錠《でんしじょう》が二つセットになっているものだし、警察もいるのだから、大丈夫だとは思うが、それでも、こんなものを簡単に他人に預けてしまうのはどうなのか、と感じた。それは、君坂一葉自身が、ここの遺品にさほど興味がない、ということを意味しているだろう。けれども、君坂妙子はどう考えていただろう。父親の持っているものの価値はわかっていたはずである。ここで彼女を見たことはなかったが、たとえば、弁護士の内藤を通じて、なんらかの対策を打っても良さそうなものだ。警報機やガードマンを付けるとか、すべてをもっと安全な場所へ移動させるとか。おそらく、世間には知られていないのだから、泥棒に狙われるようなこともない、と考えていたのだろう。それは、たしかにそのとおりかもしれない。

家の前を通ったが、もう庭師の姿はなかった。ゲートの警官に名前と、仕事が終わったことを告げた。庭師は帰ったのか、ときいたら、ついさきほど、という返答だった。

## 4

駅に向かって歩いている途中で、椙田から電話がかかってきた。小川は立ち止まり、辺りを見回し、人が近くにいないことを確かめた。椙田は、君坂妙子の事件の情報をメールで知らせてきていたが、新しい情報として小川は、鷹知から聞いた話と、百目鬼家で刑事と話したこと、倉庫の鍵を預かったこと、などを報告した。一方の椙田は、意外な情報を持っていた。

「つい今しがた聞いた話だけどね……、警察は、君坂一葉さんを取り調べているんだ。彼女、殺人現場にいたらしい」

「え、本当ですか？　ああ、だから連絡が取れなかったんですね。現場って、どこにいたんですか？」

「妙子さんが殺されていた部屋の隣らしい。鍵がかかっていて、入れない、呼んでも出てこない、という状況だったそうだ」

「お可哀相《かわいそう》に……。それで、警察を？」

「いや、そこへ、妙子さんのご主人が帰ってきた。君坂靖司さん。この人がドアを壊して中に入って、妙子さんを見つけたんだ」

「ドアを壊したんですか？」

「うん、ドアというか、ドアノブを壊したらしい。工具を使ってね。返事がないから、心配になったんだろう。なにか発作《ほっさ》でも起したんじゃないかってね」

「あのぉ、頭のお皿は？」

「それは、最初は頭にのっていたけれど、靖司さんが躰を揺すったり、横に寝かせたりしたんで、警察が到着したときには、床に落ちていたみたいだね。だから、あとで事情を聞いたら、そうだったというだけの話だよ」

「ずいぶん詳しい話が伝わってきたんですね。私が会った刑事さん、えっと橋本さんでしたか、あの人はなにも教えてくれませんでしたけれど」

「知らないんだよ。今回の事件については、上野さんの事件とも別のチームが動き始めている。でも、いずれは一つになるんじゃないかな」

「ああ、そんな話はされていました」

「橋本さんは、梲《うだつ》が上がらないからなあ、チーム再編成で、リーダが替わるんじゃないかな」

「そうなんですか。百目鬼さんの事件が進展しないからですね？」

「もう、あの人、定年が近いんだよね。あと、一年半くらいかな」

そんな内部事情を知っている椙田を、小川は驚異的に思う。どうしたら、そういう繋がりができるのだろう。もっと警察の人と話をして、つき合えるようにならなければ、この業界では一人前になれないのだろうか、と感じた。

この日は、真鍋にも永田にも会えなかった。事務所に戻って、別の仕事の簡単な報告書を作った。それから、月末が近いので、経理の確認も少しした。自分だけのために、茶を淹れて、久し振りに音楽をスピーカから流し、ソファで聴きながら飲んだ。もう日が落ちているものの、明るさが残っている。窓を半分ほど開けていたので、気持ちの良い風が入ってくる。どうせ自宅へ帰っても、状況はあまり変わらない、と気づいた。一人だし、音楽も聴けるし、自分の気に入った飲みものもある。ここでは食事ができない、というくらいだ。近くでなにか買ってくれれば良いのだが、それは電車に乗って帰宅するのと同じくらい面倒だな、と感じた。

なんとなく、こういうときに人間は、死にたくなるんじゃないだろうか、と考えてしまった。今の自分は大丈夫だが、危ないときもあったな、と思い出す。死ぬのは、本当に簡単なことなのだ。少なくとも生きることに比べたら、短い決意とほんのちょっとの勇気で実現する。それよりも、だらだらと傷つきながら生きながらえる方を選ぶなんて、いったいどういう了見だろうか、と思わないでもない。

真剣にそこまで思ってはいないかもしれない。現に、自分はこうして生きているし、仕事もしているし、楽しそうに笑うこともできるし、本当に楽しいと信じ込むことも難しくはない。けれども、もう人生の半分を消費してしまったのだ。これからの半分は、今までよりもずっと退屈だろうし、ずっと嫌なものを吸収してしまった自分の重みに耐えることになる。それはわかっているのに、そんな半分を潔く切り捨てられないのは、考えてみたら変な判断だ。なにか、とんでもない素晴らしいもので、すべてがご破算にできると期待しているみたいではないか。

電話やネットで調べたところ、君坂妙子の葬儀についてはなんの情報も見つからなかった。銀座の店は、今日は臨時休業だったらしいが、明日は営業するとあった。警察が遺体を調べているので、しばらくは葬儀はできないのかもしれない。妙子の夫、君坂靖司に会ってみたい、と何故か急に思った。どんな人物だろうか。

今日会った上野真由子のことが、頭から離れない。それで、この一族のことをもっと知りたいと考えたのかもしれない。靖司も真由子も、百目鬼の血筋ではないが、長くこの家の内部を経験した人間だ。その二人が生き残っている。ふと、財産は誰のものになるのだろう、と考えた。そうか、百目鬼の資産、たった今小川たちが関わっている美術品も含めた莫大《ばくだい》な遺産は、妙子のものになるはずだった。上野雅直は甥だから、特別な遺言がない限り相続の権利はない。遺産の相続は、配偶者に半分、残りは子供に分配される。だから、現在の状況でいえば、君坂靖司と君坂一葉が半分ずつを受け取ることになるのだろう。ただ、百目鬼悦造から君坂妙子へ、またその妙子から靖司と一葉へと二段階の相続になる。この場合、二度課税されるのだろうか。であれば、相続税が五十パーセントとして、半分のまた半分で四分の一になる、と大まかにいえるのではないか。

自分には縁のない話だ、と一瞬感じたが、自分も、ある人物が死んだときに、その遺言で高価なものをもらった経験がある。それを思い出した。そのときには、涙が出るほど悲しかったのに、もう忘れかけていて、少し驚いた。

はたしてそういうものへの欲が絡んで、人を殺すなんてことになるのだろうか。よくわからない。金があれば、たしかに好きなことができるかもしれない。でも、そのために、血のつながった者を殺すなんてありえない、と小川には感じられる。それは、確信に近い絶対的な価値観だと思えるのだが、しかし、誰にとってもそうなのか、と疑えば、揺らぐ不安を感じざるをえない。そういう小説を読んだこともあるし、また、権力のために同じ血筋の者たちが殺し合いをした歴史もあったはずだ。

つまりは、自分が考えているような金額でない、ということだろう。それは権力であっても同じで、もっと絶対的に大きなものになれば、相対的に人の生命も、また家族とか親しみとか、そういったものもすべてが無視できるほど小さく見えるのだろう。きっとそうにちがいない。

しかし、自分にはやはり理解できない領域のように思えた。カップを洗い、オーディオを消して、事務所を出た。暗い道を駅まで歩く。すぐに大通りの歩道に出る。車がひっきりなしに通り過ぎる。

河童が、人の血を吸うために水の中に引きずり込む、という話を何故か思い出した。道路が川のように見えたからだ。子供を誘拐する事件に似ている。昔から、そういった誘拐事件、殺人事件があったのだろう。一般の者には理解のできない動機も古来存在したはずだ。殺す側の道理というのは、価値観の違いというよりも、人間が築き上げた社会のルールに合意していない、というだけのことだが、その合意の中に生きる者たちには、まったく不思議な恐ろしさに捉えられる。今でも、それは変わらず同じである。この頃では、それを精神異常というレッテルで処理しようとするが、昔は、それが妖怪だったり、物憑《ものつ》きだったりしただけかもしれない。血を吸うためにやった、と噂が広がったりしたのだろう。

そんなことを考えながら、ときどき見渡す。電車に乗った。周囲にいる人間たちは、みんな正常者なのだろうか、と。こんなに大勢の知らない人間が、すぐ近くにいるなんて、都会というのは奇跡的に平和な場所だな、と彼女は思うのだった。

## 5

その後の一週間は、特に何事もなかった。美術品のリスト作りは順調に進んだ。真鍋と永田は、よく働いてくれたし、作業に慣れ、効率もアップしている。百目鬼家の母屋はずっと無人のようだった。少なくとも、小川たちが仕事をしている間は、一度も君坂一葉の姿を見かけなかった。また、妙子の葬儀は、まったくの非公開なのか、それとも葬儀自体が行われないのか、いずれにしても、一葉にも、君坂靖司にも、会える機会はなかった。

警官が、ゲートにずっと立っていたが、もちろん同じ人物ではない。頻繁に交替している。だいたい二人がそこにいて、敷地の中で捜査員の姿を見かけることも何度かあった。顔見知りの刑事、橋本も大津も、一度も姿を見せなかった。もしかしたら、新たな捜査本部が編成され、捜査の分担に変更があったのかもしれない。

この場所は、再び「過去の現場」になったようだ。現在の捜査の主な対象ではない、ということだろう、と小川は感じた。

ある日の昼休みに、小川は、庭師からきいたもう一つの門を探してみた。それはすぐに見つかったが、鍵がかかっているし、しばらく開けられた様子もなかった。鍵は閂《かんぬき》にかけられた錠前で、酷《ひど》く錆《さ》びついていた。しかし、人が見ていなければ、小川だってそこを乗り越えることは簡単に思えた。

それから、真鍋と永田が見たいと言ったので、やはり休憩時間の散歩ということにして、三人でこっそり井戸のところまで歩いた。このときにも、警察の人間には出会っていない。やはり、捜査の勢力は、上野雅直よりも君坂妙子の殺人へ向けられているのだろう。事件の捜査は、初動が非常に大切だという。周辺の人の記憶が新しいうちに、という意味である。

それでも、基本的に、自分には無関係の事件なのだ。それを、小川はときどき思い出さなければならなかった。つい気持ちがそちらへ行ってしまうからだ。その点、真鍋の一歩引いたようなスタンスというのは、見習いたいものだと常々感じる。若いのに、客観的な意識を持っているのは、どういった部分の違いなのだろうか、と考えてしまう。まず、女性よりも男性の方が客観的だというのは、どうやら確からしいと思える。しかし、それは平均的な傾向でしかない。真鍋のあの飄々《ひょうひょう》としたクールさは、いったいどういった環境で育成されたものだろうか。そこに興味がある。永田と彼の会話を傍《はた》から聞いていると、ますますそれがよくわかった。ああ、自分もこんなふうに彼に尋ねてしまうことがあった、永田と同じように感じてしまうことがあった、と第三者になって初めて本当によく理解できた。

「あ、そうだ、ね、真鍋君、樋口一葉の一葉っていう名前の意味は知っている？」永田絵里子が真鍋に話しかけている。

「聞いたことがあると思うけれど」モニタに向かってキィを叩いていた真鍋が手を留め、振り返った。「えっと、何だったかな、ちょっと思い出せない」

「あのね、達磨《だるま》さんが木の葉の船に乗っていたんだって」

「達磨さんって？　ああ、中国のお坊さんの？」

「え、そうなの？　達磨さんは達磨さんじゃないの？」

「今の達磨さんは、そのお坊さんの人形なんだよ。修行のしすぎで、手足がなくなっちゃったんだ」

「え、どうして？」

「退化したんじゃない？　たぶん、誇張だと思うけれど。ま、いいとこ、手足が不自由になった、くらいだろうね」

「ふうん、そうなんだ。知らなかった。達磨さん、私、妖怪だと思っていたもん」

「ああ、河童みたいにね」

「そうそう。一つ目小僧とかと一緒に出てくる、みたいなキャラで」

「で、その、えっと、達磨さんが葉っぱの船に乗っていたっていう話は？」

「あ、そうそう。そうなの、葉っぱ一枚の船って、どういうことかしら。めちゃくちゃ大きい葉っぱが昔の中国にはあったのね」

「それで、どうして、一葉なの？」

「あのね、ここがキモなんだけどぉ……、樋口一葉はお金に困っていたの、十六歳で家長になったんだって」

「課長？　会社に勤めてたの？」

「違う違う、家の長ってこと。お父さんが亡くなったのか、それとも、破産したのか、お兄さんもいたみたいだけれど、どうしてかよくわかんなかったけれど、まあ、ちょっと駄目な人だったのね、きっと。だからぁ、まだ十六歳なのに、一葉さんが、樋口家の長になったわけ」

「へえ、そういう長っていうのを決めなくちゃいけなかったんだ、明治の話？」

「そうだと思うよ。ね、小川さん、そうですよね？」

「いくら私でも、明治時代のことは知らないけど」小川は微笑んだ。「たぶん、戸籍の関係なんじゃない？　調査で古い戸籍を見たことがあるけれど、その一族の主《あるじ》がいてね、その人が死んだりすると、一族全員の戸籍が全部変更になるの。もうね、しょっちゅう変わるっていう印象で、調べるのが大変だった」

「へえ……、でも十六っていうのは、若いですね」真鍋が言った。「貧乏だったから、お金を稼ぐために、小説を書いたんですか？」

「私は、知りません」小川は首をふった。

「そうだよ。そう書いてあった。一家を養うために、小説を書いたんだって」永田が言った。

「そんなに、小説って儲かるのかなぁ」

「力仕事はしたくなかったんじゃない」永田が言う。「うーん、わかるなあ、その気持ち」

「まあ、誰でも、それは思うよね」

「えっと、何の話だっけ……、ああ、そうそう……。だからね、お金がないから、お足がないってこと」

「おあしがない？　おあしって何？」

「足のことじゃん。お金がないことを、お足がないって言ったんだってば」

「へえ……。だから？」

「だから、達磨さんも、ほら、足がないでしょう？　そういうこと」

「え？　それで、一葉なの？　えっと、待ってね……、お金がないことを、昔は、お足がないって言って、それが達磨さんと同じで、その達磨さんが葉っぱの船に乗っていたから、それで、ペンネームを一葉にしたってこと？」

「まとめてくれて、ありがとう」

「そうやって書いてあったの？」

「そうだよ」

「あっそぅ……」

「面白くない？」

「うん、いまいち」

「私も、まじ微妙だなって……、正直思ったけど、自分でもね」

そこまでの話を聞いて、小川はまた棚の方へ箱を戻しにいった。二人の会話は聞こえなくなった。作業に戻ったのか、それとも、ここまで聞こえてこないのか。しかし、離れると急に可笑しくなって、鼻から息が漏れ、唇を嚙《か》み締《し》めた。どうして、あんなに面白いんだろう。若いって良いな、と思うのだった。

また、別のときには、三人で休憩をしておしゃべりをしていて、こんな話になった。

「私、もっと、その、探偵って、警察から一目置かれている立場かって思っていたんですけど、そうでもない、ということですか?」永田が小川にきいてきた。

横で聞いていた真鍋が、「一目置くって、意味わかっているのかな」と小声で呟いたが、永田はそれを無視した。

小川が、刑事から聞いた話をまた少ししたからだった。最初のうちは、刑事はわりと簡単に事件の詳細情報を教えてくれる。これは、いずれはマスコミに流れるもので、その状況を知らせたうえで、心当たりのある人間が出てこないか、という期待があるためだ。しかし、その後、警察が地道な捜査で調べ上げた情報については、なかなか漏れてこない。公表するものは非常に限られている。刑事は、知らない、なにもわかっていない、と繰り返すようになる。犯人の目星がついていても、もう逮捕が間際であっても、そういった素振りはまったく表に出さない。そういうものなのだ、という話を若い二人にしていたのである。

「一目置かれるなんてことは、たぶんありえないでしょうね」小川は永田の疑問に答えた。「永田さんが持っているイメージは、ドラマや小説に登場する探偵でしょう？」

「ええ、そうです」永田は頷いた。「昔から、だって、そうですよね、明智小五郎《あけちこごろう》とか、金田一耕助《きんだいちこうすけ》とか、みんな、刑事が家来《けらい》みたいじゃないですか。先生って呼ばれているし」

「それはさ、その探偵が過去に沢山の難事件を解決してきたからじゃない？」小川は答える。「そういう実績が充分にあれば、そりゃあ、警察だって一目置くでしょう」

「実績ですか、実績がないんですね？」

「ないわよ。特に、私たちにはありません」小川は笑った。真鍋を見てきいてみた。

「少しでも、あったっけ？」

「うーん、どうでしょう。小川さん、けっこう貢献《こうけん》したことは、ありましたけどね」

「感謝状くらいなら、もらっても良かった、みたいなレベルでならねぇ、うん」

「それでも、一目置かれないのですね」

「全然置かれないなあ」

「だいたいさ、今の日本に、そんな有名な探偵って、誰かいる？」真鍋が永田に言った。「今じゃなくても良いよ。以前でも、もっと昔でも、実在する人物で、名探偵っていう人、誰かいる？　歴史上の人物で、そういう人って、ただの一人もいないよね。大泥棒とかならいるのに……。だから、なんていうか、名探偵という人物が出てくるだけで、もうリアリティがないんだよね。現実離れしすぎているわけ。名探偵が登場したら、もうＳＦだよ」

「そういえば、そうだよね」小川も賛同する。

「じゃあ、外国なら、いるのかなぁ」永田が天井を見る仕草。「私、やっぱり、ホームズとかを子供のときに読んだからかな、憧れるんだけれど……」

「私立探偵が刑事事件を捜査するときに、ある程度の権限が法的に認められていれば、そういう人も出てくるかもしれないけれど、まあ、現状では、いないんじゃない？」小川は考えながら話した。「少なくとも、海を越えて名声が聞こえてくるような人は一人も知らないし。そうでしょう？」

「それ以前に、たとえば、警察の人間であっても、難事件を解決した名刑事とか、そういうのだって、有名な人っていませんよね」

「大岡越前《おおおかえちぜん》くらい？」小川は言う。

「知りませんよ、そんな人」

「私、知ってる。聞いたことある」永田が言った。「またの名を、遠山《とおやま》の金《きん》さんじゃないですか？」

「違うけどね、まあ、そんな感じ」小川は笑った。「結局ね、一人の人間の閃《ひらめ》きとか、論理的な推理でもって、犯人が突き止められる、なんてこと自体がないわけだ。そういうものがたとえあったとしても、それだけで、犯人を断定するわけにいかないってこと」

「そうなんですか……」永田が少し不満そうな顔をする。

「そういうのの反対で、霊感とかで犯人を突き止めるっていうのは、わりと有名な人がいるみたいだけど」真鍋が言った。「子供のとき、そういうのテレビで見た覚えがある」

「あるある」永田が笑顔になる。「でも、それで解決したことって一度もないよね」

「もし当ったら、犯人以外に知りえない情報を知っていたんだから、その霊能力者が逮捕される可能性があるよね」真鍋が指摘した。

「え、何？　よくわかんなかったけど」永田が首を傾げた。

「今回の事件も、たぶん、その手の人に依頼をしているんじゃないかなぁ」小川はそれを思いついた。「あの、上野真由子さんって人ね、鷹知さんにご主人の捜索を依頼したでしょう？　きっと、占い師なんかにもきいたんじゃないかな」

「そんな感じでした？」真鍋が真剣な眼差しをこちらへ向けた。

「そんな感じだった。なんとなくだけれど……」

「あ、でも、一葉さんも、そうですよね、そういうのを信じそうなタイプに見えます」

「どうして？」

「なんとなくですけれど」

「駄目だよね、そういう先入観を持っては」永田が言った。

真鍋と小川は笑って頷いた。

## 6

さらにその後の一週間も、静かなものだった。君坂妙子は、親族だけで密葬が行われたようだ、という噂が伝わってきた。まったくの非公開で、どのマスコミでも報じられていない。事件から十日後には、君坂一葉が、百目鬼家に姿を見せたが、以前となにも変わらない様子だったので、小川は少しほっとした。ゲート前に警官はまだ立っていたものの、ゲート自体は閉じられていて、インターフォンで一葉が応対に出た。ゲートを開けるモータの音が久し振りだった。ただ、それだけである。

小川は、電車に乗っているときに、吊《つ》り広告を見て、この事件に関連する記事が週刊誌に掲載されていることを知った。その雑誌を購入し、さっそく記事を読んだけれど、事件のあらましと、一族の関係がごく簡単に書かれていただけだった。小川が知らないような情報はほとんどなかった。いかにも、遺産を巡って一族がいがみ合っているようなイメージで語られていたが、表現は曖昧《あいまい》で、すべてが憶測《おくそく》だった。かもしれない、という疑いがもたれている、と言う者もいる、その可能性も否定できないだろう、といった言葉で締めくくられる文章ばかりなのだ。

真鍋と永田と小川の三人が、倉庫で作業をしているとき、弁護士の内藤が現れた。君坂妙子の事件後、初めてのことだった。手に例の週刊誌を丸めて持っていた。

「あ、それ、私も読みました」と小川が言うと、彼は、いかにも腹立たしいという表情を見せた。この人物がこのように感情を表に出すのは珍しいことだった。しかし、すぐに小さな溜息とともに、その表情は消えて、いつもの作ったような笑顔に戻った。

「名誉毀損《めいよきそん》で訴えることもできますけれどね」彼はそう言った。「一葉さんに、それとなくきいてみたのですが……」そこで彼は、意外にも苦笑するのだった。

「何ておっしゃったんですか？」小川はきく。

「いいえ、なにも」内藤は首をふった。「そんなことは、気にもされていないのでしょう。この記事を書いた人間は、一度でも一葉さんに会ったことがあるでしょうか。いや、絶対になにも知らない。知らないで書いているのです。一葉さんを少しでも知っていたら、こんな記事は書けるはずがない」

「私も、それは思いました」小川は頷いた。

「まるで、百目鬼氏の遺産を、一葉さんが狙っているかのような書き方をしている。わざとそう読者が感じるように誘導しています。テレビのワイドショーでも、同様です。百目鬼氏が、遺言を書き直そうとしていたこと、それには、一葉さんが多額の遺産の大部分を受け取るように指定されていました。そのことを、いつか私は社会に公表したいですね」

「どうして、そうなさらないのですか？　一葉さんの名誉のためにも、公表したら良いのに」

「ええ、証拠もありますし、私は当事者ですから、事実の詳細を知っています。しかし、一葉さんが、そんなことをする必要はないっておっしゃるんです。余計なことだと」

「そうなんですか」

「それに、一昨日ですか、一葉さんと今後のことを話したんですが、妙子さんからの遺産も、一葉さんは受け取らないと言っています」

「え、本当ですか？　どうして？」

「あの、ここだけの話ですけれどね。妙子さんの借金と、それからご主人の靖司さんの事業の借金があります。百目鬼さんの遺産の配分がまだ決定していない段階ですが、大雑把《おおざっぱ》にいえば、百億なら、半分は税金に消えて、五十億が妙子さんのものになる。二百億とも言われていましたが、ゴッホが偽物だとわかりましたし、まあ、いろいろバブルも弾けていますからね、不動産関係も大きな期待はできません。まあ、いいところ百億でしょうね。相続税も上がりました。少しまえよりも多いんですよ。だから、もし、土地を処分しなければ、五十億もないかもしれない、というのが実際のところだと思います。で、その五十億を受け取るはずだった妙子さんが亡くなったのだから、また半分は税金に消えて、二十五億円を、靖司さんと一葉さんが受け取ることになります。これは、概算ですよ。私としては、多めに勘定していると思います。

お二人の配分も、もちろん決定していません。でも、順当に考えれば、半分ずつでしょう。しかし、妙子さんも、靖司さんもそれぞれ十億円あまりの借金があるんですよ。そこまで大金が借りられたのは、もちろん百目鬼氏という保証人がいたからです。実際には、もう少し借金の額は大きくなっていると思います。銀座の店だって、抵当に入っている。自己資産はほとんどありません。それに、妙子さんは、生前に、従兄弟の上野さんの借金を肩代わりしているんですよ。これは額は小さいですけれどね。そういう見栄《みえ》を張る人だった。真由子さんをご存じですか？　ええ、あの人と妙子さんは犬猿《けんえん》の仲でしてね、そういうこともあって、金を出して、どうだと言いたかったんでしょう。まあ、つまり、もうこの時点で、百目鬼氏の遺産のうち、君坂夫婦の取り分は半減していた、ということです。金遣いの荒い人たちだった、君坂さんはね、ええ、妙子さんも靖司さんも、両方揃って……」

「でも、今のお話だと、一葉さんは、二十五億円の半分を受け取れるのですよね。それは、良かったじゃないですか」

「いえ、ですから、その全額を、一葉さんは受け取らないとおっしゃったんです」

「どういうことですか？　それじゃあ、そのお金はどうなるんですか？」

「彼女が拒否すれば、それは、まあ、君坂靖司さんのものになりますね」内藤は、目を細めた。「馬鹿馬鹿しいと私は個人的に思います、ときっぱりと申し上げましたよ。それじゃあ、百目鬼氏が築いたものを、どぶに捨てるようなものだと」

内藤が君坂靖司を嫌っていることはまちがいないようだ。内藤は、百目鬼悦造に雇われていた。君坂夫婦に雇われているわけではない。この遺産相続が終了したときには、失業することになるのではないか。君坂一葉ならば、続けて彼を雇うかもしれないが、妙子や靖司たちには、当然お抱えの税理士なりがいるはずである。そんなことまで、小川は想像してしまった。内藤の語る人物観が、それらしいイメージを抱かせたからだった。

「でも、聞いてもらえない。あの方は、お金など自分には不要のものだ、とおっしゃるんです。持っていても、なんの価値もない。自分が受け取れば、それこそどぶに捨てることになるって」

「そんなことないですよ。お金はあった方が良いに決まっています。大金はいらないにしても、少しでもあれば、生活が楽ですよねぇ」小川は言った。言いながら、しみじみと自分の感情が籠もった響きになっていると感じた。

「いろいろ相談をしたのですが、どこかへ寄付をされるという案も浮上しています。全額をですよ。一銭も残さず、すべてを寄付するのなら、それでも良いかもしれないって、おっしゃっていました」

「そこまで、拒絶するっていうのも、珍しいですね」

「珍しいなんてものじゃありませんよ。ちょっとありえないじゃないですか、尋常ではありませんよ、今どき。自分も受け取って、そこからいくらかは寄付をする、というのならありますよ。でも、そうじゃない。それに、一葉さんの生活をご存じですか？　定職もなく、蓄《たくわ》えもない。一間の貸しアパートで暮らしているんです。今はここへいらっしゃっていますが、ここの家も土地もいらないとおっしゃるんですよ。この倉庫にある美術品も、一つも欲しいものはないって……」内藤は、そこで少し黙った。目を潤ませているように見えた。感極まった、といったところだろうか。「なんというのか、清らかな方ですよね。なかなかそこまで、人間、なれるもんじゃない」

「そうですね」小川も頷いた。自分もつられて目頭が熱くなっていた。

「まあ、まだ決まったわけじゃありません。私としては、一葉さんのためにも、彼女に遺産を受け取るように説得を続けるつもりです。でも、今のところは決意は固そうで……、いえ、決意というよりも、一葉さんには、そうしないことの方が、どうかしている、狂っているように見えるみたいなんです。まあ、そのとおりかもしれません。話していると、私の方が説得されてしまいそうになる。いやあ、本当に……、この事実を、私は、この週刊誌の記者に教えてやりたい」

「そうですね……」小川も頷いた。

## 7

内藤は、仕事の話はなにもせず、帰っていった。つまり、週刊誌のことに対して、誰かに真実を語りたかったのだろう。もちろん、内密にしておいてくれと頼まれたが、少なくとも、内藤は自分一人の内に仕舞っておけなかったようだ。小川たちに聞かせて、気が済んだのかもしれない。

「それにしても、もったいない話ですよね」真鍋がモニタを見たまま口をきいた。顔は見えない。「僕だったら、絶対にもらいますけど」

「ということは、犯人は真鍋君？」永田が言った。自分で自分のジョークに吹き出して笑ったが、真鍋は無反応だった。

「テレビでは、君坂靖司氏が疑われている感じだよね」小川は言った。なんとなく、そういう空気がマスコミにあるようだった。

しかし、君坂靖司には完全なアリバイがある。彼は、妻妙子が殺された時刻には、ヨーロッパから日本へ飛ぶ飛行機に乗っていた。この事実があるため、逆にアリバイのない一葉が怪しく見えてしまう。彼女は、母親が発見されたときにも近くにいた。一人暮らしのためアリバイを証言できる者もない。人づき合いのほとんどない人物なのだからしかたがないだろう。

「密室は、どうなったんですか？」真鍋がきいた。「なんか、不思議と大きな問題になっていませんよね」

「それほど不思議じゃないってことなんじゃない？」永田が言った。

「え、どうして？　めちゃくちゃ不思議じゃない？」小川は尋ねる。「私もね、週刊誌が記事で取り上げるべきは、そこだと思った。どうして、鍵がかかった部屋のことか、頭に皿がのっていたこととか、もっと取り上げないのかって」

「公表されていないからじゃないですか？」真鍋が後頭部を向けたまま言う。

「ううん、そんなことない。週刊誌には、鍵がかかっていて密室状態だったって、ちゃんと書いてあるわけよ。ね、変でしょう？　それを書いておきながら、なにも考察しないっていうのが、思考停止というかさ。そのくせ、金持ち一族が金に目が眩んで醜い争いを繰り広げているっていう、そういう紋切り型の想像は、書かずにはいられないわけなんだ」

「なるほど」真鍋はようやくこちらを向いた。「まあ、ありがちですね」

「普通、でも、そう考えるっていうことですよね」永田が困った顔をしている。「私も、どちらかというと、そう考えちゃいましたけれど」

「まあねぇ、どうしても、そう見てしまうのも、しかたがないかもしれないけれど。とにかく、金持ちというのは根性が悪くて、人間として嫌な奴なんだっていう既成概念っていうの、ドラマでももの凄く多いでしょう？　その方が庶民が喜ぶわけよ。あんなふうになるよりも、貧乏でも正直に真面目に生きていこうってさ」

「そういう素直な庶民が多い方が、社会も良くなるっていうか……」真鍋が言った。

「その種のコントロールが、政治的にもある程度は必要かなって、ま、だいたい道徳っていうものが、そんなもんじゃないですか」

「真鍋君、アウトローだぁ」永田が言った。

「そうだよ、この人はね、そうなの、私よりもずいぶんひねくれているから」小川は笑った。「若いのに、年寄りじみているっていう言い方もあるかな」

「その、密室ですけれど……」永田が指を口許に当てる。「ドラマでも小説でも、いろいろな仕掛けが登場しますよね、だから、みんな、どうにでもなるものだって思っているんじゃないですか？　だって、手品だってそうでしょう？　不思議だなって、そのときは思うけれど、でも、すぐ忘れちゃうのは、きっとなにか仕掛けがあるのよねっていう、そういう納得というか、勝手な解決があるからですよね」

「そうそう」真鍋が頷いた。「なにか答があるんだろうなっていうのが、今の大勢の人たちの思考なんだ。なんでもそうだよ。きっとなにか理由があったんだね、きっと誰かがどうにかするでしょうって」

「うーん、それって、納得？　それで納得できるわけ？」小川は腕組みをした。「私は、そこが我慢ならないんだよね。アンプでもそうだもの。どうして、この音の違いをみんなは見過ごせるのって、信じられないからね」

「アンプって、なんですか？」永田がきいた。

「アンプ、知らないの？」

「エレキギターのアンプなら知っていますけど」

「それよ、それそれ」

「どうして、急にアンプの話になったんですか？」

「いいの、たとえばの話をしただけだから」小川は、片手を振った。「そんなにそこに注目しないで良いの。でも……、そう、今みたいにね、自分に納得がいかないものを、すぐに尋ねるっていう姿勢？　それが基本。大事だと思うよ。若者には、それを言いたいのだ」

「言っているから、大丈夫ですよ」真鍋が小声で言った。

「ね、じゃあ、真鍋君は、どんなふうに納得しているわけ？」永田がきいた。

「何を？」

「だから、密室だよ」

「そうだ、それを私もききたい」

「僕は、まず小川さんにききたいですね。人のことを思考停止とかって言っていましたからね。なにか、思考を巡らして到達した結論があるのなら、是非語って下さいよ」

「うーん、それがね、考えてはみたんだけれど、やっぱり、私、現場を見ていないから。ドアとか鍵がどんなふうだったのかとか、わからないじゃない」

「一般の人と同じ条件ですね」

「そう、そうだね、うん、だから、なんか、頭の上のお皿と、密室の仕掛けが関係しているのかしらってところまでは、到達したんだけれど」

「どう関連しているんですか？」

「うーん、あまり、問い詰めないでくれる？」

「自分として、どう納得しているかっていう……」

「納得なんかしていない」小川は首をふったが、なんとなく笑えてきた。「いいじゃないの、どうだって、そりゃ、なんとかしたんでしょうよ、きっと」

「ほら、同じじゃないですか」真鍋が指をさす。

「同じじゃないわよ。考えた末のね、ペンディングなの。とりあえずの結論なの。納得できないことには変わりないし、それに、なんとかこの問題を解きたい、という気持ちには変わりはないわけですよ。だから、真鍋君に意見を求めたの。わかった？」

「他力本願《たりきほんがん》ですよね、基本的に」

「まあ、それくらいの非難は甘んじて受けましょう。ほら、なにか考えがあるなら、言いなさいよ」

「なんか、叱られているみたいですね」

「私を納得させてくれたら、ご飯奢ってあげるから」

「え、本当ですか？」真鍋が腰を浮かせる。

「この人はね、こういう人」小川は真鍋を指差して、永田に言った。「小銭に目が眩んだっていっても良いと思うわ」

「一瞬ですよ、一瞬。ちゃんと理性でカバーできます」

「言い訳になってないじゃない。ほら、永田さんが引いちゃってるわよ」

「いえ、そんなことは」永田は慌てて両手を広げる「違うんです。お二人のやりとりが、なんか面白くって……」

「そこ？」小川は彼女を睨む。「はぁい、わかりました。真鍋君、どうぞ」

「僕も、べつにそんなに考えたわけじゃないですけど、一番ありふれた可能性というのは、つまり、どこで刺されたのかは知りませんけれど、犯人が部屋を出ていったあと、君坂妙子さんが、自分で部屋の鍵を閉めたっていうことなんじゃないかと」

「え、まさか……」小川は、真鍋の話を遮った。「どうして、そんなことをするの？」

「さあ……」真鍋は首を少し傾げる。「でも、もう襲われたくないから、防衛したんじゃないですか？」

「もうって、致命傷《ちめいしょう》を負っているわけでしょう？　これ以上襲われないようになんて考える？　それよりも、誰かに助けを求めるんじゃない？　だったら、鍵をかけたりしないでしょう？」

「ま、人それぞれ、いろいろ考えるでしょうから……。えっと、部屋の外で刺されて、寝室へ逃げ込んだのかも。だったら、鍵をかけるのも、不自然じゃないでしょう。殺人犯が追ってくるのを恐れたわけです」

「君ね、お皿のことを忘れているでしょう」小川は指摘する。

「え、なにか関係があるんですか？」

「だって、犯人は、被害者の頭に皿をのせたのよ。被害者が息を吹き返して、ドアまで歩いて鍵をかけたっていうの？　お皿を落とさずに歩いたわけ？」

「ああ、なるほどなあ、そういうふうに考えるんですか」

「私も、最初そう思った」永田が言う。「お皿落とさずにできないこともないけどね」

「できないよ、そんなの」真鍋が笑う。「そうじゃなくて、僕は、被害者が自分で自分の頭に皿をのせたって思っているんです」

「あ、そう、そう言っていたね、最初の日に」永田が頷く。「えっと、何だっけ、うーん、ダイニング・メッセージ」

「ほう、なるほど」今度は小川が感心する。「あの皿は、犯人の証拠を残すために、妙子さんが自分でやったって言うわけか」

「そうです。そうなると、そのメッセージを消されないためにも、部屋に鍵をかける意味がある。ね、説明がつきますよね。戻ってきて、皿を取られたくなかったからです」

「何なの、そのお皿のメッセージの意味は？」小川は尋ねた。「犯人は、河童？」

「まあ、そんなところですね」真鍋は頷いた。

「誰なのよ、河童って」

「そんなこと、僕にはわかりませんよ。でも、わかる人がいるんです。その人に残したメッセージなんですから」

「誰なの？　警察？　警察は、なにもわかっていないんじゃない？」

「警察じゃないでしょうね。もっと、身近な人です」

「え、じゃあ、旦那さんか、それとも、一葉さんってこと？」

「たぶん、そうです。あの君坂家の内では、河童というだけで、一人の人物を指し示すことができたんです。ありますよね、そういうことって」

「ある？　そんなこと」小川は、永田を見た。永田は首を横にふる。

「ないですか？　えっと、たとえばですね、あ、僕の家では、お風呂から出たときに、足を拭《ふ》くための敷物のことを、トントンと呼んでいたんですよ。僕はそれが日本中で通じる表現だと最近まで信じていました。友達がみんな知らないから、びっくりしちゃいました」

「恥ずかしいなぁ」小川は笑った。「じゃあ、何？　君坂家では、誰かのことを、密かに河童呼ばわりしていたの？　もしそうなら、もう警察に話しているんじゃない？」

「話していると思いますよ」

「だったら、犯人を特定しているわけ？」

「いえ、そんなダイイング・メッセージなんか、大した証拠にはなりませんからね。単なる参考程度じゃないですか。死に際の人間は嘘を絶対につかない、ということもないでしょうし、たとえ嘘ではなくても、勘違いとか見間違いとか、そういうことだってありえるわけです」

「うん、そうだね」小川は頷いた。「私はもっと、河童から連想される別のなにかを示しているんじゃないかって思った」

「たとえば？」

「河童といえば、胡瓜《きゅうり》とか、狸《たぬき》とか」

「狸？」真鍋が顔を顰《しか》める。「永田さんは？」

「もともと河童じゃないんじゃない？　だからって、何なのかは、今は思いつかないけれど」

「頭の天辺《てっぺん》が禿《は》げている人とか？」

「あ、そうそう、それはあるかも」永田が手を合わせた。「そうなんじゃない？　誰なのか知らない人間だったけれど、最大の特徴を残そうとしたのよ」

「ああ……」小川は溜息をついた。「なんか、少し疲れてきたわ」

「そうですね、全然本質に近づいているという感じがしませんよね」真鍋も頷く。

「つまり、密室とか頭の皿とか、そんなことを考えたってしかたがないってことですよ」

「あの、私、一つ疑問があるんだけれど」永田が顔の横で手の平を見せた。「あのね、もしもだけれど、君坂靖司さんが犯人だとしたら、どうなる？」

「どうなるって？」

「えっと、アリバイをどうやって作ったのか、ということ」

「ああ、それね……、うん」小川は指を鳴らす。「そこも考えどころだよね」

「何が言いたいのかなぁ、飛行機に乗っていたんでしょう？」真鍋は腕組みをして椅子にもたれかかった。「アリバイを作ったかどうか、意図的なものかどうかはわからないけれど、少なくとも、靖司さんが自分で奥さんを殺すことは無理だよね」

「そういうのを、探偵だったら、崩していくんだよ」永田は、真鍋の膝を叩いた。

「アリバイ崩しっていうんだから」

「靖司さんには、わかりやすい動機があることはわかるけれど……」

「たとえば、海外に出かけていて、飛行機に乗っていたのは、実は別人で、靖司さんじゃなかったとか」永田が言う。

「誰なの？」

「似ている人に頼んだとか」

「そんなことをしたら、今頃、その似ている人が警察に通報しているよね」

「いえ、だから、大金が転がり込んでくるわけでしょう？　だったら、協力をしましょうっていう人がいても変じゃないと思う」

「私も、それ、ありえると思う」小川は言った。「今の反対で、靖司さんは、たしかに飛行機に乗っていたけれど、殺すのを誰かに依頼した、というのだって可能性としてはありそうだよね。お金は後払いだけれど、何億円も積まれれば、いるでしょう、やる人は……」

「いますよね」永田が真剣な表情で頷いた。「やっぱり、それが一番可能性が高いと私は思います」

「警察も、そうなると捜査が難しいね。まったく無関係な人間が犯人だとするとね」真鍋が言う。「ただ、お金の動きには、注目しているんじゃないかな。実行犯は、まだ金を受け取っていないかもしれないんだとしたら」

「百目鬼家にはまったく関係のない人が、この一家を恨んでいたということはありえないかしら」小川は言った。「最初の二人が殺された事件で、その可能性はあったと思うの。つまり、行きずりというか、たまたま強盗に入ったのかもしれないし、もちろん、直接の関係があって、そうね、借金があったかもしれない。ただ、その場で殺してしまって、目撃者である奥さんも殺された。で、その関係を知っていた、上野さんが、その犯人を脅《おど》したかもしれない。だから、上野さんも殺されてしまった。同じように、上野さんから話を聞いていた妙子さんも口封じをされた。こういう流れって、あるんじゃないかしら」

「そうですね。ちょっと、なんていうか、できすぎたドラマみたいではありますけれど」真鍋は言った。

「そうね、私もそれは思う。でも、私が言いたいのは、そこまでいかなくても、まったく無関係な人だって、可能性はあるってこと。そもそも、犯人が一人だなんて確定したわけでもないし、偶然にも近い血筋の人たちに災難が降り掛かったわけだけれど、それぞれが全然別の事件だということだって、ないとはいえないわよね。運の悪い一家、みたいな感じ？」

「そういうの、確率的にもあるんですよね、どこかで見たことありますよ、一家の人がみんな偶然の不幸な事故に遭って亡くなっているとか」

## 8

その次の週、意外な人物から電話がかかってきた。古井戸の前で一度だけ会った上野真由子である。そろそろ帰ろうかという夕刻、小川が一人で事務所にいたときだった。

声ではまったくわからず、名前を聞いて驚いた。連絡先は、鷹知からきいたと言った。お話ししたいことがあって、お会いしたいのだけれど、と物静かな口調で話した。声が小さくて、聴いていた音楽を慌てて小川は消し、話を聞き直した。

「はい、いつがよろしいでしょうか、お伺いします」小川は即答した。

「そちらのご都合が良いときでよろしいのよ」

「私は、ええ、いつでもかまいません。今からでも大丈夫ですが、もう、遅いですか？」

「今から、そうね、ええ、いいわよ。えっと、こちらがわかるかしら」

「住所を言っていただければ」

場所を聞き、最寄りの駅もわかった。一時間もかからないだろう。

「六時過ぎになりますけれど、よろしいでしょうか」

「ええ、どうせ、私一人ですから……。では、お待ちしています」

「よろしくお願いいたします」

大急ぎで支度をして、事務所を閉め、外へ飛び出した。タクシーで行く手もあるが、この時間帯は道路も混雑している。近くまでは電車で行った方が確実だろう、と考え、とりあえず駅まで歩くことにした。椙田に報告すべきだったが、今朝早く、彼から電話がかかってきて、フランスにいるというのだ。いつものことではあるので、謎めいているとも思わなかった。とりあえず、鷹知に電話をかけた。

「もしもし……」

「はい、鷹知です。お世話になっております」

「小川です。どうも……」

「ああ、小川さん、上野さんから電話があった？」

「ええ、今から、彼女のところへお邪魔することになったんです」

「ああ、そう……、話が早いなあ」

「何の話でしょうか？」

「いや、僕は知りません。なにか相談したいことがあるっていうような雰囲気ではあった、というか……、まあ、当たり前だけど」

「でも、相談ならば、鷹知さんにするんじゃないですか？　調査とかだって、そうでしょう？」

「まあ、そう、何だろう……。よかったら、あとで教えて下さい」

「うーん、何だろうなぁ、仕事じゃないってことかなぁ」

「一人で行かれるんですか？」

「え、どうしてそんなことをきくんです？　危ないところなんですか？」

「いえ、全然」

「やくざ一家のアジトとかじゃないですよね」

「普通のマンションです」

「じゃあ、そのあと、会いませんか？　あ、お食事一緒にどう？　駄目？」

「ああ、いいですね。暇を持て余していたんです」

「嘘ばっかり」

「えっと、それじゃあ、終わったら、また電話をして下さい」

「了解です」

電話を切った。少し足取りが軽くなっていた。鷹知が多少は内容を知っているだろう、と予想していたのだが、そうではなかった。女どうしの話か、とも考えたが、自分が呼ばれるのが不自然すぎる。

電車に乗っているときも、いろいろ想像を巡らした。一番可能性が高いのは、百目鬼家の美術品に関係のあることではないか、といったあたりだ。それだったら、今その仕事をしている自分を呼び出す理由になる。何だろう、手に入れたいものがあるとか、そんなことだろうか。こっそりあの品を持ち出してほしい、なんて頼まれたらどうしよう。これは、金額の問題なのか、それとも倫理的な問題になるのか。椙田に指示を仰ぎたかったが、おそらく彼なら、倫理も金額の問題だと言うだろう。その価観が自分には欠けている。そういう場合は、その場での返答を保留して、椙田に判断してもらうしかないか。

そんな想像のストーリィを膨《ふく》らませているうちに、駅まで到着し、そこでタクシーに乗った。住所を告げて、運転手にナビで調べてもらった。もちろん、自分の携帯でも、既に目的地周辺の写真を見ている。歩道のある大きな道に面した高層のマンションのようだった。

そういえば、なにか買ってくるべきだっただろうか、と途中で気づいた。しかし、仕事かなにかもわからないのだ、そこまで気を回す必要もないだろう。そうだ、上野家は、喪中ではないか。先々週に葬儀があったばかりのはず。それに、君坂妙子の葬儀も続いた。もっとも、真由子がそちらに出席したかどうかはわからない。逆に、君坂家の者は、上野の葬儀に出向いたのだろうか。マスコミがまったく報道していないところを見ると、上野の方も密葬だったのにちがいない。金持ちほど、無駄な出費をしないものだ。

「ここですかね」と運転手が車を停めた。料金を払い、レシートを受け取ってから歩道に降り立った。時刻はほぼ六時。まだ太陽が、通りの先、歩道橋の下に見えている。

ホールに入る手前にインターフォンがあり、部屋番号を入力する。カメラのレンズがこちらを向いていた。すぐに、電話と同じ上野真由子の声が聞こえる。小川は名乗って、ドアを開けてもらった。ホールは落ち着いた雰囲気だが、それほど広くはない。それでも、普通のマンションにはない豪華さはあった。エレベータに乗って、十四階へ上がった。

玄関のチャイムを鳴らすまえに、ドアが開いた。

「おじゃまをいたします」小川は丁寧にお辞儀をした。

「どうぞ、上がって下さい」真由子は微笑んだ。このまえの印象よりもフランクな感じだった。それはそうかもしれない。あのときも、あの場所も、彼女には特別だったからだ。

玄関から入ってすぐの応接間に通された。奥のソファに小川は座り、窓際の椅子に真由子が腰掛けた。何を話そうか、と考える。相手は、小川をしばらく見ていたが、小さく息をつくと、押し殺したような上品な発声で語り始めた。

「単刀直入に用件を言いましょう。私ね、あの人が亡くなって、毎日一人だから、いろいろ考えてしまうんです。それで、ふと思い出したことが一つあって、ずいぶんまえのことなんだけれど、私がね、どうして貴方は、百目鬼の家のことにそんなに口を出すのかって、きいたときの返事だったんですけれど、それは、百目鬼家の血筋は、俺が本流だからだって、あの人、そう言ったんですよ」

「本流？　どういうことですか？」

「私も、そのときは全然わからなかった。だから、どういうことですかって、きいたの。だけれど、教えてもらえませんでした。ああ、私には言えないことなのねって、思ったわ。そういうところがある人でしたから……。あの人の母親は、百目鬼さん、悦造さんの妹ですけれど、早くに亡くなっているから、その先代がまだ生きているうちに、跡取りは悦造さんだけになったんです。ですから、本流もなにもない。悦造さんは長男だし、跡取りだったんです。文句を言う筋合いじゃないって、私は考えておりましたよ。それが……。今年の二月だったかしら、悦造さんの四十九日のときに、あの人は、悦造さんの部屋へ入れてもらって、なにか捜し物をしているんです。あと、あちらの倉庫へも行ったんじゃないかしら。でも、ちょっとやそっとで探せるような数じゃないでしょう? すぐに諦めてしまって、一葉さんにね、こう尋ねていたんです。河童の日記はどこにあるって」

「河童の……、日記ですか?」

「ええ、そうです。一葉さんもきき返していたわ。でも、そんなもの、あの子が知っているはずもないでしょうね。それよりも、妙子さんにきけば良いのにって、私は思いましたよ。ですけど、あの人、妙子さん夫婦とは口をきかないんですよ。で、結局、そのまま。私、帰ってくる車の中でね、河童の日記って何ですかって、きいたのね。そうしたら、えっとね、それは、あの先代の奥様で、百目一葉として有名だった方ですけれど、その方が残した日記だって言うんです。そんな大事なものなら、どこかにあるんじゃありませんかって、私、言ったんですよ。で、どうしてそれを今頃お探しなのって……。そうしたらね、ああ、ちょっと待ってね……、えっと、約束をしてもらいたいんだけれど、これは、その、うーん、マスコミとかには知られたくないし、それに、根も葉もないことだと訴えられるのも嫌ですから、つまり、その、内緒にしておいていただきたいの。お約束してもらえるかしら？」

「はい、あの、この仕事ではお客様からお聞きした情報は、外部へは漏らしません。それが絶対のルールです。ただ、もしなにか調査をするときには、事務所の者は、その情報を共有する必要がありますので……」

「いえいえ、そんなのはかまわないわ。週刊誌なんかに書かれたら嫌だから、というだけのことです」

「お約束できます」小川は頷いた。

「つまり、端的に言いますと、悦造さんは、百目鬼の血ではない、ということらしいの。その経緯が書かれているんだそうです、その日記にね。あの人は、それを小さいときに母親から聞いたと言うんです」

「ああ、それで、百目鬼の血筋を継ぐのは、自分だけだとおっしゃられたのですね」

「そういうことみたい。君坂家とうまくいかないのも、それが原因だったのねって、そのとき私、思いました。ですから、その、あの人が行方不明になったとき、警察には、君坂さんの周辺を探してほしいって頼んだの。あと、警察が頼りないんで、鷹知さんにもお願いしました。鷹知さんなら、そういう、なんていうのかしら、しっかりした証拠のない話でも、事情を察してもらえるでしょうから」

「ああ、では、警察は知らないのですね？　鷹知さんにだけ話したということですか？」

「そうです。警察なんかに言えないわよね。よけいに拗《こじ》れたりするかもしれないでしょう？　なにしろ、悦造さんの事件も未解決なんですから」

「そうですね……。はい、よくわかります」小川は背筋を伸ばした。「それで、私にできるかもしれないことが、なにかあるでしょうか？」

「あの倉庫に、それらしいものはありませんでしたか？　それがききたかったの」

「ああ、その、河童の日記ですね？」

「そうです。それが出てくれれば、警察にもしっかりとした事情が話せます」

「なるほど、でも、もうずいぶん昔のことですから……、その、亡くなった百目鬼さんが、百目鬼家の血筋ではないと今わかっても、それで、どうにかなるというものでもないように思いますが……」

「それは、そうでしょう。ああ、勘違いなさったのね。私が、主人に代わって、あの家の財産を狙っているって」

「いえ、そんなことは……」小川は慌てて手を振った。

「そうか、そう思われてしまうかもしれないのね、やっぱり、警察に言わなくて良かったわ」真由子はそこで微笑んだ。「いえ、あの家の財産なんて、どうでも良いの。いずれは、誰かが食い潰すって相場が決まっています。もう、私には縁のないこと。あの人が死んで、それが一番良かったことだと思うくらい。関わらなくても良いって思うだけで、気分がすっきりします」

「あの、今までに、それらしいものは見つかっていません。出てきたら、わかると思いますから」

「そうですか、まだ全部を見たわけではないのかしら?」

「だいたいは、把握しています。ですから、これからも見つかる可能性は低いと思います。ただ、どこかに隠されているというようなことがもしあれば、その場合は、話は別ですが……」

「もしなかったら、とっくの昔に処分されたのかもしれないわね」

「どうしてですか?」

「都合の悪いことがなにかあったんじゃない? プライドの高い家だから、そんな恥になるようなものは燃やしてしまおうって……。あ、そう、百目鬼さんが殺された日に、小火がありましたよね」真由子はそこまで言って、こちらを見据えた顔で頷く。

しかし、その後の言葉は出なかった。

何だろう。その河童の日記を燃やした火が、あの事件のときの火事の元だと言いたいのだろうか。

「あの、急いで、調べ直した方がよろしいでしょうか？」

「いいえ、そんな必要はありませんよ」彼女は首をゆっくりと横にふった。「今までに出てきたのかをお尋ねしたかったのです。それから、万が一、今後そういったものが出てきたら、そうね、知らせていただけると嬉しいわ。そのときには、お礼をいたします。あ、もちろん、今日ここへ来ていただいたことに対しても……。ただでとは言いません」

「いいえ、そんなことまでしていただかなくても……」小川は両手を広げる。「そういったものがあるというつもりで作業をすれば、見つかるかもしれません。えっと、一つ、お伺いしてもよろしいでしょうか？」

「何？」

「どうして、河童の日記というのですか？」

「え？　ああ……、どうしてかしら。いいえ、私は知りません。単に、そういう作品名なのでは」

日記なのに作品名というのは意外であったが、考えてみたら、百目一葉は作家なのだから、そんな疑問を持つ方がおかしいのかもしれない、と小川は思った。

話はそれだけだった。無駄な世間話もなかった。ただ、玄関で小川が靴を履こうとしているとき、真由子がこうきいてきた。

「ゴッホがあるでしょう？　ご覧になった？」

「はい、あると聞いていますが、あれは貸金庫だそうです。あの倉庫にはありません」

「ああ、そうなんだ。さすがにね……。うん、でも、私、あれは偽物だと思っていますの」

「え？」小川は驚いた。

「だって……、ねえ……」彼女は笑みを浮かべて頷く。

数秒間、その顔を見据えてしまったが、しかし、真由子は視線を逸らし、無表情な、あるいは不機嫌そうな顔になった。小川にそう見えただけかもしれない。

「お気をつけて」そう言われたので、小川は辞去する以外になかった。

「失礼いたします。なにかわかりましたら、ご連絡を差し上げます。今日はありがとうございました」

時計を見ると、上野の家にいたのは二十分間だった。マンションを出ると、外の生暖かい風が顔に当った。まだ、もちろん明るいが、もう日は向かいの建物に隠れていて、空が赤く染まっていた。

歩き始めてすぐ、小川は携帯電話を取り出していた。

# 9

鉄道の路線が沢山集中する駅の繁華街で、鷹知祐一朗と会った。八時を少し回った時刻である。小川は、駅ビルのショッピングセンタで時間を潰したあとだった。気に入ったものが幾つかあったのだが、荷物になるのが嫌で、結局なにも買わなかった。待ち合わせたのは、フレンチのレストランで、ここに鷹知と入るのは初めてではない。だから、電話でここに決まったのだった。

小川がさきにテーブルに着き、五分ほどして鷹知が現れた。まずは、飲みものを注文する。

「どうだった?」ウェイタが離れたところで、彼がきいた。

「うん、あのね、内緒にしてくれって頼まれたんだけれど、私にはそれほど凄い秘密には思えないんだなぁ」

「もちろん、聞いたら秘密は守るし、それに無理に話せとも言わないよ」

「いえ。鷹知さんも聞いている話だと思うけれど……」

小川は、上野真由子から聞いた内容を彼に説明した。百目鬼悦造が、百目鬼家の血筋ではない、との疑惑があって、それが記されている河童の日記なるものが、どこかにあるはずだ、ということを。

「私が呼ばれたのは、つまり、それを知らないか、ということだったみたい。うーん、もしもそれがあったとしたら、どうしたかったんだろう？」

「そう、今さら、どうにもならないんじゃないかな。ご主人が言っていたことについて……、ご主人が取っていた態度についても、彼女なりに、その、納得がしたかった、ということかもしれない。もし本当だったら、少しはご主人のことが理解できるってところかな」

「死んだ人を理解するの？　うーん、私にはよくわからない。それよりも、もっと実質的な役に立つと考えたんじゃない？」

「どんな役に立つ？」

「うーん、そういう証拠を摑めば、知っているぞと強く出ることができるでしょう？それで、いろいろ有利にならない？」

「あの人、金に困っているわけじゃないからね」

「そうなの？　だって、少し上等かもしれないけれど、普通のマンションじゃない」

「いや、別荘とかも持っているよ」

「へえ、そうなんだ」

飲みものがテーブルに運ばれてきた。小川はスパークリングワイン、鷹知はビールだった。

「ご主人は、ちょっとどうかなって人だったけれど、真由子さんは、実家がお金持ちなんだ。まだご両親とも健在だけれど、いずれは遺産も来る。えっと、お兄さんが二人いるけれどね」

「ふうん、だったら、もう、そんな昔のこと、どうだって良いのに」

「だけど、自分だけが知っていることかもしれないって思われたのかも。だって、ご主人が亡くなって、あと、知っている可能性のある妙子さんも亡くなったわけだからね。そうなると、誰かに聞いてもらいたいと考えるのも人情じゃないかな」

「そうか……。そういうことってあるのかな」小川はグラスを手に取る。

二つのグラスを接触させたあと、彼女はそれに口をつける。咽が渇いていたらしい。最初の一口はとても刺激的だった。鷹知もビールを飲み、溜息をついた。

「真由子さん、ご主人が失踪したのは、君坂妙子さんのせいだと考えていたんだ。僕に調査依頼をしたときも、けっこうあからさまにそれを主張されていた。君坂靖司さんがなにか企んだのではないか。けっこう怪しい人間とつき合いがあるから、そういう連中を使って、ご主人を連れ去ったのかもしれない、もしそうだとしたら、もう生きていないだろう、とまでおっしゃっていた」

「凄い、そのとおりになったんだ」小川は思わず顔をしかめてしまった。

「いや、そのとおりかどうか……。結果は同じだけれど、プロセスに関してはわからない。誰のせいだとも断定できないよ」

「不思議だなあ。なにか、やっぱり、盗まれているっていうことじゃないかしら、その、最初の事件のときに」

「あれは、強盗か窃盗だということだね」

「そう……、でも、何がなくなったのか、誰にもわからなかった。ただ、資産家が死んで、その莫大な遺産が誰のものになるのかっていう点にだけ注目が集まってしまったわけね」

「それで？」

「それで、上野さんと妙子さんが、お互いにお互いを怪しんだのか、それとも、お互いが、次に命を狙われるのは自分なのじゃないかって恐れた。う一ん、犯人は遺産を狙っているんじゃないかってね」

「ちょっと待ってね」鷹知が片手を広げた。「妙子さんは、自分が遺産をもらうと思っていたはずだから……、ああ、そうか、上野さんが、昔のことを持ち出して、自分に権利があるはずだと言いだすんじゃないか、と恐れたということ？」

「そう。逆に、上野さんは、秘密を知っている自分が狙われるんじゃないか、あの河童の日記を隠したのは、妙子さんに違いない、と考えた」

「なるほど、すると、上野さんを殺したのは、妙子さんということになる」

「それとも、妙子さんが誰かに依頼したのかも。お金を出すから、殺してほしいって」

「うん、なんとなく、それはありそうな気がする。しかし、そうなると、妙子さんは、誰に殺されたのかな？」

「それは……、妙子さんのご主人じゃない？　結果的に、そこへお金の半分が来るわけだから。もしかしたら、上野さんを殺すか、誘拐したときにも、ご主人が協力していたのかもしれない。そのときは、奥さんの味方をして、その昔のことを持ち出す親戚の口を封じて……、それが上手くいったら、その次は、奥さんを殺してしまおうと……。そうすれば、もう知っている人はいないことになるでしょう？」

「彼は、実行犯にはなれない。アリバイがある。共犯がいることになるね」

「お金で雇ったんじゃないかな。もしかしたら、上野さんを殺したのと、同じ人だったとか」

「なるほどね……」鷹知は頷く。

そこへオードブルの皿が運ばれてきたので、会話は中断した。ウェイタが立ち去ったあと、小川はつけ加えた。

「その、昔のことだから今さら関係がないっていうのは、私たちの感覚というか、つまり今の法律に則《のっと》ればそうなるのでしょうけれど、当事者が、それをどう受け止めていたのかが問題だと思うの。妙子さんは、自分の血が百目鬼家の血ではないという事実が明るみに出れば、財産のすべてを失う、と思い込んでいた可能性もあるでしょう？　あるいは、そう思い込まされていたかもしれない、ということ」

「うん、そういう思い込みは、たしかにあるかもしれない。でも、ご主人と二人でやったのだとしたら、ちょっと、早合点というか、不自然なところもあるように思えるけれど」

そうだろうか。妻にそう思い込ませたのが夫の靖司だったら、どうだろう？　今、鷹知に話したストーリィは、かなり状況を合理的に説明できるように小川は感じた。

ただ、この場合、最初の老夫婦殺しに関しては、別事件ということになるのか。

「警察はどんなふうに考えているのかしら？」鷹知がなにか情報を持っているのではないかと期待して、小川はきいてみた。

「詳しいことはわからない」鷹知は首をふった。フォークとナイフを皿の上で操っている。フルーツと野菜、それにテリーヌだった。彼は、複数の野菜を絡めて、それを口へ運んだ。「でも、たぶん、今、君が話したことは、全部可能性として上がっているだろうね」

「うん、そうだよね」

「殺し方としては、上野さんだけが、少し違う。ほかの三人は、刃物で刺されている。僕は、最初の百目鬼さんも、やっぱり同じ人間の犯行だと思う。火をつけたのがどうしてなのかが、よくわからないけれど……。あの家を全部燃やそうとしたのかな。もし、そうだとしたら、妙子さんの殺しとは、だいぶやり方が違う。もちろん、同じ方法を取る必要もないわけだから……」

「三人めだから、慣れたというか、学習したかも」

「そう、それはいえる」

「密室は？　それから、頭の皿の件は？　鷹知さんはどう考えているの？」

「いや、どうも考えていないよ」鷹知は笑った。「僕は、この事件の調査を誰からも依頼されていない。仕事以外のことでは、滅多に頭を使わないんだ」

「私だって、依頼されていないわよ。関わっているのは、美術品の鑑定だけ」

オードブルの料理を食べる間、なにか話していないことがないか、と小川は考えた。

「そうだ、弁護士さんから聞いたんだけれど、一葉さんは、妙子さんの遺産を拒否しているんだって。信じられないでしょう？」

「拒否するっていうのは？　ああ、つまり、全額を君坂靖司さんに、ということ？」

「どうなるのかな。全額をどこかに寄付するかもしれないって聞いたけれど」

「なるほど、靖司さんと一葉さんは、実の父娘《おやこ》ではないからね」

「え、そうなの？」小川は驚いて、身を乗り出していた。

「あ、知らなかった？　妙子さんは、靖司さんと再婚したんだ。十年以上まえになると思うけれど」

「じゃあ、一葉さんの父親は？」

「妙子さんと離婚して、今は、どうされているのかな。調べてみたら？」

「うーん、でもねぇ、仕事じゃないし」

「そうそう、そうだよね、それがまともな神経だと僕は思うよ」鷹知が笑った。

だから、一葉と靖司は、折り合いが悪いということか、と小川は思った。もしかしたら、父親を捨てた母にも、不満を持っていたのかもしれない。

この話は、後日、椙田から電話がかかってきたときに尋ねてみた。椙田は、妙子が靖司と再婚したことを知っていた。だったら、教えてくれても良さそうなものなのに水臭いな、と恨めしかったが、考えてみたら、たまたま話題にならなかっただけかもしれない、と思い直した。

そうなのだ、事件の調査をしているわけではない。自分は、どうもこういった余計な隙間《すきま》へ入り込んで、危険なものを覗き見てしまう癖がある。椙田が言ったとおりだ、とこのときも小川は自覚した。

# 第４章　人間の夢

いつぞは正気に復《かへ》りて夢のさめたる如く、父様母様といふ折の有りもやすと覚束なくも一日《ひとひ》二日《ふつか》と待たれぬ、空蟬《うつせみ》はからを見つゝもなぐさめつ、あはれ門《かど》なる柳に秋風のおと聞えずもがな。

## 1

ほどなく、小川は、君坂靖司に会うことになった。気象庁が梅雨《つゆ》入りを発表した日で、ホワイトノイズのように昨日から雨が降り続いていた。彼女は一人、傘をさして、百目鬼家のゲートの前に立った。真鍋と永田は午後から来てくれることになっていた。

いつもと違うのは、そこに警官がいなかったことだ。また、ゲートも閉じている。これは、もしかして君坂一葉が戻ってきたということだろうか、と思い、少し嬉しくなった。久し振りに彼女とゆっくり話をしてみたかった。もちろん、妙子の事件に関することが一番の興味対象ではあったけれど、その話は不躾《ぶしつけ》というものだろう。ただ、一葉がどんなふうな状態なのか、といった抽象的な印象が知りたかったのである。


ところが、インターフォンに出た声は、男性だった。警察が留守番をしているということかな、と考えながら、ゲートが開くのを待った。切通しの坂道を上り、母屋の前を通る。ウッドデッキからリビングの中が見え、ガラス戸の中に、男性が立っていた。知らない顔だ。小川は頭を下げると、その戸を半分開けて、男が軽く会釈《えしやく》をする。どうやら警察ではない。

「あの、一葉さんは、いらっしゃらないのでしょうか？」

「ええ、おりません。小川さんとおっしゃいましたね。倉庫で美術品の整理をされている方ですね？」

「はい、そうです。あの、もしかして……。君坂さんでしょうか？」

「そうです」

「どうも、あの、はじめまして」小川はお辞儀をした。「このたびは、なんと申し上げて良いのか……」

「ああ、妙子のことですか」

「私、あの事件の前日に、銀座のお店で妙子さんとお会いしたんですよ」

「そうでしたか」しかし、君坂靖司は特に表情を変えなかった。「あの、倉庫の鍵は、お持ちなんですよね？」

「あ、はい、持っております。大丈夫です。では、あの、作業をさせていただきます」

「よろしくお願いします」そう言うと、君坂は、ガラス戸を閉め、奥へ入っていった。

　雨が庇から落ちている。雨樋《あまどい》が枯葉で詰まっているのかもしれない。それがデッキに落ちて跳ねていた。早く戸を閉めたかったのかもしれない、と小川は考えた。

　倉庫の厚いドアを開け、傘を畳《たた》んで中に入った。外よりも空気が冷たかった。階段を上がって、いつものテーブルにバッグを置き、椅子に座ったとき、なにか肩から背中へぞくっと悪寒《おかん》が走った。君坂靖司の顔を思い浮かべていたからだ。無表情で、冷酷な目をしている。とても話が続けられない、そんな感じだった。鍵はありますね、と言ったときには、さっさと仕事をしろ、というような冷たさが感じられたのだ。

そうか、あの男がここの主《あるじ》になるのか、と思う。そのために、自分たちは今ここで仕事をしているのだ。すべてあの男のため、そういうことになったわけだ。

百目鬼悦造が、先代の血を受けていないという話は、もうずっと昔のことではないか。それに比べたら、妙子が再婚した相手、君坂靖司は、まったくの部外者だ。そんな人物が、膨大な財産を独り占めすることになった。

「そうなんだ……」と声を出していた。

百目鬼悦造が新しい遺言書を書こうとしていた理由が、なんとなくわかった気がする。孫の一葉に大部分の遺産を相続させようとしたのは、あの男のものになるのを嫌った、ということではなかったか。

一度そう考えると、それがそのままでないにしても、きっと真実に近い、と思えてくる。百目鬼悦造は、君坂靖司と金銭的な関係を持っていたはずだ。悦造から見れば娘の新しい夫だし、一方、商売を始めたい靖司から見れば利用しない手はない金蔓《かねづる》だ。そうなるのも当然だろう。金は戻ってこない。商売も成功しているようには見えない。悦造は、なんらかの不安を感じることになったはず。それでトラブルが起こったのではないか。もし、君坂靖司が、妻の両親を殺害した犯人だとしたら……。

遺産が妻のものになるのだから、この家の金も品々も、なにも盗み出す必要がなかった。違うだろうか？

それどころか、そういった一連の計画があったから、妙子に近づいたのかもしれない。そこまで考えてしまうのは、たった今初めて会ったばかりの男に感じた、一瞬の恐怖からだった。

午前中は、倉庫で一人だったので、早く真鍋たちが来ないか、と小川は待ち遠しかった。すぐ近くにあの男がいるのだから、落ち着かない。それでも、少しずつ、自分に言い聞かせて作業を進めた。河童の日記がいつどこから出てくるかもしれない、と思いながら。

## 2

お昼まえに、真鍋から電話がかかってきた。

「小川さん、お昼はどうしました？」もしもしとも言わず、いきなり質問である。この頃の電話というのは、こういうものか、と小川は思った。

「まだだけど。そちらは？」小川はきき返した。

「今、駅に着きました」

「早かったのね」

「ええ、講義が休講だったんで……。駅の方へ出てこられます？　それとも、なにか買っていきましょうか？」

「うーん、出るのは面倒かも。適当に買ってきて。飲みものも。あ、サンドイッチとかが希望」

「はい、了解です」

しばらくして、真鍋と永田が倉庫に現れた。小川は吹抜けから見下ろしていた。二人は階段を上がってくる。

「誰ですか、家にいるの」真鍋がきいた。

「君坂靖司さん」小川は答える。出ていくのが面倒だと答えたのは、彼にゲートを開けてもらう必要があったからだった。

「へえ、声だけですけど。もしかして、中から見ていたかな」

「私は会って、挨拶したよ」

「どうして、君坂さんがここに？」

「わからない」小川は首をふる。「もう、一葉さんは来ないのかもね」

テーブルについて、買ってきたものを食べながら、しばらくおしゃべりをした。事件の話ではない。真鍋と永田の大学のこと、それから、永田が日曜日に出かけていったイベントの話だった。真鍋と一緒に行ったのではない。それに、話を聞いても、何のイベントなのか最後までわからなかった。

一時になったので、作業を始めた。小川が品物を持ってきて、真鍋が写真を撮り、永田がパソコンに入力をする、という分担だったが、真鍋は手持ち無沙汰なのか、小川と一緒に棚まで来て、箱を運ぶのを手伝ってくれた。今日は、絵画の棚だったので、箱は平たい形状だ。油絵かリトグラフである。額によっては、重いものもあった。

「思うんですけど、ここにあるものって、みんな小さいですよね」真鍋が呟いた。

「小さい？　どういうこと？」

「小川さんが一人で持てないようなサイズのものって、今まで一度もなかったでしょう？」

「うん、そうだね」

「絵も小さいですよ。大きくても二十号くらいじゃないですか」

「そういわれてみれば……。どうして？　なにか気になる？」

「いえ、べつに」真鍋は向こうを見ていた。「たぶん、百目鬼悦造さんが、自分で運んでこられたものばかりなんですね」

「届けてもらったものだってあったかも」

「家の前までは、車が入れませんよね。下のゲートから、荷物を持って上がってくるのって、お年寄りには大変ですよ」

「宅配便なら、玄関まで持ってきてくれたんじゃない？」

「絵って、額が重いんですね」

「版画は、けっこう軽い額に入れない？　なんか、そんな気がする」

「やっぱり、価値に合わせてってことでしょうね」

そんな話をしていたが、真鍋は、スチール棚の奥にあるものを覗き込んでいた。

「何を見ているの？」

「そこの戸棚です」真鍋は指をさした。

スチールの棚の最下段の奥に、木製の棚が置かれていた。大きなものではない。和室に置く本棚のように見える。色はほとんど黒。両開きの戸にはガラスが嵌《は》め込まれている。かなり古いものに見えた。

「ああ、その棚なら、もう済んでいるよ。えっと、硯《すずり》とか筆とか文房具が入ってた」

かなり以前に、それらは撮影も終わり、リストにも入力済みだった。

「でも、棚は、まだですよね」

「え？　棚は、棚なんじゃない？」

「これは、リストに上げなくてもいいんですか？」

「え、そう？　それって、棚でしょう？　いろいろ中に入っていたんだから」

「でも、骨董品ですよね。高そうですよ」

「そうかなぁ……、粗大ごみによくありそうな感じだけれど」

「どうします。出しますか？」

「そうね、うん」

木棚の中に入っている小さな箱を外に出した。スチール棚の段の奥なので、真鍋が膝をついて中に入った。

「出せそう？」

「中のものを全部出したら、なんとかなりそうですね」

真鍋が手渡すものを小川が受け取って、通路に並べた。木棚が空になったところで、真鍋がスチール棚に入って、手前に引き出した。永田が様子を見にやってきた。

「あちらへ運びますか?」木棚を引き出して、真鍋は立ち上がった。「ここだと、写真にはちょっと暗いですね。フラッシュで撮りますか?」

「重い?」小川がきく。「できれば、向こうで……」

「二人なら楽に運べると思う」真鍋はそう言うと、永田を見た。

永田はすぐに木棚の反対側へ回る。二人はそれを持ち上げ、作業をしているテーブルの近くまで運んだ。正面から見ると、ほぼ正方形で、高さは一メートルもない。奥行きは三十センチくらいだろうか。

明るい方に向けて、二人が木棚を床に下ろした。

「お疲れさま」小川は言う。

真鍋が、カメラを手に取った。正面から撮り、前の扉を開けて、再びカメラを構えた。

「あ、なんかあるよ」永田が言った。彼女は指をさしている。しかし、撮影の邪魔になるので、近づくのを躊躇《ためら》っている感じだった。

シャッタを切ったあと、真鍋が木棚の横へ行く。

「ほら、ここ」永田がさらに近づき、膝を折った。

真鍋は、木棚の後ろへ回る。二人の作業を離れたところで見ていた小川も、そちらへ歩いた。木棚の背面の周囲から少し凹んだ場所に、小さな菱形《ひしがた》の木片があった。十センチもない。それが釘で打ち付けてあるように見えた。

「これ、なんのためのもの？」永田が指で触っている。「意味ないよね、こんなところにあっても」

「そうだね。ほかのところのパーツが取れたから、ここに打ち付けてあるんだよ、きっと。ほら、修理をするときまでなくさないようにって」真鍋が言う。

小川もそうだと思った。古い道具類によくあることだ。その場では直さないが、取れた部分が本体と別々になって失われないようにという配慮から、裏側などに仮に留めてある。今ならばテープで付けるところだが、昔はそんなものはない。

真鍋は、表側へ回り、開いた棚の中を覗き込んだ。下には二段に引出しが四つある。これも開けて調べている。戸の裏側も触って確かめた。

「変ですね、べつにどこも壊れていないみたいだけれど……」

「わ！」永田が声を上げる。

「どうしたの？」小川は、永田の方へ近づいた。

木棚の背後の板が、永田に倒れ掛っているように見えた。

「取れるかなと思ってちょっと回して引いたんですけど……」彼女は板を両手で受け

止めた格好だった。

「あ、凄いね、絡繰《からく》りなんだ」真鍋が言った。

木棚の背面に、五センチほどの厚さの空間があった。その部分の蓋《ふた》が斜め後ろへ開いている状態で、それを永田が受け止めている。木片は、そこを開ける取手《とって》だったのだ。

隠しスペースは、三段になっていて、それぞれの段に三つずつ桐《きり》箱が置かれてい

る。手前に倒れないように、一つずつに紐《ひも》が掛けられるようになっていた。

「これは、ちょっと、期待しちゃいますね」真鍋が言う。

さっそく、九つの箱を取り出し、テーブルに並べる。しかし、持ってわかったこと

だが、とても軽い。一つずつ蓋を開けて確かめたところ、いずれも中身は空だった。

「なんだぁ……」永田が溜息をつく。

真鍋は、箱を手に取って、調べていた。それ自体が古いもので、変色しているし、

埃《ほこり》にまみれている。触るだけで咳《せき》が出そうな感じだったので、小川は顔を近づけなか

ったくらいだ。真鍋はティッシュで埃を拭き、テーブルの上にあったライトを近づけ

た。文字が書かれていたからだ。

「河なんとかの日記、ですね」真鍋は呟くように言った。「河童の日記でしょう。こ

こに入っていたんですよ。あとは、年号かなぁ、ちょっと読めない」

そう言われると、小川も確かめなければならない。真鍋が指摘したように、箱の側面に小さく墨で文字が書かれているようだった。側面といっても、箱は横に立てて棚に収まっていた。つまり、文字は上の面に書かれていたのである。

「ここにあったのに、どこかへ移されたってこと?」永田がきいた。

「たぶんね」真鍋が言う。「とにかく、そういうものが存在したという証拠ではあるね」

「えっと、どうしよう……」小川は言う。「上野さんから、見つけたら教えてほしいって頼まれているんだけれど、これは見つけたうちには入らないわね。河童の日記について、もし知っているとしたら、もう一葉さん以外にいないのかな」

「そうですね」真鍋が頷く。「それとも、僕たちには無関係なのだから、なにもなかったことにするか」

「この木棚を処分されるかもしれないから、中身だけ取り出しておいたんだね」永田が言う。「それをしたのは、誰?」

「そんなことわからないよ。だいぶ以前に、百目鬼さん自身が処分をしたかもしれないし。そもそも、ここにこれがあるって知っている人は誰かって考えたら、百目鬼さん本人が一番で、二番めは、君坂妙子さんくらいじゃないかな。孫に教えるかなぁ。これ、明らかに秘密の隠し場所っていう感じですよね。人に見せるなら、百目鬼さんは、自分の書斎に置いておいたんじゃないですか。河童の絵を飾っていたくらいなんだから。それに、この棚自体が、これを隠すために作られたものじゃないかな」

「だとしたら、ずいぶん昔から、隠していたことになるわね。これ、古そうだもの」

「どうして隠したんですか?」永田が首を傾げている。「ああ、そうか、百目鬼さんの出生の秘密が書かれているから?」

「私もそれくらいしか思いつけない」小川は頷く。「普通だったら、そんな不都合なものは燃やしてしまうとかするんでしょうけれど、作家の母親が書いたものだから、処分できなかったんじゃない?」

「そうかぁ、なるほどぉ」永田が大きく頷いた。「だから隠すしかなかった」

「えっと、とりあえず、これは戻しておいて……」真鍋は箱を木棚の方へ持っていく。「なにも見なかったことにするしかありませんよね」

「まあ、そうね……。この棚をリストに入れるかどうかも、考えものだな。椙田さんに相談してみるわ」小川は言った。自分だけで判断できないように思えたからだ。

「いちおう、写真だけ撮って、また、元のとおり戻しておきましょう」

# 3

　その絡繰り棚を戻して、また通常の作業を続けていたが、四時頃になって、倉庫の入口が開いた。小川はびっくりした。立ち上がって、手摺り越しに下を覗き見ると、入口から橋本刑事がこちらを見上げていた。古井戸の前で話して以来ではないか、と小川は思った。

　階段を下りていくと、刑事は傘を畳み、戸口に立て掛けて中に入ってきた。

「君坂さんと話をするために来たので、ちょっと寄ってみただけです。お仕事中にすみませんね」

「いいえ、とんでもない。いかがですか、捜査の方は」

　刑事は吹抜けを見上げた。二階にいる若者二人を気にしているのかもしれない。小川のほかにも人がいることは、外の傘の数でわかるはずである。

　小川は刑事を一階の奥へ誘った。そこならば、話し声は聞こえない。彼も、そこまで黙ってついてきた。

「まえは、君坂妙子さんの事件の直後でしたね。そのあと、お目にかかれませんでした。「小川さん、事件の前日に、君坂妙子さんに会われた、とおっしゃっていましたね」

「ええ、まあ……」刑事は頭を掻《か》くような仕草を見せた。椙田が、橋本は定年間際だと話していたが、そう言われてみると白髪《しらが》も目立つ。疲れているような表情に見えたが……」小川は小声で話した。「捜査態勢に変化があったのですか？」

「そうです。でも、話をしたわけではありません。今、二階にいる助手の子と二人で、彼女の店に入って、離れたところから見ただけです」

「わざわざ、あの店へ行かれたのですか？」

「ええ、まあ……、そうです。私、君坂妙子さんにお会いしたことがなかったので、どんな方かなと思いまして」

「どうして、そう考えたのですか？」

「え？」

「顔を見たかったのは、何故ですか？」

「うーん、それは、その、今回の事件に、興味があったから、というか……。一葉さんのお母様だし、なんとなく、どんな方なのか、一度会いたくなったというか……。特に、これといった具体的な理由はありません。お店でも、私たちに買えるような値段のものはありませんでしたし、なんだか場違いで、早々に退散してきました」

「ここへ来たのは、その話ではないのですが……」刑事はそこで間を置いた。じっと、小川を見据える。

小川には、尋ねられる内容が予想できたが、しかし、黙って待った。

「上野真由子さんは、小川さんに何を話したのですか？　わざわざ呼び出したように見受けられましたが、仕事の依頼ですか？」

「いいえ、仕事は受けておりません」小川は即答した。

「では、何でしょうか？」

「それは、申し訳ありませんが、私からは言えません」小川は首をふった。

「そうですか、残念ですね」

「事件には、関係のないことだと思います」

「ほう、では、何が事件に関係があるとお考えですか？」刑事は、少し笑った顔になった。

「私は、詳しいことを知りません。でも、第三者として見ていると……」そこまで言って、これは話さない方が良いだろうと急に思えてきた。

「何ですか？」

「いえ、そんな、私の個人的な感想をお話ししても、参考にならないと思います」

「いや、是非伺いたいですな」

「今日は、母屋に君坂靖司さんがいらっしゃいますね」小川は別の話をするつもりで言った。

「なるほど」刑事は、意外にも頷いた。

「何が、なるほどなんですか？」

「彼が怪しいと疑っているのですね？」刑事は声を落として言った。「動機は充分。状況も充分。しかし、確固としたアリバイがある。となれば、主犯だが、実行犯ではない、といったところですか？」

「それは、警察の認識ですか？」

「いいえ、そんなことは言っておりません。貴女の考えをきいているだけです」

小川は自問した。刑事が言ったとおりに自分は考えているだろうか。そうではない、と否定したかったが、その気持ちも弱い。やはり、刑事が言葉にしたとおりではないか、と思っている自分が大勢だった。

「はっきり申し上げますと、私は、個人的にはそう考えております」橋本は言った。

「彼の交友関係も徹底的に調べていくつもりです。金のやり取りをすれば、表に出てくる場合もあります。でも、今のところまだ動いていません。だいいち、まだ相続をしていない。現金がないのです。となると、これからですね。ああ、つまり、小川さんたちの仕事も待たないといけない」

「そのとおりです」

「だから、こちらも今はじっと待つしかない、と考えております。金が手に入れば、動くでしょう。彼が動かなくても、周囲で動く人間が出る。金というのは、人を動かすんです。大金になるほど、そうです。もしかしたら、そこで新たな争いも起こる。そういったものが、必ず外部から見えてくる」

「あの、一つ、よろしいでしょうか？」

「何でしょうか？」

「君坂一葉さんを、警察は護衛していますか？」

「いいえ、どうしてですか？」

「私、心配なんです。一葉さんは、遺産を受け取らないと言っているそうです」

「ええ、そう聞きました」刑事は頷いた。「それが？」

「受け取るのが恐いからじゃないでしょうか？」小川は言った。ここ数日、彼女はそれを考えていたのだ。今、警察に伝えようと急に思い立った。

「ああ、つまり、財産を独り占めするために、受け取る人間を次々殺しているのではないか、ということですか？」

小川は、黙っていたが、見つめられると、頷くしかなかった。

「寄付をされるとも聞きましたが……」刑事がさらに話す。「寄付をすれば、それだけ額が減ってしまう、と考えるかもしれない。そういうことですね？」刑事はそこで小川を見据えた。

これにも、彼女は頷いた。そうだと思う。自分の心配は、言葉にすれば、そうなるのか、と思いながら。

「わかりました、少しその点は考えてみます。一葉さんにも、もう一度様子を伺ってみましょう」

「よろしくお願いします」小川は頭を下げた。

自分がお願いをするようなことではない、とは思った。けれど、自分ではなんともならないこともまた事実だ。

刑事は片手を軽く持ち上げ、立ち去ろうとした。だが、なにか言い忘れたのか、再びこちらを向いた。

「こんなこと言っちゃなんだが、貴女、変わった人だね」

刑事のフランクな口調は、今までとは違っていた。しかも、相変わらずの難しい表情のままだったので、よけいに違和感があった。小川は、その予想外の言葉に返事ができなかった。え、なにか、変なことを言ったかしら、と自分が話した内容を慌てて再確認しかけた。

「いや、悪い意味じゃないんです」刑事はもう一度片手を広げてみせ、今度は少し笑おうとしたようだった。

倉庫の出口まで見送り、お辞儀だけして無言のまま別れた。刑事というのは、一人では行動しないものだ。どこか近くにもう一人待たせていたのだろう。まえのときと同じ、あの若い刑事だろうか。しかし、外にその姿は見えなかった。

階段を上がっていくと、真鍋と永田がこちらを向く。なにか話してくれると期待した顔だった。

「べつに、なにも」小川は首をふり、溜息をついて椅子に腰掛けた。

「なんか、疲れるような話でしたか？」真鍋がきいた。

「使えるような？　いいえ、全然」

「違います。疲れるようなって言ったんです。小川さんの顔が、そんなふうだから」

「疲れてませんよ、べつに。いえ……」小川は腕時計を見た。「ああ、もうこんな時間だもの、疲れて当たり前でしょう？」

「ええ、そうだと思いますけど」

「今なにか言おうとしたでしょう？　歳のせいだとか、衰えを感じませんかとか」

「そんな……」真鍋は顔を振動させた。「滅相もない」

「あ、それって、岡《おか》っ引《ぴ》きが言うんだよね」永田が横から言う。

「え？　何が？」真鍋が眉を顰める。

小川にも全然わからなかったが、永田は頬を膨らませて黙ってしまった。

## 4

五時過ぎに、百目鬼家を辞去した。幸い、雨は上がっていて、傘をさす必要がなくなった。しかし、地面はどこもまだ濡れている。ゲートは、君坂靖司をインターフォンで呼び出して開けてもらった。特に、悪人の声ではない。どちらかといえばジェントルな口調である。どうして、自分が悪い印象を持ったのか、小川は説明ができない。駅まで歩く間、どうやってそれを人に伝えたら良いのか考えていたが、結局は、単なる思い過ごしなのではないか、と思うしかなかった。

駅前が見えてきたとき、小川は、君坂一葉に会いにいくべきだ、と思い立った。真鍋と永田に、これからどうするの、と尋ねると、今日はこれから映画を見にいくんです、と答える。

「あ、いいなあ」小川は心から羨ましいと思った。

「小川さんも一緒に行きますか？」真鍋が言った。

「馬鹿だね、そういうこと言わないの。ねえ？」小川は、永田の顔を見る。

「え、どうしてですか？」

「いいわよ、もう……、ジェネレーション・ギャップってやつね」小川は笑った。

「あの、私、実はちょっと用事があるの。ここで別れましょう」

「え、電車に乗らないんですか？　どこへ行くんです？」真鍋が真剣な顔になった。

「どこでもいいじゃないの。さあ、子供たちは帰りなさい」

二人を見送って、小川は、逆方向へ引き返す。そして、手帳を取り出した。真鍋に笑われるのだが、小川は手帳を持っている。それも細い鉛筆がついた、アナログでアンティークな、本来の意味での手帳である。

彼女は、商店街の入口にある交番に立ち寄った。手帳の住所を言い、道順をきいた。それくらい携帯で検索できるのだが、交番の方がキィで打つよりも早い。目的地は、すぐ近くのようだった。

初めての道へ入り、アスファルトの凹みにできた水溜りを避けて歩いた。自転車とすれ違い、振り返ると、小さな子供を連れた年寄りが後ろを歩いている。二階建てのアパートが見えてきた。隣は鉄筋コンクリートの飾り気のない建物で、事務所かなにかだろうか。そのほかは、人が住んでいるのか、それとも空き家なのか、木造の住宅である。古くて貧相な建物が接近して建ち並んでいる、というのが全体の雰囲気だった。錆びついたトタンと、ペンキの剝《は》がれた看板が目につく。電信柱からは、沢山の電線が、方々へ張られていて、とにかく雑然とした印象だった。

アパートの郵便ポストで確かめ、一階の奥へ通路を進んだ。自転車や洗濯機、段ボール箱、そんな雑多なものがスペースを狭めていた。

ドアの前に立った。番号だけしかなく、君坂という表札はなかった。だが、ポストではその番号と名前が一致していたのだからまちがいないはずだ。ベルはないので、ドアをノックした。

返事はない。小川は時計を見た。五時半だった。もう一度ノックをしてみる。

「君坂さん」と呼んでみた。

通路をこちらへ入ってくる人影があった。さきほどの子供を連れた年寄りだった。

子供は今はいない。近くで遊んでいるのだろうか。こちらへ近づいてきた。年齢は七十くらいの男性である。

「なにか、ご用ですか?」しわがれた声で尋ねられる。

「君坂一葉さんに会いにきたのですが」

「ああ、君坂さんならね、引っ越されましたよ。昨日だったね……、あ、えっと、一昨日だったかな」

「あの、ご近所の方ですか?」

「私は、ここの大家です。この隣が、私の家です」彼は指差した。事務所のように見えた建物だ。「急なことでしたがね……。いつ荷物を運び出されたのか、わかりません。気づかなかったですな。ああ、中を見てごらんなさい、すっからかんですから」

小川は、ドアを開けてみた。鍵がかかっていない。中を覗くと、その言葉のとおり、なにもない。六畳ほどの一間で、収納スペースの戸も開いていた。手前に簡単なキッチン。扉が反対側に一つだけあって、たぶんトイレだろう。風呂はなさそうだ。今時珍しい質素なものといえる。

「本がね、いっぱいあったんですよ。それをどうされたのかね……」大家の老人は呟いた。

「どちらへ引っ越されたか、わかりませんか？」

「それを尋ねたんだが、まだ決まっていないと言っていたね。ああ、なんか、しばらくは旅行をするんだとか。だからね、荷物はどうなったのかなって、不思議に思ったんですよ。どこかに預かってもらっているのか、それとも、ああ、全部売り払っちまったのかね」

「そうですか、あの、もし、君坂さんから連絡があったら、私に知らせていただけないでしょうか。そのときは、お礼はいたします」小川は名刺を取り出した。

「ここへ電話をかけたらいいんだね？」老人は目を細めて名刺を見ている。「えっと、あんた、名前は？」それは名刺に書いてあるのだが、メガネをかけていないので、読めないのかもしれない。

「小川といいます。君坂さんの友人です」

「そうですか、わかりました」

礼を言い、小川はアパートの通路を戻った。しばらく旅行をするというのは、嘘かもしれない。新しい住所を言いたくなかったのだろう。警察は把握しているだろうか。知っているならば、橋本がなにか言いそうなものだが。

歩きながら、まず鷹知に電話をかけた。彼はすぐに出た。君坂一葉が自宅を引き払っているが、引越先を知らないか、ときいてみた。

「いや、知らない。引っ越したって？」

「しばらく旅行をするって、大家さんに言い残しているんだけれど」

「彼女、そんなお金を持っているのかな……」

「そうね、お金がかかるわよね」

「ちょっと、じゃあ、心当たりにきいてみる。なにかわかったら、連絡します」

「お願いします」

次は、椙田にかけてみた。たぶん、繋がらないだろうと思ったら、これが一発で通じた。どこにいるのだろう、と思いながら、こちらの事情を話した。

「あそう……。それは、ちょっと意外だな」というのが椙田の反応だった。

ついでに、今日発見された木棚のこと、それから、刑事と話をしたことも報告する。

「河童の日記ね……、まあ、見つかったというなら、話は違うけれど、ものがないんじゃあ、しかたがない。その古い棚は、リストに入れなくて良いよ。知らんぷりして、置いておこう」

「わかりました」

「あと、あまり事件に首を突っ込まない方が良いね。これは、僕らの仕事じゃない」

「そうですね、はい、わかりました」

「真鍋は？　一緒？」

「いえ、さきほど駅で別れました」

「なんだ、君一人か。どうして？」

「いえ、だって、その、真鍋君たちはデートだから」

「あそう……、へぇぇ」

「私は一人ですけど」

「何を強調してるんだ？」

「いえ、なんでもありません」

「じゃあ、夕食を一緒にしよう」

「え、本当ですか？」

「しょうがないなあ……」

「電話して良かったぁ」

「ちょっと、話したいこともあってね」

## 5

都心に戻り、何度か来ている椙田のお気に入りのレストランで待ち合わせた。また雨が降りだし、駅からは傘をさして歩いたが、今日一番の軽い足取りだと自分でわかった。考えてみたら、君坂靖司に会って、刑事に話を聞き、そして一葉のアパートと、なんとなく気落ちする場面の連続だったのだ。その昼間の憂鬱《ゆううつ》が今は嘘のように感じられた。そうだ、これは仕事なのだ。もうオフなのだから、そんなことに縛られる必要はないではないか。美味しいお酒を飲んで、楽しい話を椙田としよう、と自分に言い聞かせた。

小川の方がさきで、テーブルで十五分ほど待った。飲みものも我慢している自分が可愛いと思う。椙田は店に入ってきて、こちらに気づき、微笑んだ。

立ち上がって、彼を迎えた。

「元気そうだね」椙田が言う。「二週間振りくらい？」

「いえ、もっとです」小川は腰掛ける。

店員に飲みものを注文した。元気そうに見えるのは、貴方に会っているからですよ、と言いたかったが、もちろん黙って彼を見つめる以外になかった。

「しばらく、日本にいなかった」相田は他人事のように言った。

「フランスでしたね？」

「そう、あ、そうか、電話をしたね。いや、例のゴッホだよ。たまたま、向こうへ行く機会があったから、本物を見てきた。美術館が持っている。まちがいないね。そもそも、あれを見たときに、変だと思った」

「あれって？　あ、では、貸金庫のゴッホをご覧になったんですね？」

「そう。君坂一葉さんと貸金庫へ行ったんだ」

「いつですか？」

「いつだったかなぁ、妙子さんの事件のまえだね」

「そうだったんですか。貸金庫、一葉さんは開けられるんですね」

「うん。お祖父さんと一緒に何度か行っていたらしい。銀行の人も一葉さんを知っている。鍵も彼女が持っていた。そこで、絵を見せてもらった。あれ？　そのとき、電話しなかったっけ……」

「ああ、では、あのときですか」

「よくできているんだけれど、なんか、やや色調が鮮やかすぎると思った。それで、額から出してみたんだけれど、逆に、キャンバスは汚れすぎている。というか、古く見せているんだ。ウェザリングがね、ちょっといただけない」

「ウェザリング？」

「そう、自然に年月が経って、古くなったように見せかけるテクニックのこと。汚れをわざとつけて、変色したように見せるんだけれど、それがね、まるで絵みたいなんだな」

「百目鬼さんは、騙されたんですね？　何十億円も取られて」

「騙されたかどうかは、もう今となってはわからないね」

「え、どういうことですか？」

「たとえば、単に、金を譲渡したかったのかもしれない。そんなことをしたら、いろいろ疑われることになって面倒だから、ものを買ったことにしたわけだ。本物かどうかなんて、誰も調べられない」

「え、では、寄付ということですか？　それだったら、寄付をした方が税金的にも有利なのでは？」

「寄付をする相手がどこなのか、と問題になる。そことの関係を探られる。その関係を疑われたくない場合っていうのもあるんだね。うん、たとえば……、身近な例だと、賄賂《わいろ》みたいなものとか」

「そういった犯罪に近いものだったら、本物かどうか、税務署とか警察とかが調べるんじゃないでしょうか？」

「そういう場合もあるけれど、国を跨《また》いでいると、実際にはけっこう難しいね。しかも、精巧なイミテーションまで用意されているんだ。誰が鑑定する？　海を越えている場合、ターゲットになっている人や組織がどちらにあるかにもよる」

メニューを眺めて、コース料理を注文した。久し振りに上等なものが食べられる、と小川は嬉しかった。アルコールも上品な香りで、すっきりとした咽越しも、やはり値段の差を感じさせた。これは、オーディオでも同じことだ。高いものは、濃厚なのではなく、澄んでいる。

あの百目鬼家は、どこか空気が濁っている。お金持ちなのに、澄んでいない。その空気に、小川はもう長く浸かっている。沢山の美術品を箱から取り出し、また棚に戻す。その一つ一つがきっと高価なもののはずなのに、どれも埃に曇り、くすんでいる。それが、あの家全体の雰囲気だったのだ。広い庭園も、あの井戸の付近も、手入れが行き届いているとはいえない。さっぱりしていない。

「そういえば、庭師さんとお話をしました」連想していることから、小川はその話をした。「今でも、ときどき来て、家の近くだけ手入れをしているんだそうです。ボランティアだって言っていました。上野真由子さんが、井戸を見にきたとき、庭が雑然としているって、顔をしかめていたんですよ」

「雑然としているか……」椙田はなにか考えるように、視線を宙に向けた。「最初に、それ、僕も感じたなあ。あの、百目鬼氏の自宅がね、普通過ぎるんだよね。あれだけの資産家なのに、どうしてこんなに質素なんだろうなって思った。それから、美術品の倉庫もそうだよ。三階建てだけど、まるで、プレハブみたいだろう？」

「そうですね。でも、そういう質実な方だったから、あんなにお金が貯まった、ということなんじゃないですか？」

「僕もそう思った。でも、美術品を見ていくうちに、不思議なというか、なんか変な気持ちになったね。飛び抜けてぱっとしたものがない。無難なものが多くて、それも趣味がばらばらで、ここに拘《こだわ》りがあった、と感じるものもない。まるで、貧乏人が安物買いをしているような感じだね。数は多いけれど、無駄にものが多すぎる」

「そうなんですか。私たちから見たら、どれも充分に高そうですけれど」

「まあ、そういう庶民的な品が好きだった、ということかもしれない。ただ、そうだとすると、ゴッホだけが異常だ」

「ああ、そうですね……。やっぱり、なにか別の目的があったんでしょうか」

「そもそも、誰から買ったのかが、わからない。内藤さんに聞いて、その名前を向こうでも調べてもらったんだが、イタリアにもフランスにも実在しない。たぶん、それは仲介をした人物だと思うけれど、でも、それにしても、ゴッホを扱うような人間ならば、その業界には名前が通っているはずだ。でなければ、信用されない」

なるほど、椙田はそういう目的で向こうへ行っていたのか、と小川は少しほっとした。ちゃんと仕事をしている、ということが嬉しかった。日頃そういうふうに見えない人物なので、ときどき余計な心配をしてしまうのである。

「やっぱり、血というのは、あるということなのかな」椙田が呟いた。

「そうは考えたくないですけれど、でも、歴史を見ると、やっぱりそうなのかな、という例は多いですね。確率的なものだと思いますけれど」

「まあね……、血に自信がない人間は、つい無理をしてしまって、結果が逆に出る、ということもあるかもしれない。しかし、血筋っていうのは、つまり、結局は、遺伝子なんだね。うん、それはやはりそうなのかもしれない。未来というか、もう少ししたら、その遺伝子だって、人工的にどうこうできるようになってしまう可能性がある。僕らが生きている間は無理だけれど」

「死なないようになるんじゃないかって、思いますよ、本当に」

「恐ろしい話だけれど、それは、本当の意味で、人間が自分自身を克服する時代ともいえるね」

　そのあとは、料理を食べながら、事件とは無関係の話題になった。椙田が、外国で経験した愉快な内容で、聞いているだけで楽しかった。一度私を連れていって下さい、と何度か言葉が出そうになったが、彼女は自分は奥床《おくゆか》しい人間なのだと言い聞かせた。椙田は、もちろんパートナがいるはずだ。独身だが、いないようにはまったく見えない。誰かと一緒に旅行をしているだろう。そうでなければ、海外に待っている人がいる。きっとそうだ、と小川は確信している。それくらいきけば良いではないか、と思うのだけれど、椙田がそれで不機嫌になったら困る。今のままで良いし、そのうちに、チャンスが巡ってくるのではないかとも感じている。信じているのではなく、なんとなくそう感じている、という程度だが、こんな弱々しい運命を信じるのも、気楽で良いのではないかと逆に思うのだった。

　たぶん、自分の今の気持ちは、以前のパートナを椙田に重ねて見ている結果なのだ。それが、本当のところだろう。でも、そちらへは考えないようにしている。考えるだけで涙が出るし、そんな健気《けなげ》な自分が、あまり好きではなかったからだ。こんな生き方しかできないのだから、好きも嫌いもないのだが、とにかく、嫌いな自分には触らないように、騙し騙し生きているといえる。

　鷹知や真鍋を見ていると、自分はまだ若いのだから、もっと積極的になって、新しい自分をこれから築けるのではないか、とも思う。そう思っているだけで、日々が過ぎていく。そして、好きな音楽は、ずっと同じもので、思い出すシーンも、ただ一つで、その失われた一番大切なものが、今も一番大切だと思っているのだった。もしかしたら、失っていないのではないか、と思えるほどに。

　料理は素晴らしかった。椙田と二人でタクシーに乗った。送ってもらえるようだ。口当たりの良い酒だったので、少し飲み過ぎたかもしれないな、と感じたが、気持ちは良かったし、今日は良い日になったな、と思った。

「空手を習っているんだったよね？」椙田がきいた。

「いえ、残念ながら、やめてしまいました」

「なんだ。どうして？」

「やっぱり、ちょっと、私には向かないというか。誰にでもできるものではないのだなって、わかりました」

「護身術のつもりだったんじゃないの？」

「ええ、そうなんですけれど」

ある人物に憧れて、それを始めたのだが、躰が痛くなるというか、かえって余計なストレスになっていると感じたのである。単に、フィットネスというか、基本的な体力維持に努めた方が良い、と考え直した。しかし、かといって、新しいものを始めたわけではなかった。どうも、だんだんそういうことが億劫になってきた。駄目だな、と自覚はしているのだが……。

マンションの前でタクシーから降りた。車は椙田を乗せたまま、あっけなく走り去った。小雨がまだ降っていたが、傘をさすほどでもない。急いで、階段を上がって建物の中へ入ろうとすると、そこに子供が立っていた。中学生くらいの少女、と思ったが、近くまできて驚く。君坂一葉だった。その場所が暗かったので、顔がよく見えなかったし、動かないので、まさか知合いだとは思わなかった。

傘を持っていない。髪が濡れているのがわかった。こちらを見ているのもわかった。

「一葉さん？」呼んでみる。「もしかして、私を待っていたのですか？」

小川は近づいた。一葉は頷く。

「とにかく、中へ……」彼女の肩に触れ、一緒にホールから入った。

どうして、ここがわかったのだろう、と小川は考えた。自宅がどこか、話したことはない。それを尋ねるべきだ。

一葉はにこりともしなかったが、素直についてきた。もともと愛想の良い明るい人物ではない。エレベータに乗ったとき、小川は彼女の持ち物を見た。

服装は、黒のワンピースにスニーカ。子供が持っているようなショルダバッグを掛けている。長く使っているのだろう、色が褪《あ》せ、傷だらけだった。

「誰からここの住所を？」小川は尋ねた。

「内藤さんです」

弁護士の内藤か。そういえば、住所を書かされたことを思い出した。美術品を預かるような仕事なので、最初に契約書を交わす必要があったのだ。秘密を守る、品物を持ち出さない、無断で仕事を辞めない、というような内容だった。向こうにしてみれば、一種の保険といえるものだ。真鍋はバイトなので、それがなかった。小川が現場の責任者として認識されていたからである。

自宅の鍵を開けて、一葉を招き入れた。

何だろう、何の話だろう、と考えが巡る。でも、あまり質問をしない方が良い。相手が話すのを待とう。そう思った。

# 6

とりあえず、コーヒーを出すことにした。酔いを醒ますのにも良いだろう、と自分も飲みたかったので、コーヒーメーカをセットした。君坂一葉は、ソファに座っている。きっと、引越しをしたことを話すのだろうと考え、今日アパートへ見にいったことは言わないことに決めた。

コーヒーが出来上がるまでに、小川は一度寝室へ行き、簡単に着替えをしてきた。カップを棚から出し、良い香りのする黒い液体を注ぎ入れた。それをテーブルへ運ぶ。絨毯《じゅうたん》に膝をつき、一葉の前に置いた。そのままの姿勢で、彼女の顔を見上げる。

「大丈夫？　濡れたでしょう？」

「大丈夫です」一葉が初めて少し笑顔を見せた。

小川はほっとして、対面の椅子へ移動した。コーヒーを彼女にすすめ、自分もカップを手に取った。口をつけながら、目の前の彼女を見る。一葉は下を向いているので、視線はぶつからない。

二人とも黙ってコーヒーを飲んだ。

「あの、なにか、お話しになりたいことがあるのでしょう?」我慢ができず、催促《さいそく》してみた。このまま、憂鬱な沈黙の時間を過ごしたくない、と思い直したからだ。

「ごめんなさい」一葉はまず頭を下げた。「突然、その、連絡もせずにお邪魔をして、申し訳ありませんでした」

「いいえ、そんなことは気にしないで下さい」

「あの……」一葉は顔を上げた。「小川さん、迷惑じゃなかった? 私がいたから、ボーイフレンドが車から降りなかったんじゃない?」

「ああ……」小川は溜息をつき、そのまま笑い顔になってしまった。「全然迷惑じゃありません。それどころか、私、一葉さんに会いたいと思っていたところなの。ずっと会えなかったでしょう? それから、さっき車に乗っていたのは、私の事務所の椙田さん。社長です。たまたま、帰る方向が同じだったから便乗させてもらっただけ。車からは、貴女は見えなかったわ」

「勝手に勘違いしてすみません。あの、小川さん、ここに一人でお住まいなんですか?」

「そうですよ。御覧のとおり、わかるでしょう? 私、独身です。結婚したことはありません。残念ながら、ときどき訪ねてくるようなボーイフレンドもなし」

「そうですか。そこは、私と同じですね」

「貴女もそうなの？　うん、まあ、べつにいいんじゃない？　人生いろいろな楽しみがあるでしょうから」

「小川さんは、何が楽しみですか？」

「私は、音楽を聴くこと。良い音でね……」小川は壁際のスピーカボックスを指差した。

「あ、なんか高そうなスピーカですね」

「ええ、自動車くらいするわよ」

「凄い、そんなに？」

「一葉さんは、小説が趣味？　それとも、小説は仕事？」

「仕事にしたいのですけれど、今は趣味ですね」

「書くことが楽しい？」

「いいえ」一葉は首をふった。

小川は驚き、少々反省した。場を盛り上げようとした一言のつもりだが、軽はずみだったかもしれない。創作というのは、たしかに苦しみを伴うものだろう。

「でも、この半年くらいは、とにかく、書き続けることができました。毎日書いたし、こんなに没頭できたのは……、そう、中学生のとき以来かもしれません」

「半年？　なにか思いつかれたんですか？」

「いえ、やはり、祖父母が亡くなったことが転機だったと思います。まえから、あの家にはときどき行っていましたけれど、泊まったことはないし、一人であそこにいたこともありません。パソコンを持っていって、祖父の書斎で、私、小説を書いたんです。やっぱり、なにか、背中を押されているような気持ちになりました」

「へえ、そういうものなんだ。もしかして、あの河童の絵の効果？」

「そうかもしれませんね。百目一葉が、私に乗り移ってくれたら良いのにって考えたくらい」

「貴女に乗り移って、どうするの？　小説を書くわけ？」

「はい。筆が進むというのは、そういうトランス状態みたいな感じなんですよ。自分じゃないみたいになるんです。つぎつぎと物語が展開して、勝手に場面が変わっていくんです。私が考えていることなのに、まるでそんな意識はなくて、ただ一生懸命書き留めているんです。もっとゆっくりと話してって、思うくらい」一葉は、ほんの少し笑みを浮かべた。

「凄いなあ、そういうの、やっぱり才能よねぇ。私なんか、作文とか苦手だったなあ、あの原稿用紙を見るとね、もう頭が真っ白になっちゃうの」

「私も、小学生のときはそうでした。中学になって、なんとなく書いてみたら、もう面白くて面白くて……、夢中になりました」

「その、半年で書いたっていう作品は、どこで発表するの？　それとも、どこかへ投稿するの？」

「いえ、まだ決めていません」一葉はそう言うと、背筋を伸ばし、座り直した。「あの、お願いがあるんです、小川さんに……。ほかに頼める人がいなかったので、ここに来てしまいました。私、そういうお友達とかがいないんです。みんな、私を避けて、離れていってしまったんです」

「そんな……、それは、きっと貴女の誤解だと思うな。貴女みたいな人を避けるなんて、ありえないと思う。お友達でいたいって、誰でも思うはずです」

「いえ、私、その……、若い頃は、こんなんじゃなかったんです」

「え？　どんなふうだったの？」

「もっと、むちゃくちゃでした。狂っているっていうか、とても正常には見られなかったと思います。人とは口をきかないし、失礼なことを突然平気で言うし、周りの人を怒らせて、自分は笑っている、そういう嫌な奴だったんです」

「想像ができない……。本当に？」

「いつか自分は才能を認められて、有名になるって思い込んでいて、その、天才っていうのは、こういうふうに狂っているんだって、自分で演出していたんです」

「ふうん……。それを、じゃあ、いつ頃からやめたの？」

「三十歳になったときに」一葉は答えた。

「うん、それ、わかるかもしれない」小川は言った。「そうだよね。このままじゃ駄目だって思ったんだ」

「そうです」一葉は頷く。「もちろん、今さら生き方を変えても駄目です。その、なんとかしようと思ったんじゃなくて、そういうのに疲れたというか、もう、私は駄目だなって、そんな諦めみたいなものだったかも」

「諦めるには、ちょっと早いんじゃない？」

「いいえ、樋口一葉は二十代の前半でデビューしました。百目一葉も同じです。世間は、女性は若くなければ見向きもしません。アイドルだってそうでしょう？　どんどん年齢が下がっているくらいです」

「まあ、ある程度はそうかもしれないけれど、でも、小説とか、芸術は違うんじゃない？」

「違わないと思います。というか、そう感じます。私も、若いときには、まだ出版社が相手にしてくれました。いろいろ、こうした方が良いとか教えてくれるし、なんとかデビューさせてあげるからって、励《はげ》まされたりしたんです。でも……、そういうのも、もう最近はほとんどありません。もっと若くて、もっと綺麗な作家志望の子が沢山いて、簡単にデビューできるんです」

「そうなの？　よく知らないけれど……。まあ、ありそうな話ではあるわね。でも、そんなの気にしなければ良いじゃない」

「そうですけれど、でも、私にはこれしかないんです。これだけの価値なんですよ、私という人間は」

「それは違う。そんなに思い詰めないで。わからないじゃない、まだまだ、いろいろあるかもしれないでしょう？　人生、何があるかわからないわよ。いえ、なんか、どうしてこんな年寄り臭いこと、私言うのかしら。そんなに歳、違わないでしょう？　嫌だなあ、どうも、この頃こうなんだ。周りに若い人がいるから、なんか先輩風を自然に吹かせてしまうのね。ああ、いやだいやだ……」

「いえ、やっぱり、小川さんのところへ来て良かった、と今思いました」

「ありがとう……、うん」小川は溜息をついた。「私だってね、そりゃあ、自殺しようと思ったことだってあるのよう。もう悲しくて悲しくて、これ以上生きていく自信がないって、そのときは本当に思ったもの。もうね、ちょっと思い出すだけでも、ほら、涙が出ちゃうくらいなのよ」小川は、目に手を当てた。涙が流れていた。「そんなさ、私の価値はこれしかない、なんて言わないで、お願いだから。私がそうだったんだから……、もうね、ああ、駄目、やめようね、こんな話はさ……」

「聞かせてもらえませんか？」

「駄目」小川は首をふった。「小説に書かれたりしたら大変」

「そんなドラマチックだったんですか？」

「うん、どうかな。簡単に言えば、大好きな人が死んじゃったの。それが結末ね。お話にならないわよ、ありきたりすぎて」

「ああ……、そうですか。でも、乗り越えたんですね？」

「乗り越えた？　どうかしら。乗り越えたなんて、これっぽっちも思っていないなあ。うん、乗り越えたんだったら、こんな、悲しくなったりしないでしょう？　もうね、ずっと背負っていくしかないのよ。生きるお墓みたいなもんよ」

「激しい人なんですね」

「私？　激しいっていうのは、何？」

「感情がです」

「うーん、激しいかなぁ……。わからない、そんなの」小川は首をふった。もう涙は止まっている。「そういうの、見てわかるもの？」

「話を聞かないとわかりません。でも、だいたい、穏やかで優しい人は、感情が激しいんじゃないかと思います」

「一葉さんも、じゃあ、感情が激しいのね？」

「ええ、どちらかといえば……」

「やっぱり、感受性が豊かだってことなんじゃない？　いえ、自分のことを言っているわけじゃなくて、私はぼんやりしているから駄目だけれど、創作をする人は、そうじゃないと、ほら、自分の中から、その、なんていうの、湧《わ》き上《あ》がってくるものがあるんだから、それは、やっぱり、激しくないと……、ね？」

一葉は頷いた。それから、窓を見た。室内が映っているだけの窓だった。自分たち二人も、そこにいるのだが、でも、表情まではわからない。闇に溶け込むように、ぼんやりとした像は、まるでこれから消えていく弱々しい、いわば亡霊のようなものにも見えた。だから、小川はすぐに自分の膝を見た。自分の足、自分の手、それがここにちゃんとあることを確かめた。

「さっき、私にお願いがあるって言ったよね」小川はきいた。

「ああ、ええ……」

「何ですか？」

「あの、預かってもらいたいものというか、差し上げたいものがあるので、持ってきました」

「へえ、何だろう……」

君坂一葉は、足許に置いてあったバッグを引き上げ、膝の上でそのファスナを開けた。きっと、そのバッグを持って、彼女は塾に通っていたのではないか。そんな連想を小川はした。そのときには、まだ新しかったはず。

一葉は封筒を取り出した。

「CDなんです」一葉は、それを小川の方へ差し出す。

「何が入っているの？」小川はそれを受け取った。

封筒にはなにも書かれていない。中を覗いてみると、薄いプラスティックケースに収まったCDが一枚。取り出してみたが、そこにもラベルはない。

「私の小説です」一葉は答えた。

「ああ、なんだ、それは嬉しい」小川は思わず息を吐いた。「ええ、読ませていただきます。もしかして、その、さっきお話があった、新作ですか？」

「そうです。未発表のものです。ちょっと、長くなってしまって、読むのが大変かもしれません」

「大作なんだ。どうもありがとう。でも、発表のまえに読んでも良いのかしら。あの……、ほかの人に見せても良い？」

「かまいません。でも、小川さんが最初に読んで下さい。小川さんが読んで、つまらなかったら、捨ててもらってけっこうです」

「そんな……」小川は笑った。

「面白いなと思われたら、ほかの方にも、見てもらって下さい。あの、まだ誰も読んでいません。小川さんが、最初の読者です」

「うわぁ、そうなんだ。ちょっと、責任重大というか、私なんかで良いのかって、思うんだけれど、ねえ、どうして？」

「いえ、べつに……。ほかにいないから」

「そう……。とにかく、読ませてもらいます。感想をお伝えしますね」

「いいえ、その必要はありません。私、読者の感想を読まないので」

「あら、そうなの。ふうん、そういう作家さんもいるんだ」

「じゃあ、あの……」一葉は立ち上がった。「これで、私、失礼します」

「え、まだ、良いのよ、ゆっくりしていって……」

「ありがとうございました」一葉は一礼し、玄関の方へ向った。

小川は、彼女の後を歩き、玄関で一葉が靴を履くのを見ていた。

何を言って良いのか、と考えたが、頭が回らない。引越しをしたことをききたかったのだが、知らない振りをしているのだから、と思い直す。

「これから、どちらへ?」という質問をするのがせいぜいだった。

「帰ります」一葉は簡単に答える。ドアを開けて、こちらを見た。「どうも、夜分に突然お邪魔をして、申し訳ありませんでした」

帰るって、どこへ帰るの? と尋ねたかったが、これも自制した。私はこの人の姉でもないし、仕事上の関係もない、と自分に納得させる。

「あ、まだ雨が降っているんじゃない?」小川は、一葉の肩越しに外を見る。

「大丈夫です。では、失礼します」

ドアが閉まる。

自分の傘が、ドアの横に立て掛けてあった。小川はそれを手にして、ドアを開けた。靴を履く暇もない。スリッパのままだった。

「待って、一葉さん、これを使って下さい」傘を差し出す。

「いいえ、大丈夫です」一葉は首をふった。

「いえ、持っていって。濡れるでしょう？」

「でも……、いつ、返せるか……」

「いつでも良いから、ね、持っていって下さい」

一葉は黙って傘を受け取った。そして頭を下げると、なにか、別の空間へ引き込まれるように去っていった。

## 7

テーブルに一人戻り、ソファに座った。たった今まで、君坂一葉がいた場所だった。彼女のカップには、まだコーヒーが半分以上残っていた。自分のカップには、もうない。コーヒーを淹れ直そうかと考えたが、何故か立ち上がるのが面倒だった。自分は疲れているようだ、と小川は思った。

それでも、一葉との話を思い出すと、どうしても自分の過去に連想が向く。理由はわからない。彼女には、滲《にじ》み出るような悲壮感があって、それが、少し以前の自分に似ていた。ああ、可哀相に、と今は思うし、今だから、なんとかしてやりたい、という余裕もある。ただ、他人に対しても、そして過去の自分に対しても、結局は手を差し伸べることはできない。せいぜい優しい言葉を思いつくだけだ。本質的に救うことはできないのだから、結局すべてが無駄。影響しない、ということか。

そんなことを考えているうちに、震えるほど気分が悪くなってきた。これはまずいと思って、シャワーを浴びることにした。

三十分後には、気分もやや回復し、さっきまで自分は酔っていたのだ、と気がついた。髪をドライヤで乾かしているとき、テーブルの上のCDに目が行く。ドライヤを後回しにして、それを持って立ち上がり、パソコンのデスクまで歩いた。

CDを入れてみる。モニタの表示を待っていたが、読めないというメッセージが出た。三回やり直してみたが、まったく同じである。彼女は舌打ちした。

「世の中って、こういうもんだよなあ」と呟く。

なにをやっても上手くいかない。肝心なとき、少しやる気を出そうとしたとき、出《で》端《ばな》を挫《くじ》くように、ケチをつけるのだ。

しかたがないので、ソファへ戻り、ドライヤのスイッチを再び入れたとき、電話が鳴った。

「真鍋です」という声が聞こえた。

「あ、真鍋君、ちょうど良いわ。あのね、CDをもらって、パソコンに入れたんだけれど、読めないのよ、原因は何?」

「あの、僕が電話をかけた用件を優先すべきではないでしょうか」

「あ、ごめんごめん、何?」

「河童の絵にあった、ぶすになるべからず、の意味を思いついたんです」

「へえ……、どんな意味?」

「あれは、一葉という名前の理由なんですよ」

「名前の理由?」

「百目一葉さんは、本名も一葉さんですよね。だから、自分で決めたわけではないでしょうけれど、どうして一葉という名前なのか、という理由を書いたんです」

「どんな理由なの?」

「だから、ブスになってはいけない。前進しやり遂《と》げて金を得る、と」

「それ、そのままじゃない」

「ですから、それが一葉なんですよ。英語で一葉を言うと、どうなります?」

「えっと、ワン・リーフ?」

「ええ、ア・リーフでも良いですね。それで、一枚じゃなかったら、複数の葉っぱだったら、どう言いますか？」

「複数形のこと？　えっと、リーブスだね。昔ね、フォーリーブスっていうのがいたんだよ。私のお母さんがね、けっこう入れ込んでいてね」

「そんなの知りませんよ。だから、リーフは、一枚だと最後がフで、一枚じゃない場合は、それがブスに変化するんです」

「え？　ブス、あ！　そうか！」

「だから、ぶすにならないことが、一葉なんですね」

「じゃあ、金を得るっていうのは？」

「そっちは、最初はわからなかったんですけど、つまり、フのことを言っているんだと思います。前に進んで行き尽くしたら金に成るっていうのは、将棋の歩じゃないですか。成金ですよ」

「ああ、金になるね。それが歩？　ああ、単数は最後がフだから？」

「そうです。ブスじゃなくてフになれ、ということで一葉なんです」

「おお、そうか……、なるほどなあ。凄いじゃん、真鍋君」

「そうでしょう？」

「何言ってんの？」

「いえ、永田さんに今の話をしたら、馬鹿にされたもんですから、小川さんだったらわかってくれると思って」

「え、永田さん、感心しなかった？」

「馬鹿じゃないかって、言われましたけど」

「うーん、どうしてかなぁ」

「そんな変な暗号があるわけないって」

「あれは、暗号なの？　なぞなぞじゃない？」

「いや、もういいです。すっきりしました。どうも、お騒がせしました。本当にね、なんかずれてるんだよな、あの子。じゃあ……」

「あ、ちょっと待って……」電話が切れたので、慌てて、小川は真鍋をコールした。

「もしもし……」

「はい、何ですか？」

「何ですかじゃないでしょ、君も、相当ずれてるからね、どっちもどっちだよ」

「それが言いたかったんですか？」

「違うって、ＣＤの話よ。エラーが出るから……」

「ああ、何のCDですか？」

「あのね、君坂一葉さんから、新作の小説をもらったの。それがCDに入っているのよ。今、もらったところ。私のために、わざわざ持ってきてくれたの」

「へえ……」

「まだ誰も読んでいない、書いたばかりの作品だって」

「へえ……」

「だからね、わざわざ、ここまで持ってきてくれたんだよ。雨が降っているのに、傘もささずに、ずぶぬれだったわよ」

「それで、CDだけ置いて、すぐ帰ったんですか？」

「そうなのよ。もう、可哀相で可哀相で……。だからさ、私も彼女の作品を、すぐに読んであげるべきだと思ったわけ」

「そうですか、いいんじゃないですか」

「だから、それができないのよ！　CDが読めないのぉ、もう！」

「そんなにいらいらしなくても……。小川さん、マックでしょう？　たぶん、CDは、ワードかテキストでしょうね。読めないはずないけどなあ、あ……、もしかして、OSが古いままですか？」

「OS？　うーん、そんなに古くないわよ。でも、新しくはないかもね。えっと、いつ買ったんだっけ……、まだ十年にはならないと思うけど、一度だけ、ハードディスクが壊れて、それが、五年くらいまえかしら」

「それ、本当の話ですか？　冗談でしょう？」

「正確じゃないけれどね」

「そりゃ駄目だ。ええ、昔のマックだと、無理かもしれませんね。ちゃんと、バージョンアップしましょうよぉ」

「だって、べつに、これで不自由ないもの」

「不自由してるじゃないですか！」

「ヒステリックにならないでくれる。わかったわよ。駄目なのね。えっと、どうしたら良い？」

「近くのキンコーズへでも持っていったら……」

「もう、お店閉まってるでしょう」

「明日まで我慢する」

「それは、論外ね」

「論外って……。どっちがヒステリックなんだか……」

「こうしよう。えっと、真鍋君、今一人?」

「一人ですよ、もちろん」

「永田さん、帰ったのね?」

「ええ、映画を見たあと、食事をして、それでさようならです」

「残念だったわね。ふふ……」

「何が可笑しいんですか?」

「えっとね、今から、私んところへ来なさい」

「誰がですか?」

「君だよ。タクシー代は、経費で出してあげるから、レシートもらっとくように」

「今、何時ですか? わ、ちょっと遅くないですか? そっちへ着くのは、十一時過ぎですね」

「わかってるわよ。早く支度して、えっと、パソコン持ってくるんだよ。プリンタとかは、つなげる?」

「えっと、僕のパソコンで読んで、小川さんに読めるようにして、USBメモリィに入れましょう」

「おお、良いね。頼むわ」

「帰りのタクシー代も出して下さいよ」

「朝まで泊まっていっても良いのよ」

「遠慮します」

「夜食作ってあげるから」

「え、本当ですか！」

「え、そこ？」小川は舌打ちした。意外ではないツボである。「はい、じゃあ、準備しておきます。気をつけてね……、お待ちしています」

## 8

近くのコンビニへ、飲みものを買いに出るため、小川は安物の恥ずかしい傘を靴箱から出した。雨は少し激しくなっている。一葉は、どこへ帰ったのだろうか、とまた思い出さずにはいられなかった。夜の雨というのは、ときどき人を死にたくさせるものだ。誰かに会えるという期待でもなければ、なかなか寝つけない。

あれもこれもと買い込んで、マンションへ戻ってきたのが十一時十五分まえ。それから、いろいろな支度をしたり、あちらこちらを片づけたり、化粧を直したりしているうちに、真鍋が到着した。小川が、飲みもののグラスを運んでいくと、既にテーブルの上にパソコンを広げ、問題のディスクを入れたあとだった。

「読める？」

「ええ、ワードですね。今どき、ワードが読めない人なんていませんよ」

「そうなんだねぇ」小川は床のクッションに座り込み、自分のグラスに口をつけた。

「あと、小川さんのところ、ネットがまだケーブルでしょう？」

「ケーブルって？」

「べつにいいんですけど、今はだいたい無線ですね」

「へえ……。あ、このまえ、事務所をそれにしたね」

「無線があったら、僕のパソコンで、今すぐメールで送れます」

「ケーブルでもできるでしょう、それくらい」

「ケーブルがもう一本あれば、ですけど」

「ああ、そうね……、ないな」

「はい、これに入れました」真鍋は、USBメモリィを差し出した。「テキストになったから、フォーマットは崩れましたけれど、文字は全部読めるはずです」

「どうもありがとう。感謝感謝。助かったわぁ」小川はそれを持って自分のパソコンへ向かう。

画面が立ち上がったところで、USBメモリィを挿入。アイコンをクリックして中身を表示させた。いちいち動作が遅いのだが、一生懸命やっているという音がして可愛らしい。やがて、白いウィンドウが開き、そこに文字が現れた。

小説のタイトルらしい。〈濁りの中〉という文字と、君坂一葉の名が表示される。その後をスクロールさせて確かめてみた。文字がぎっしり詰まっている。

「大丈夫みたい」小川は真鍋に言う。しかし、聞こえなかったようだ。

真鍋のいるところへ戻り、「読めたよ」と報告した。

「えっと、じゃあ、なにか作るから、それを飲んで待っていて」小川は言う。

「食べたら、すぐに帰りますから」真鍋は嬉しそうな顔で頷いた。

なにかもう少し言い方があるだろう、と引っかかったが、若さ故《ゆえ》と許そうと思った。

野菜炒《いた》めと、冷凍の餃子《ギョウザ》を入れたスープを作った。真鍋は、大喜びでそれを食べた。なんともまあ可愛いものだ、と微笑ましかった。自分は、油っこい物を食べる気にはなれず、カロリィオフの飲みものを啜《すす》りながら、君坂一葉の小説を読み始めた。

食事をして、真鍋は眠くなったようだった。口数が少なくなり、欠伸を始めた。小川は、パソコンをテーブルまで移動させ、そこで画面を見ている。小説だが、モニタには横書きで表示されるので、かなり違和感があった。

「面白いですか？」眠そうな顔の真鍋がきいてきた。

「まだ、わからない」小川は正直に答える。

「どんな話ですか？」

「少女がいて、その子が学校で作文とか書くの」

「へえ、自伝かな？」

「あ、そうかもね」小川は気がついた。

「そんなことも、わからないんですか？」

「だって、自伝とは書いてないから。名前も違うし」

「あぁあ……、じゃあ、僕、帰りますね。もう良いでしょう？」

「もう良いって、何が？」

「パソコンの不具合とか」

「大丈夫だと思う」

真鍋が、もう良いでしょう、ときいたとき、小川は少しどきっとした。自分が彼を呼んだのは、寂しかったからではないか、もう一人でも大丈夫か、という意味に聞こえてしまったからだ。もちろん、すぐに意味はわかったのだが、そんな勘違いをする自分が情けなかった。

「本当にありがとうね」

「ごちそうさまでした。おやすみなさい」真鍋は、アルコールのせいで少し顔が赤かった。君坂一葉が消えていった闇の空間へ、彼も去っていったが、明らかに別の空間へ向かったように見えた。

小川はまた一人になった。時刻はまもなく午前一時。もう寝なければならない。しかし、テーブルに戻り、そこに座り込むと、どうしてもモニタを見つめ、文字を追ってしまうのだった。

真鍋が言ったのが切っ掛けで、主人公の少女は、君坂一葉に見えてくる。彼女が書いた作文を先生が褒《ほ》めてくれる。その先生が大好きになる。でも、学年が上がったときには、別の先生になって、もう作文を褒めてもらえなくなった。そんな、なんでもない質素な物語だった。大きな事件も起こらず、また、人の描写も少なく、家庭での出来事も、あったこと、聞いた言葉、見たものがただ淡々と書かれている。気持ちというものはほとんど書かれていない。

中学生になって、主人公は友達から悪口を言われるようになる。無視されたり、ときには軽い暴力を受ける。けれども、それが暴力だとは書かれていない。相手の出した手が、私の胸に当って、私は後ろに尻餅《しりもち》をついてしまった、と書かれているだけだった。明らかにこれは苛《いじ》めだろう、と思うのだが、それで主人公が悩んでいる場面もなく、嫌だという感情はどこにも出てこなかった。

少女が高校生になったとき、小川は一度時計を見た。二時だった。でも、全然眠くない。アルコールが醒めたせいだ、と思った。幸い、頭痛もしないし、肩凝《かたこ》りもなかった。高級なお酒だったおかげだろうか、と解釈した。でも、もう寝ないとな、明日もあそこへリストを作りにいくことになるし。真鍋たちは明日も講義らしいから、また一人だ。きっと、一葉ではなく、あの君坂靖司がいるのだろう。それがちょっとだけ憂鬱だけれど、仕事なのだから文句は言えない。きりが良いところまで、あと数ページ読んでから寝よう、と決めた。

主人公の両親が離婚をする。それも突然だった。なにも聞かされていない。ただ、結果だけ、母親から説明を受ける。お父さんは出ていった。でも、貴女は私の娘です。今までとなにも変わりはありません。母親はそう言う。少女は、ただ頷く。

その後、大学に進学する。母親は自分で商売をしている。もともと、家計は母親の仕事で成り立っていたようだ。父がいなくなっても、生活に変化はあまりなかった。

ただ、少女は家を出て、大学の近くで一人暮らしを始める。そして、本格的に小説を書き始める。

少女の曾祖母が作家だった。それは、小学生のときに作文を褒められて帰ってきたとき、その話をしたら、母親から教えられたことだった。そういう血が自分には流れているのだ、とこのときに思う。誇らしい気持ちになった。ここだけが珍しく、主人公の気持ちが書かれた部分だった。

大学生の主人公は、小説を書き、人に読んでもらうために自費で印刷をして、その本を同人誌として売るようになる。そういうことを覚えていく過程が書かれていた。友達ができたのでもなく、そういったサークルに入ったのでもなく、ただ、人がやっていることを見て、そのとおりに自分もやってみた。即売会でテーブルに本を並べ、そこに座っているが、買ってくれる人は誰もいない。ただ、じっと自分の本を見つめて、一日中座っているだけだ。そのときに、何を考えたのか、どう感じたのかは書かれていない。周りでは、少しずつ客が来て、本が売れていく。買うときに、親しそうに話をしていく。それでも、一日の最後に二冊売れた。それは、客ではなく、本を作っている人たちだった。だから、相手の本も買わなければならなかった。荷物は結局朝持ってきたときと同じ。それを鞄《かばん》に入れて、混雑した電車に乗って帰る。

このまま良いのだろうか、という思いが、少しずつ語られるようになる。

しかし、ほかにどうすれば良いのかわからない。

自分の部屋に戻ると、買ってきた人の作品を読むよりも、自分の作品を書きたくなる。とにかく、なにかを書かずにはいられない。それは自分の血のせいだ、と綴《つづ》られていた。

前半の幼い頃が、他人事のように客観的に描かれていたのとは対照的に、この創作活動、同人誌活動を行うあたりから、主人公の感情、想像が表出し、それが占める割合が多くなってくる。それはまるで、自我が目覚める感覚にも近いものとして読めた。

大学を卒業し、本屋に勤めるが、躰を壊して辞職。病院に通いながら、バイトをする。しかし、仕事を辞めたおかげで、小説を書く時間は増える。これは自分の天職なのだ、と信じている。同人誌の仲間にも、しだいに知られる存在となり、作品を読んでくれる人も少しずつ増えてきた。ファンレターをもらうこともあった。そうだ、やっとみんなが自分を認めてくれるときがきたのだ、と嬉しくなる。

仲間は、彼女に才能があると言ってくれる。もう勝負をしなければならない、と考え、長編を書いて新人賞に応募した。その結果を彼女は信じていたが、数カ月後に審査結果が発表され、選外に終わる。一度では駄目なのだろう、こういったものも、やはり積み重ねが必要なのかもしれない、と思い直し、その後も投稿を続ける。しかし、いつも今一歩の結果になる。出版社から連絡があり、編集者と会って話をすることもできたが、今人気のある作品を読んで、そういった要素を貪欲に取入れてほしい、現代性、話題性がほしい。もっと若者らしいものを書けないのか、今の若者が興味を持っているものを作品に盛り込んでほしい。しかし、ではそれは何か、どんなものなのか、ときいてみると、編集者も答えられないのだった。

恋人と会いたい、一人で寂しい、そんなありきたりのことを、みんなは求めているのだろうか。それを書いたら、ありきたりだと言われるはずだ。みんなが求めているものは、既に無数にあって、現に、自分もそれに類するものを書いている。

それでも、何作も書けるだけでも才能がある、と煽《おだ》てられた。最初は誰でも書けるけれど、そのうちに書けなくなる。湧き出てくるものが続くだけでも素晴らしいことだ、と編集者は言った。

ところが、その編集者が酔っ払って抱きついてきた夜、彼女は泣いて家に帰ることになる。そこへ電話がかかってくる。作品を売りたいのなら、もっと真剣に、それなりの覚悟がなくちゃいけない、と諭《さと》される。まだ酔っているのかこの人は、と不審に思い、電話を切った。それ以来、その出版社へは行けなくなった。

同じようなことが、別の出版社でも形を変えてあった。もっと自分を売り込まなくちゃいけない、と言われる。売り込むっていうのは、何だろうか。誰に何を売り込むのだろうか。それは恐ろしくてきけない。

それだから、少しずつまた同人誌の方へ重心が傾いていく。本当に自分に才能があるならば、作品に価値があるならば、きっといつかは認められるはずだ、と期待している。だが、出版社からの連絡はしだいに減ってくる。彼女自身が消極的になったからだが、それに気づくのは、だいぶ時間が経ってからのことだった。

父親と別れて十年めのとき、彼女は父の死を知らされる。母が教えてくれた。富士山の近くで死体が見つかったのだ。いつ死んだのかはわからないが、数カ月まえだろう、という話だった。死因もよくわからない。そこでばったり倒れたのか、それとも覚悟の自殺だったのか。ハイキングをするような場所ではなかったという。父には親族が一人もなく、母のところへ連絡が来たが、母は遺体を引き取るのを断った。警察が死体を処理するだろう、と母は言った。だから、葬式というものもなかったし、遺品も何一つなかった。母は、父とは血のつながりがない。しかし、彼女は父の血を受けている。そう思った。でも、どうすることもできないのだから、しかたがない。数日、憂鬱だった。そして、自分だっていずれは同じようになるだろう、と思い至った。自分も、いつかは一人になる。親族は誰もいなくなる。誰でも、いつかは死ぬのだ。

それでも、自分の書いたものがこの世に残るだろう。それが唯一の遺品だと思う。ということは、そこにこそ、自分の価値がある。そう考えなければ、このさき生きていけない。過去から受け継いだ血が、自分に小説を書かせているのだ。これは、そういう因果《いんが》なのだ。

その数年後、今度は母が突然倒れ、そのまま逝《い》ってしまう。母は、再婚をしていたから、義父が葬式をしてくれたが、もうその家に近づくこともない、と彼女は感じた。あの人は他人だ。私の保護者でもなければ、理解者でもない。

ひとりぼっちになった。それでも、自分の部屋で書き続けた。書くためにだけ食べて、寝て、生きた。どういうわけか、自分の死期が近づいていることを彼女は感じていたのだ。あと少し、あと少しだけ、生きていたい、と毎日思った。そう思うことで、すべてを我慢できた。バイトもやめてしまい、残っている僅かな蓄えだけで生きていた。この金がなくなるよりも、自分の命が尽きる方が早い、という確信があったので、もう働く必要はなかったからだ。

物語の最後は、父が死んでいたという場所へ出かけていく日、電車を乗り継ぎ、富士山が近くに見えてくるところで終わっていた。

後半は、小説として面白かった。時間を忘れ、眠気も感じず、物語に没頭していたことが、つまり面白いという証拠だ。涙が出るという類の感動ではない。涙を誘うドラマは最近多すぎる。これは、そんな安っぽいものではない、と小川には思えた。もっと、なにか人間の本質的なものを問う作品だと感じた。

「凄いな、傑作じゃない」と呟いていた。これは真鍋にも読ませよう。

小川は時計を見た。まもなく五時。カーテンを開けると、外は既に明るい。雨が上がって、東の空は澄んだ青色だった。

## 9

目覚ましをかけて、二時間ほど眠った。すぐにベルで起されたが、不快感もなく、さっと立ち上がることができた。顔を洗い、出かける支度をした。いつものとおり、今日も頑張ろう、と思う。

なにも食べずに、八時に駅へ歩く。音楽を聴きながら、いつもの電車に乗り、誰もいない事務所に到着する。駅で買ってきたドーナッツをここで食べる。昨夜会ったばかりだが、椙田からは電話はなし。また出かける準備をして、百目鬼家へ向かうことに。

ゲートのインターフォンのボタンを押しても、返事がなかった。十時半である。もちろん、昨日帰るときに、明日は十時半に伺います、と伝えてある。倉庫の鍵は預かっているが、ゲートが開かないのでは入れない。母屋の電話へかけてみたが、誰も出なかった。誰も見ていないのだから、このゲートを乗り越えてやろうかしら、とも考えたが、もちろん無理をするようなことではない。十分ほど、そこで待っていると、道をこちらへ近づいてくる君坂靖司の姿が見えた。ああ、たぶん自分の次の電車だったのだ、と小川は思った。

「すみません、遅くなってしまって」君坂はこちらに気づいて頭を下げた。

「いえ、おはようございます。今来たところです」微笑んでお辞儀をする。

「今日は、良い天気になりそうですね」君坂はそう言うと、ポケットから出したリモコンでゲートを開けた。

なんだ、案外良い人じゃないか、と小川は思った。昨日の印象は、勝手な妄想だったのか。

二人で切通しの坂を上がっていく。彼は、ウッドデッキの方へ行き、小川は倉庫へ歩いた。軽く頭を下げるだけで、簡単に別れることができた。なにか話せば良かっただろうか。たとえば、君坂一葉のことを。でも、あの小説には、義父のことは良くは書かれていない。もちろん、彼女から見れば、そう映るのも頷けるが。

明らかに睡眠不足のはずだが、まったく眠くない。むしろ体調も良い。仕事を片づけながら、こういう調子の良いときもたまにあるな、と思った。昨夜のことが、良い刺激になったのだろうか。

お昼に、弁護士の内藤が現れた。椙田からの、ゴッホの最終鑑定結果が出たと話した。やっぱり偽物だった。それが確定したようだった。もちろん、覚悟はしていましたけれどね、と彼は肩を竦《すく》めた。

それとなく、一葉のことを尋ねてみることにした。母屋には、昨日から君坂靖司が来ている。もう一葉はここに来ないのか、と。

「そうみたいですね」内藤は小さく頷いた。「君坂さんが、海外の仕事が一段落したから、少し時間が取れるようになったのでしょうか。まあ、ようするに、金が入ってくるから、仕事をしなくても良いし、飛び回ることもないし、といったところかもしれませんが」

「この仕事は、続けて良いのですね？」

「それはもちろんです。変わりありません。美術品は、全部処分する予定です。現金に換えるということです。ここの品々を持ち続けたいと思っている人は、もう一人もいません」

「一葉さんは、結局、遺産を受け取らないのですか？」

「はい。決心は固いようですね」

不思議な音がして、それが内藤の電話だとわかった。彼は立ち上がり、階段の方へ歩きながら、電話を耳に当てた。

「はい、内藤です。あ、どうも、はい、大丈夫です……。はい？　え？　あ、いえ、私は知りませんが……、ええ、なにも聞いておりません。はい……、ええ……、そうですね。ええ……、今、百目鬼さんのところにおります。倉庫です。母屋に、君坂さんがいらっしゃいます。え？　ああ、もうきかれたのですね。あ、ええ……、小川さんなら、今、目の前に、ええ……、きいてみましょうか？　はい……、ちょっと待って下さいね……」

内藤は、電話を手で押さえ、小川の方へ近づいてくる。

「警察からなんですけれど、あの、一葉さんが、アパートを引き払ったというんです。もしかして、一葉さんから、なにか聞いていませんか？」

小川は無言で首をふった。知らない。聞いていない。それは嘘ではない。しかし、アパートを訪ねたこと、さらに、昨夜一葉本人に会ったこと、それらをどう説明しようか、と頭の中で急いで考えていた。そうか、警察も知らないことだったのだ、と思った。

内藤は、刑事に小川が知らないことを伝え、電話を切った。その後、リストの進み具合など、小川の説明を聞いたあと、内藤は倉庫を出ていった。ここへ来たのは、ついでだったようだ。きっと、母屋で君坂靖司と会うのが目的の来訪だろう。

しばらくして、警察の橋本刑事から小川の携帯に電話がかかってきた。

「お忙しいところすみません。内藤さん、まだいらっしゃいますか？」

「いいえ、あれからすぐ帰られましたけれど。あ、母屋にまだいらっしゃるかもしれませんが、この倉庫から出ていかれたという意味です」

「あの、君坂一葉さんを探しておりまして……。なにかご存じではありませんか？」

「引越先は知りません。引っ越したということは、昨日、アパートへ行って、大家さんから聞きました」

「あ、そうだったんですか。ええ、急なことだったようです。こちらも、気をつけてはいたんですが……。一葉さんに最後に会われたのは、小川さん、いつですか？」

「はい、あの……、昨日です」

「え、では、彼女、アパートに、まだいたのですか？」

「違います。あのぉ、実は、昨夜、私のところへ、一葉さんがいらっしゃったんです」

「えっと、倉庫へですか？　それとも、小川さんの事務所へですか？」

「いいえ、そうじゃなくて、私の自宅へいらっしゃったのです」

「何時頃ですか？」

「私が帰宅したら、そこで待っていらっしゃって……、えっと、十時頃だったでしょうか」

「それはまた、ずいぶん遅い訪問ですね。小川さんとは、そういった親しいお友達なのですか？」

「いいえ、そんなことありません。初めてですし、それに、私の自宅の住所をどうして調べたのかって、おききしたくらいです。内藤さんから教えてもらった、とおっしゃいました。あの、内藤さんに、そのことをきいてみて下さい」

「さっきは、そんな話、されませんでしたね」

「はい、今の話は、内藤さんにはしていません」

「それで、一葉さんは、何をしに貴女のところへ来たのですか？」

「ええ、CDをいただきました。小説が入っているCDです。それを持ってこられたんです」

「小説？　ああ、一葉さんが書かれた？」

「はい、そうです。えっと、〈濁りの中〉という小説でした」

「小川さんのお宅には、小川さん、お一人ですか？」

「そうです。ですから、二人だけで話をしました」

「一葉さんが帰ったのは、いつ頃ですか？」

「すぐですね。コーヒーを出しましたけれど、それもゆっくり飲まれなくて、えっと、十五分か、二十分くらいでしょうか」

「どこへ行くと言っていました？」

「それ、私、きいたんです。だって、引越しをされたのを知っていましたから。でも、帰るとおっしゃっただけで……。それ以上、その、きけませんでした。雨が降っていたから、私の傘をお貸ししましたけれど……」

「そうですか……。えっと、荷物は、どうでした？　服装は？」

小川は、一葉が持っていた古いバッグのこと、そしてワンピースとスニーカのことを伝えた。それらをやけに詳しく質問されるので、だんだん不安になってきた。

もしかして、殺人犯の次のターゲットと目されている、ということなのか。だったら、もっとしっかりと警護をしていれば良かったのだ。警察はしっかりとマークをしていなかった。だから、行方もわからなくなったのだ。

「あの、一葉さんに、なにか危険が及ぶとお考えなのですか？」小川はきいてみた。

「いえ、その、そういったことではありませんが、やはり、重要な参考人ということで、その……、ずっと張ってはいたんですが、昨日の午後に見失って……。正直に申し上げると、むしろ、自殺を恐れております」

「え？　一葉さんが？」

「はい、そうです。あの、小川さん、これはですね、ここだけの話ですよ、よろしいですか？」

「はい、大丈夫です」

「今、逮捕状を請求しているところです。もう少し早かったら良かったのですが、微妙な科学検査に時間がかかりましてね。ええ、ですから、これからというところだったのです。行方がわからない場合でも、いずれは公開で手配をすることになるでしょう。あの、もし、彼女から小川さんに連絡があった場合、なにも知らない振りをして下さい。すぐに私に知らせていただきたい。よろしいですか？」

「あ、はい、それは……、あの、逮捕状ですか？　えっと、一葉さんが？　どうしてですか？　何の容疑ですか？」

「逮捕状は、君坂妙子の殺害容疑です」

「ああ……、まさか……」

「私も最初は、まったく信じられませんでしたが、しかし、現場の証拠はそれを示しております」

「そうなんですか……」

「おそらく、すべて……、あと三人も、彼女の犯行だと、考えるしかありません」

「どうしてですか？　一葉さんに、どんな動機があるんですか？」

「わかりませんね。それは、本人に説明してもらいます。我々が握っているのは、現場に残された科学的な証拠です。詳しいことは言えませんが、分析結果が、それを示しているんです」

「どんな分析結果ですか？」

「いえ、今は申し上げられません。供述によっては、それが裁判の決め手になるものですから」

「本当なんですか？　疑いではなく、確定なのですか？」

「確定です。証拠はひっくり返りません。あとは、裁判所の判断になりますが」

「だって、一葉さんに、そんなことができるはずがないじゃないですか。そんな馬鹿なことが……」

「落ち着いて下さい、小川さん」

「あ、いえ、すみません」

「もし、彼女本人が、それをやっていないと主張するならば、警察に出頭して、あるいは裁判の場で、立証すれば良いことです。しかし、彼女は、もう駄目だと判断して、逃げている可能性が高い」

「逃げた？　でも……、そんなふうには……」

「どんなふうでしたか？」

「いえ、いつもの……、その、もともと明るい方ではありませんから……。ええ、なんとなく、その、元気がないのかな、という感じはしましたけれど……。でも、まさか……」

「小説を、何故小川さんのところへ持ってきたのですか？」

「わかりません。突然でしたし、そんな仲良しというわけでもないし……。ただ、ほかに渡す相手がいない、とおっしゃっていましたけれど」

「ほかにいない、ですか……」

「新作なんです。まだ、誰も読んでいない」

「最後の作品を託した、といったところでしょうか」

「託したって……、いえ、ただ、読んでほしいと」

「読まれました？」

「ええ、読みました。ほとんど徹夜で読みました。朝方、読み終わって……」

「どんな作品ですか？」

「うーん、自伝ですね。少女が成長して、小説を書くという」

「事件のことは書かれていませんか？」

「いえ、なにも……。ご両親の離婚は書かれていましたが」

「そのCDは、今お持ちですか？」

「あ、いえ、自宅ですけれど」

「では、警察の者をそちらへ向かわせます。一緒に帰宅されて、CDをその者に渡して下さい。証拠物件になりますので」

「はあ……」

「お仕事が中断して申し訳ありませんが、ご協力をお願いいたします」

「はい……、わかりました」

電話を切る。頭がぼうっとしてしまった。仕事？　ああ、このリストのことか。こんなものは、特に急ぐことでもない。えっと、何をしたら良いのか。まず、鷹知に電話をしようと思った。しかし、かけてみたが、つながらない。つながったら、何を話すのか、と考えているうちに、諦めて切った。むやみに話すわけにはいかない。これは、真鍋でも同じだ。いや、そんなことはないか。刑事は、いずれは公開されるだろうと話していたではないか。

次に、椙田に電話をした。意外にも、椙田はすぐに出てくれた。自分を雇っている人間だ。これは報告しなければならないだろう。小川は、今聞いたことを話した。うまく言葉が出てこないところは、刑事が言ったとおり、そのまま伝えた。小川が話し終わっても、椙田は黙っていた。

「もしもし？」と確かめると、

「そうか……」と椙田の返事があった。「そういうことだったのか」

「え、どういうことだったのでしょうか」

「いや、まあ……、僕たちの今の仕事には、直接関係がない。うん、わかった」

「真鍋君に話しても良いものでしょうか？」

「いいんじゃないかな、べつに……」

「私たちに、なにかできることがありますか？　えっと、一葉さんはどこかに逃げて、隠れているということでしょうか？」

「わからないが、君の家に来たってことは、たぶん、お別れのつもりだったんだろうね」

「お別れ？」

「うん」

「どういうことですか？」

「いや……」

「どういうことですか、言って下さい、椙田さん」

「どうしたんだ？」

「言って下さい……」

刑事は言っていた。君坂一葉は自殺する恐れがある。

そんな生易《なまやさ》しいものではないだろう。彼女は死ぬためにすべてを片づけたのだ。

死ぬために、姿を消したのだ。

小川は泣いていた。いつから自分は泣いていたのか、わからなかった。たぶん、刑事と話しているときからだ。目が霞《かす》み、目の前のモニタも焦点が合わない。その泣き声が椙田にも届いただろう。

しばらく、椙田は返事をしなかった。

電話を持ったまま、沈黙が続く。

「警察に協力をするように」その声が届く。

「はい」

「大人だろう？」

「大人です。すいません、取り乱して……」

「じゃあ」

電話が切れた。

声を上げるのを我慢していたが、そこで彼女は呻《うめ》き声を上げた。誰もいないのだから、思いっきり泣こう。今のうちだ、と思った。

小説に出てきた少女の父親は、樹海へ入っていった。自殺をしている。そうだ、それを警察に伝えるべきだ。それから、彼女の小説の仲間を当る。どうすればそれがわかるだろう。自宅を引き払っているのだから、住所録も日記もなにも手掛かりはない。

日記？

河童の日記？

なんとなく引っかかった。たぶん、あれを処分したのは、一葉なのだ。殺人者は、金が目当てではない。恨みを晴らすためでもない。

では、何だ？

一葉の犯行の目的は？

日記に書かれていたものは、何だったのか？

自分の命と引き換えにできるものとは、何だ？

最も大事なもの、彼女にとって一番大切だったものは、何か？

物語の少女も、それを語っていた。

濁りの中にあって、ただ一つ、彼女が信じたもの。

それは、血だった。

彼女の中に流れる、百目一葉の血。

それが、君坂一葉の誇りであり、アイデンティティだったのだ。

それを無にしてしまうもの。

それを虚にしてしまうもの。

百目鬼悦造が、その真実を孫娘に話した。

たぶん、遺産相続のための遺言状を書き換える説明のときに、自分が実は、百目一葉の実の子ではない、と打ち明けた。それを聞いていたのが、妻の多喜、娘の君坂妙子、そして一葉だった。つまり、そこには、一人として、百目鬼家の血を受けたものはいない。

まさに砂上の楼閣《ろうかく》。百目一葉の血が自分には流れていると信じていた少女は、自分が何者なのかわからなくなった。自分のすべての価値が、突然元を絶たれ、無になってしまった。

だから？

だから、その事実を受け入れるわけにはいかなかったのだ。

真実をすべて無にする以外に、元へ戻すことはできない。

だから……。

一家を皆殺しにしたというのか？

普通の者、普通の感覚では、それはできない。たとえ殺しても、真実は変えられない。しかし……、彼女は夢の中に生きることができる。物語の中に自分を置くことができる。その感覚は、普通とは違っているのかもしれない。

上野雅直も、そのことを知っていた。上野は、百目鬼の血を受けている。河童の日記の存在を知っていた。上野がそれを知っていると、どこかで一葉は気づく。上野が直接話したのかもしれないし、あるいは悦造が話したのかもしれない。

上野真由子は、殺されなかった。彼女が知っていることを、一葉が気づいていなかっただけだ。知ったら、真由子も殺されていただろう。

常軌を逸した短絡的な判断だが、自分の命よりも大事なものを守ろうとした、いわば防衛本能といえるものかもしれない。彼女は、いずれは死ぬ気だった。すべてをやり遂げて、自分が百目鬼の直系のまま、百目一葉の曾孫《ひまご》のまま、死ねると妄想したのだ。その妄想こそが、あの最後の作品。

君坂靖司も、これを知らない。知らないから助かった。

ということは、昨夜、一葉に河童の日記の話を持ち出していたら、自分も殺されていたかもしれない。小川令子を殺し、次は上野真由子を殺しにいっただろう。

もう知っている者はいない、と確かめた上で、彼女は姿を消したのだ。

小川の涙は、もう乾いていた。

悲しくて泣いていたのに、今は恐怖で震えるほどだった。早く、刑事が来てくれないか、と願った。

# エピローグ

神もおはしまさば我が家の軒に止まりて御覧ぜよ、仏もあらば我が此手元に近よりても御覧ぜよ、我が心は清めるか濁れるか。

梅雨が明けて、真夏の日差しが照りつける頃になっても、小川たちは、百目鬼家の倉庫で相変わらずリスト作りをしていた。幸い、倉庫は温度が常に一定に保たれている。つまり、屋外のように暑くなく、居心地《いごこち》は大変に良好。作業は、最後の確認段階に移っていて、間もなく終了する予定だった。後半で気づいた点を活《い》かし、前半のデータを修正する作業をしている。だから、もうすぐここへ来ることもなくなるのか、と考えるようになっていた。

オークションの日程も決まり、これについては、椙田の知合いの人間が取り仕切ることになった。当初予定されていたよりも、小川たちの仕事は軽減された。これならば、永田をバイトで増員しなくても良かったのではないか、と思えたが、もちろん、小川が口出しをするような問題ではない。

君坂一葉は、依然として発見されていないものの、小川の元には、警察が持ってきたものがあった。それは、小川が貸した傘だった。山梨県の国道一三九号の道沿いで発見された。君坂一葉のバッグとともにあった。落とし物ではあるが、落ちたという状態ではなく、バッグと傘がきちんと並べて置かれていたという。原生林として有名な青木ヶ原に面している道である。

警察は、その近辺で以前から一葉を捜していたらしい。彼女は携帯電話も持っていない。誰にも連絡をしていない。ただ、車ではないので、タクシーに乗る可能性が高い。周辺で、一葉らしき女性を乗せたタクシーを捜したそうだが、まだ見つかっていないという。この季節には、一人で歩いている人間は珍しくない。キャンプに訪れる若者も多く、シーズンなのである。あるいは、一般の自動車にヒッチハイクをしてやってきたのではないか、と見られている。というのも、数十キロ離れた最寄りの鉄道の駅では、目撃情報もなく、またカメラの映像にもそれらしい人物が写っていなかったからだ。

小川は、戻ってきた自分の傘を両手で受け取った。連絡があって、警官がやってきたのは午後七時頃だった。一人でこれから食事をしようと帰ってきたところに電話がかかってきた。傘を持ってきたのは制服の警官だった。若いし、知らない顔だ。特に説明はなく、お届け物を持ってきました、とだけ言った。

警官が帰って、ドアが閉まったあとも、小川はその傘をしばらく持っていた。もう涙は出ない。既に、思い出といっても良いくらい、その感情は彼女の中で固化されていたからだ。けれども、このシーンをこれから何度も思い出すのだな、と思った。たとえば、自分の愛する人が死んだときのことも、今ではもう単なる思い出だった。いちいち泣いたりしない。涙が出ることはあっても、それはなにか新しい感情を見つけたときで、古い地層から発見される化石のようなものでしかない。

オークションが開催された日、小川は、その会場を見にいった。真鍋も永田も来ていた。彼女たちは、ただのオブザーバで、いてもいなくても良い存在だった。一つくらいは自分で買いたいもの、買えそうなものがあるかもしれない、と思っていたが、残念ながら一つも例外はなかった。そんなものに、そこまで金が出せるのか、という驚きの連続で、そのうちに感覚が麻痺《まひ》してきた。ああ、案外安いじゃないの、なんて思うこともあったが、しかし、自分が買うならば、もう一つゼロを取ってもらわないと無理。それが現実というもののようだった。

このオークションの数日まえに、君坂一葉の絶筆となった小説が出版された。死が確認されたわけではないので、「絶筆」は明らかに言い過ぎなのだが、その本の帯には、この二文字が一番大きく書かれていた。出版まえからベストセラになることが確実視されていたし、このほかの旧作についても、出版の予定が組まれていると聞いた。新作の原稿は、君坂一葉の名で出版社に送られてきたものだという。しかし旧作については、誰が出版許可を出したのだろう。小川は考えたが、君坂靖司なのかな、という以上には想像もできなかった。

真鍋と永田による、この〈濁りの中〉の読後感想は、「特に、なにも書かれてませんね」と「よくわからない」だった。もっと壮絶なもの、もっと激しい感情を露《あらわ》にするようなものが描かれている、とみんなが期待して読むだろう。帯にも、「壮絶な創作人生」とか「奇跡の六カ月間」などと煽《あお》られているのだが、はたして内容に相応しいものだろうか。

小川が思うのは、結局、明治の女流作家が「女性」を売り物にしてデビューできたように、君坂一葉もまた、究極のスキャンダルを売り物にしてしかデビューできなかった、という事実だった。それは、一言でいえば悲しい現実だし、また、逆にいえば、それこそが彼女が選んだ最終判断だったともいえる。小説家としてその道を選び、そして真の小説家になれたのだから、計算は間違っていなかった。彼女は狂っていたのではない。現実を極めて正確に観察していた。その観察眼こそ、作家としての力量の証《あかし》だろう。

もちろん、捜査はまだ続いている。しかし、このまま裁判も行われず、すべては闇の中へ溶け込んでいくのにちがいない。どうやって殺したのか、どんな証拠が上がっていたのかも、今となっては知ることはできない。何年も経てば、その資料の公開を請求できるのだろうか。そのとき、自分は何歳になっているだろう、と小川は思うのだった。

動機については、マスコミは言及していない。謎を投げかけるばかりで、きっとなにかがあったのだ、どこかで精神的なバランスを崩してしまったのだ、というようなコメントが繰り返されるばかりである。それもまた、彼女の創作のうちであり、アイデンティティは保たれたことにほかならない。

君坂一葉のためにも、彼女の命を懸けた行為のためにも、小川は黙っているしかなかった。河童の日記は、既に消失しているだろう。だから、上野真由子もなにも語れないはずだ。語ったところで、もはや影響はない。何故なら、その影響を恐れた本人が、もういないからだ。

＊

相田泰男《やすお》は、空港にいた。数十分後にパリへ発つ便に乗る。既にゲートを通り、ファーストクラスの特別室で、無料の飲みものを選ぼうとしていた。

すぐ隣に突然立った人物に、一瞬驚く。こういった猫のような接近法をこの女性はいつ身につけたのだろう、と思う。たぶん、中学生か高校生ではないか。きっと、祖父が日本最後の忍者だったのにちがいない。

「来ると思ってた？」彼女がきいた。いつものとおり、サングラスをかけている。

「僕は、いつも信じているんだ」

「何を？」

「自分の希望的予測を。でも、裏切られることがあまりに多い」

「私、貴方を裏切ったことなんて、あった？」

「いや、あまり昔の話をしたくないね」

「あっても、二、三回でしょう？」

「富士山の噴火も、それくらいだよ」

二人とも飲みものを持って、ラウンジの一番端、壁際へ移動した。窓の近くの席は何故か人気がある。こういうときにだけ、滑走路を見たくなる人間が多いようだ。上等な生地のソファに並んで座った。

彼女のことを相田は、アキラと呼んでいる。それはペンネームだ。そのペンネームの名字の方を、ときどき思い出せなくなる。今も、そのときどきのときだった。どちらにしても、本名ではないし、本名に意味がある人物でもない。

「ねえ……」彼女が身を寄せてくる。珍しいことだ。

「気持ち悪いなあ」相田は苦笑し、小声で言った。「なにかに感染してるんじゃないか？」

「あのね、私、欲しいものがあるんだけれど……」

「そんなこと知っているよ。君はいつも欲しいものがある」

「うん、というか、貴方に買ってもらいたい、という意味で」

「ふうん。それはまた、ダイレクトな表現だね。斬新《ざんしん》だよ」

「何でしょうか？」

「うーん」考えるのも無駄だと思ったが、考える振りをするのが男の責任だという、古い観念に自分は支配されているな、と椙田は再認識した。「まあ、宝石だろうね」

「凄いな、よくわかった」

「いくらくらいのもの？」

「大したことない。うーん、十万くらい」

「ドルで？」

「ドルで」

「そう……」

「どう？」

「何と引き換えに？」

「それは、どうしようかな、あまり上品ではないかもね。ここで、話してもいいの？」

椙田は周囲をそれとなく見渡した。近くに人はいない。それから、アキラのバッグを見た。おそらく録音くらいはしているだろうな、と思った。だが、そんなことは小事。この程度のリスクは、転んでも掠《かす》り傷。

「聞こうか」

「絵を、パリで売ったでしょう？　知っているのよ」

「ああ、そのことか……。あれは、売ったんじゃない、交換したんだ」

「美術館としては、あくまでも所蔵しているものが本物。偽物だと判明しても、とても公表なんてできない」

「あるべきところに返したというか……」

「おやまあ、珍しい。えっと、正義感？」

「うん、まあ、それに近い」

「嘘ばっかり」

「ばかりではないよ。僕も歳を取ってね、少しは社会のためにって」

「嘘ばっかり」

「いや、半分くらい」

「差額をもらったのね？」

「まさか……、単に、その、謝礼という程度のものだ。そんな予算があるわけないだろう？」

「ローンとかは？」

「駄目だね、館長の任期は短い」

「分割にはしたんだ」

「調査費から出せる限界だった。さっき君が言った金額と同じ桁《けた》だよ」

「ドルで？」

「ユーロで」

「そんなにもらったの？」彼女は声を押し殺し、目を見開いた。「信じられない。しかも、分割でしょう？　三年？」

「えっと、四年かな」

「凄いじゃないの」

「そう？　だって、偽物が本物に変わるんだから。出す価値はある」

「だけど、今のままでも、誰も気づかなかったんだし、今度のものが本物だって証拠もないわけだし、だいいち、そういう危ないことをするかな。信じられない」

「本物だとわかったら、誰でもするさ」

「そういうもの？　私にはわからない」

「そういうものだ。見る人間が見ればわかる」

「貴方には、わかったの？」

「当然」

「嘘だ。そもそも、貴方が売りつけたんじゃないの？　偽物なんでしょう？」

「言いがかりだ、それは」

「本当に？」

「本当だ。それよりも、君がこの件を知っているのは、日本人に偽物を売りつけた奴と知合いだからだろう？」

「あのね、そういうのを、言いがかりって……」

「そうか、君を通して、金が流れたんだ、あそこへ」

「何を言っているの？」

「一つだけ教えてほしいな。その日本人は、あの天才に金を渡したかったのかい？」

「一つだけ教えてあげるわ。そのとおりよ。それ以上は危ない。もうやめましょう」

「うん、もうやめよう」

「やめましょう、そんな昔の話は」

「理由が知りたいけれど……、まあどっちだっていいや」

「私たちには、関係がないわ」

「昔の話か」

「昔も昔、大昔よ」

上品なトーンのアナウンスが流れた。そこにいた者は、ゆっくりと立ち上がり、出口の方へ歩く。最後まで座っていたのが、椙田たち二人だった。

「行かないの？」彼女が立ち上がってきいた。

「いや、行こうか」椙田も立ち上がった。しかし、溜息を漏らす。

彼女は、サングラスを持ち上げ、片目を瞑ってみせた。

「買ってもらえるのかなぁ？」

# 解説

猫目トーチカ（漫画家）

「映画の途中で話しかけないでね、私、ぐっと入っていくから」

「え、何？」

「お願いがあるの」


本作『ムカシ×ムカシ』で一番好きなシーン、Xシリーズの主要メンバである真鍋くんと永田さんが一緒にレンタルDVDを観る、その直前に交わす会話です。

私は漫画家で、森先生の小説『四季』のコミカライズを担当しました。

創作者なら誰しもそう感じていると思うのですが、まさに、自分の創ったものの中に〝ぐっと〟入って来て欲しいのです。

なので作り手目線で見ると、永田さんは相当親切なお客さんと言えます。つまり、楽しもうと、こっち側にぐっと寄って来てくれているという点で。

とりわけ〝物語〟の体裁を持ったもの（映画、小説、漫画など）は、尺を必要とするため、〝掴《つか》み〟が重要になります。永田さんのようなケースは稀《まれ》で、大概の場合、つまらなければぱっと見放してしまいます。というかそもそも、なにかフックが無ければ見向きもされません。「ちょっと我慢しててくれたら絶対面白くなるから！」と言いたいところだけど、ちょっと我慢してくれるのは、作家との間にすでに信頼関係が築かれている場合に限るのです。

〝信頼関係〟とは、平たく言えば〝魅力〟のことです。例えば、物語の冒頭に絶世の美女が出てくるとか、いきなり変な事件に遭ってしまうといった物語自体の魅力、漫

画なら美しい絵柄も信頼材料のひとつになります。時には信頼を築く術《すべ》は作品外にも及び、興味を引く装丁や、広告の謳《うた》い文句、推薦文などがそれにあたるでしょうか。ちなみに、コミカライズ版『四季』には森先生による解説が載っているのですが、その中で、森先生が私の粗削《あらけず》りな絵を恐れ多くも誉《ほ》めてくださっていて、それも読者さんの抵抗感をペリッと剝《は》いでぐいっと引っ張る大きな力のひとつとなってくれたのでした。その節はありがとうございます（私信）。

そのようにして、なんとか受け手に〝摑んで〟もらい、物語の扉を開いてもらったなら、あとはすべて作品に委《ゆだ》ねられます。それを離さず、ぐっと引っ張って、こっちに来てもらうのです。我慢して歩み寄らせていたところから、徐々に近づかずに居《お》れないようにし、時間を忘れさせ、読者が物語に入っていることにすら気づかない状態

＝ぐっと入ってる状態を、最終ページまで引っ張っていくのです。

それには、小手先の創作技術を超えた〝何か〟が要ります。それが何なのか（才能なんて身《み》も蓋《ふた》もない言い方で片付けられると困ってしまいますが……汗）、作家はそれを作品に宿すために、あれやこれや工夫を凝《こ》らし、試行錯誤し、日々を勤《いそ》しむわけなのです……。

END

# 森博嗣著作リスト

（二〇一七年四月現在、講談社刊。＊は講談社文庫に収録予定）

## ◎S&Mシリーズ

すべてがFになる／冷たい密室と博士たち／笑わない数学者／詩的私的ジャック／封印再度／幻惑の死と使途／夏のレプリカ／今はもうない／数奇にして模型／有限と微小のパン

## ◎Vシリーズ

黒猫の三角／人形式モナリザ／月は幽咽のデバイス／夢・出逢い・魔性／魔剣天翔／恋恋蓮歩の演習／六人の超音波科学者／捩れ屋敷の利鈍／朽ちる散る落ちる／赤緑黒白

## ◎四季シリーズ

四季　春／四季　夏／四季　秋／四季　冬

## ◎Gシリーズ

φ《ファイ》は壊れたね／θ《シータ》は遊んでくれたよ／τ《タウ》になるまで待って／ε《イプシロン》に誓って／λ《ラムダ》に歯がない／

η《イータ》なのに夢のよう／目薬α《アルファ》で殺菌します／ジグβ《ベータ》は神ですか／キウイγ《ガンマ》は時計仕掛け／χ《カイ》の悲劇（＊）

**◎Xシリーズ**

イナイ×イナイ／キラレ×キラレ／タカイ×タカイ／**ムカシ×ムカシ**（本書）／サイタ×サイタ（＊）

**◎百年シリーズ**

女王の百年密室／迷宮百年の睡魔／赤目姫の潮解

**◎Wシリーズ**（すべて講談社タイガ）

彼女は一人で歩くのか？／魔法の色を知っているか？／風は青海を渡るのか？／デボラ、眠っているのか？／私たちは生きているのか？

**◎短編集**

まどろみ消去／地球儀のスライス／今夜はパラシュート博物館へ／虚空の逆マトリクス／

レタス・フライ／僕は秋子に借りがある　森博嗣自選短編集／どちらかが魔女　森博嗣シリーズ短編集

## ◎シリーズ外の小説

探偵伯爵と僕／銀河不動産の超越／喜嶋先生の静かな世界／実験的経験

## ◎クリームシリーズ（エッセイ）

つぶやきのクリーム／つぼやきのテリーヌ／つぼねのカトリーヌ／ツンドラモンスーン／つぼみ茸ムース

## ◎その他

森博嗣のミステリィ工作室／100人の森博嗣／アイソパラメトリック／悪戯王子と猫の物語（ささきすばる氏との共著）／悠悠おもちゃライフ／人間は考えるFになる（土屋賢二氏との共著）／君の夢　僕の思考／議論の余地しかない／的を射る言葉／森博嗣の半熟セミナ　博士、質問があります！／DOG&DOLL／TRUCK&TROLL

☆詳しくは、ホームページ「森博嗣の浮遊工作室」を参照
(https://www.ne.jp/asahi/beat/non/mori/)
（２０２０年11月より、ＵＲＬが新しくなりました）

■冒頭および作中各章の引用文は新日本古典文学大系明治編24『樋口一葉集』(菅聡子・関礼子校注、岩波書店)によりました。

■本書は、二〇一四年六月、小社ノベルスとして刊行されました。

|著者|森 博嗣 作家、工学博士。1957年12月生まれ。名古屋大学工学部助教授として勤務するかたわら、1996年に『すべてがFになる』(講談社)で第1回メフィスト賞を受賞しデビュー。以後、続々と作品を発表し、人気を博している。小説に『スカイ・クロラ』シリーズ、『ヴォイド・シェイパ』シリーズ(ともに中央公論新社)、『相田家のグッドバイ』(幻冬舎)、『喜嶋先生の静かな世界』(講談社)など、小説のほかに、『自由をつくる 自在に生きる』(集英社新書)、『孤独の価値』(幻冬舎新書)などの多数の著作がある。2010年には、Amazon.co.jpの10周年記念で殿堂入り著者に選ばれた。ホームページは、「森博嗣の浮遊工作室」(https://www.ne.jp/asahi/beat/non/mori/)。

ムカシ×ムカシ REMINISCENCE

森《もり》 博嗣《ひろし》



2017年4月14日第1刷発行
2025年4月 2 日第5刷発行

発行者——篠木和久
発行所——株式会社 講談社
東京都文京区音羽2-12-21 〒112-8001
電話 出版 (03) 5395-3510
販売 (03) 5395-5817
業務 (03) 5395-3615

Printed in Japan

講談社文庫
定価はカバーに
表示してあります

KODANSHA

デザイン—菊地信義
本文データ制作—講談社デジタル製作
印刷———株式会社KPSプロダクツ
製本———株式会社KPSプロダクツ



ISBN978-4-06-293604-0

# 講談社文庫刊行の辞

二十一世紀の到来を目睫に望みながら、われわれはいま、人類史上かつて例を見ない巨大な転換期をむかえようとしている。

世界も、日本も、激動の予兆に対する期待とおののきを内に蔵して、未知の時代に歩み入ろうとしている。このときにあたり、創業の人野間清治の「ナショナル・エデュケイター」への志を現代に甦らせようと意図して、われわれはここに古今の文芸作品はいうまでもなく、ひろく人文・社会・自然の諸科学から東西の名著を網羅する、新しい綜合文庫の発刊を決意した。

激動の転換期はまた断絶の時代である。われわれは戦後二十五年間の出版文化のありかたへの深い反省をこめて、この断絶の時代にあえて人間的な持続を求めようとする。いたずらに浮薄な商業主義のあだ花を追い求めることなく、長期にわたって良書に生命をあたえようとつとめるところにしか、今後の出版文化の真の繁栄はあり得ないと信じるからである。

同時にわれわれはこの綜合文庫の刊行を通じて、人文・社会・自然の諸科学が、結局人間の学にほかならないことを立証しようと願っている。かつて知識とは、「汝自身を知る」ことにつきていた。現代社会の瑣末な情報の氾濫のなかから、力強い知識の源泉を掘り起し、技術文明のただなかに、生きた人間の姿を復活させること。それこそわれわれの切なる希求である。

われわれは権威に盲従せず、俗流に媚びることなく、渾然一体となって日本の「草の根」をかたちづくる若く新しい世代の人々に、心をこめてこの新しい綜合文庫をおくり届けたい。それは知識の泉であるとともに感受性のふるさとであり、もっとも有機的に組織され、社会に開かれた万人のための大学をめざしている。大方の支援と協力を衷心より切望してやまない。

一九七一年七月

野間省一

睦月影郎　密通妻
睦月影郎　快楽アクアリウム
向井万起男　渡る世間は「数字」だらけ
村田沙耶香　授乳
村田沙耶香　マウス
村田沙耶香　星が吸う水
村田沙耶香　殺人出産
村瀬秀信　気がつけばチェーン店ばかりでメシを食べている
村瀬秀信　それでも気がつけばチェーン店ばかりでメシを食べている
村瀬秀信　地方に行っても気がつけばチェーン店ばかりでメシを食べている
虫眼鏡　東海オンエアの動画が6.4倍楽しくなる本〈虫眼鏡の概要欄 クロニクル〉
森村誠一　悪道
森村誠一　悪道 西国謀反
森村誠一　悪道 御三家の刺客
森村誠一　悪道 五右衛門の復讐
森村誠一　悪道 最後の密命
森村誠一　ねこの証明
毛利恒之　月光の夏
森博嗣　すべてがFになる〈THE PERFECT INSIDER〉

森博嗣　冷たい密室と博士たち〈DOCTORS IN ISOLATED ROOM〉
森博嗣　笑わない数学者〈MATHEMATICAL GOODBYE〉
森博嗣　詩的私的ジャック〈JACK THE POETICAL PRIVATE〉
森博嗣　封印再度〈WHO INSIDE〉
森博嗣　幻惑の死と使途〈ILLUSION ACTS LIKE MAGIC〉
森博嗣　夏のレプリカ〈REPLACEABLE SUMMER〉
森博嗣　今はもうない〈SWITCH BACK〉
森博嗣　数奇にして模型〈NUMERICAL MODELS〉
森博嗣　有限と微小のパン〈THE PERFECT OUTSIDER〉
森博嗣　黒猫の三角〈Delta in the Darkness〉
森博嗣　人形式モナリザ〈Shape of Things Human〉
森博嗣　月は幽咽のデバイス〈The Sound Walks When the Moon Talks〉
森博嗣　夢・出逢い・魔性〈You May Die in My Show〉
森博嗣　魔剣天翔〈Cockpit on knife Edge〉
森博嗣　恋恋蓮歩の演習〈A Sea of Deceits〉
森博嗣　六人の超音波科学者〈Six Supersonic Scientists〉
森博嗣　捩れ屋敷の利鈍〈The Riddle in Torsional Nest〉
森博嗣　朽ちる散る落ちる〈Rot off and Drop away〉
森博嗣　赤緑黒白〈Red Green Black and White〉

森博嗣　四季 春〜冬
森博嗣　φ《ファイ》は壊れたね〈PATH CONNECTED φ BROKE〉
森博嗣　θ《シータ》は遊んでくれたよ〈ANOTHER PLAYMATE θ〉
森博嗣　τ《タウ》になるまで待って〈PLEASE STAY UNTIL τ〉
森博嗣　ε《イプシロン》に誓って〈SWEARING ON SOLEMN ε〉
森博嗣　λ《ラムダ》に歯がない〈λ HAS NO TEETH〉
森博嗣　η《イータ》なのに夢のよう〈DREAMILY IN SPITE OF η〉
森博嗣　目薬α《アルファ》で殺菌します〈DISINFECTANT α FOR THE EYES〉
森博嗣　ジグβ《ベータ》は神ですか〈JIG β KNOWS HEAVEN〉
森博嗣　キウイγ《ガンマ》は時計仕掛け〈KIWI γ IN CLOCKWORK〉
森博嗣　χ《カイ》の悲劇〈THE TRAGEDY OF χ〉
森博嗣　ψ《プサイ》の悲劇〈THE TRAGEDY OF ψ〉
森博嗣　イナイ×イナイ〈PEEKABOO〉
森博嗣　キラレ×キラレ〈CUTTHROAT〉
森博嗣　タカイ×タカイ〈CRUCIFIXION〉
森博嗣　ムカシ×ムカシ〈REMINISCENCE〉
森博嗣　サイタ×サイタ〈EXPLOSIVE〉
森博嗣　ダマシ×ダマシ〈SWINDLER〉
森博嗣　女王の百年密室〈GOD SAVE THE QUEEN〉

2024年12月13日現在